A SOCIEDADE SECRETA DA

Bola de Cristal Cor-de-Rosa

RISA GREEN

A SOCIEDADE SECRETA DA Bola de Cristal Cor-de-Rosa

Você Conhece o *seu* Futuro?

Tradução
DENISE DE C. ROCHA DELELA

JANGADA

Este livro é dedicado a todas as pessoas que já tiveram medo de acreditar em alguma coisa. Especialmente em si mesmas.

Título original: *The Secret Society of the Pink Crystal Ball*

Publicado originalmente em inglês pela Sourcebooks Fire, selo da Sourcebooks, Inc P.O. Box 4410 Naperville, Illinois 60567-4410

Design da capa: Marci Senders
Coordenação Editorial: Denise de C. Rocha Delela / Roseli de Sousa Ferraz
Revisão de linguagem: Giovanna Rocha Delela
Revisão: Yociko Oikawa
Diagramação: Fama Editoração Eletrônica

Dados Internacionais de Catalogação na Publicação (CIP)
(Câmara Brasileira do Livro, SP, Brasil)

Green, Risa
A sociedade secreta da bola de cristal cor-de-rosa : você conhece o seu futuro? / Risa Green ; tradução Denise de C. Rocha Delela. — São Paulo : Jangada, 2011.
Título original: The secret society of the pink cristal ball.
ISBN 978-85-64850-02-6
1. Ficção — Literatura juvenil I. Título.
11-10381 CDD-028.5

Índices para catálogo sistemático:
1. Ficção : Literatura juvenil 028.5

O primeiro número à esquerda indica a edição, ou reedição, desta obra. A primeira dezena à direita indica o ano em que esta edição, ou reedição, foi publicada.

Edição	Ano
1-2-3-4-5-6-7-8-9-10-11	11-12-13-14-15-16-17-18-19-20

Jangada é um selo editorial da Pensamento-Cultrix

Direitos de tradução para o Brasil
adquiridos com exclusividade pela
EDITORA PENSAMENTO-CULTRIX LTDA.
Rua Dr. Mário Vicente, 368 — 04270-000 — São Paulo, SP
Fone: 2066-9000 — Fax: 2066-9008
E-mail: atendimento@editorajangada.com.br
http://www.editorajangada.com.br
que se reserva a propriedade literária desta tradução.
Foi feito o depósito legal.

Um

Coisas a meu respeito que, em algum Universo Alternativo, poderiam parecer interessantes ao Comitê dos Professores do Décimo Ano, a ponto de me escolherem para a viagem à Itália do curso de História da Arte:

- Tirei a melhor nota da turma do décimo ano.

- Sei recitar de cor a tabela periódica em ordem alfabética no ritmo da música "YMCA".

- No quinto ano ganhei a medalha de prata da divisão júnior das palavras cruzadas do jornal *The New York Times*. E teria ganhado a de ouro se não tivesse competido contra um garoto prodígio de 9 anos de Ohio, que sabia que a resposta para animal com chifres torcidos era "elã".

- Aos 5 anos de idade, eu tinha uma fileira de dentes a mais na mandíbula inferior. Como um tubarão.

- Tenho tão pouco peito que não inventaram ainda um sutiã do meu tamanho. Nem mesmo um modelo para adolescentes.

- Eu jogo Rummikub muito bem.

- De acordo com a história da minha família, sou uma parente distante de Susan B. Anthony, a primeira sufragista dos Estados Unidos.

- Eu provavelmente sou a única pessoa com menos de 40 anos que já assistiu a um show do Barry Manilow.

- Já mencionei que tirei a melhor nota da turma do décimo ano? Meu Deus, como eu sou maçante...

Pulei a quase um metro da cama, assustada com o estrondo de um trovão.

Lindsay e Samantha, minhas duas melhores amigas, estavam deitadas no chão, folheando a revista *Teen People* da semana anterior. Mas ou: a) as duas estavam conseguindo esconder muito bem de mim que eram completamente surdas, ou b) estavam simplesmente interessadas demais nos contratempos e tribulações dos jovens astros de Hollywood para notar que o céu tinha praticamente se partido ao meio.

Finalmente, depois do ribombar de um trovão, Lindsay largou a revista e se deitou de costas no chão.

— Não aguento mais essa chuva! — reclamou para ninguém em particular. — Não sei como vou tirar minha carta de motorista se continuar chovendo desse jeito. Meu pai não me deixa praticar nem quando o dia está nublado, que dirá com um pé-d'água desses! Agora chega, né? Faz quase uma semana que essa chuva não para.

Samantha pegou a revista do chão, onde Lindsay a havia largado, e aproximou-a mais dos olhos para enxergar melhor. Não sei por que ela é tão obcecada por revistas! Samantha não precisa se esforçar para parecer atraente e é, de longe, a garota mais bem vestida de toda a escola, provavelmente de todo o país.

Ela tem cabelos louro-escuros, ondulados e perfeitos; um corpo longo e esguio que as pessoas em geral só conseguem malhando quatro horas por dia e comendo apenas alface; e todo o guarda-roupa de grife da mãe dela à disposição. (Já mencionei que a mãe de Samantha era modelo? Mencionei também que ela tem as pernas da mãe?) Além disso, nasceu com um senso de estilo que a maioria das celebridades só adquire contratando uma *personal stylist*. Quero dizer, você já viu alguém usar Commes des Garçons com tênis Converse? (Aliás, você já viu alguém usar Commes des Garçons? Então. É estranho.) Mas, sério, ela podia fácil, fácil *posar* para uma revista de moda. Claro que se você perguntar ela vai dizer, "Detesto a minha aparência!" E não está esperando elogios quando fala isso. Taí uma coisa que eu ainda não consegui entender nela.

— Meu Deus! Que cílios são esses?! — ela perguntou em voz alta. — Essa modelo parece que tem aranhas saindo dos olhos! — Samantha jogou a revista de volta no chão e olhou para Lindsay. — Para sua informação, é tudo culpa dos nossos pais. Se eles não tivessem passado toda a década de 80 usando spray de cabelo e inseticida em aerossol, além de copinhos de isopor, nós não teríamos este clima extremo hoje em dia.

— Meu pai deve ter feito isso de propósito — observou Lindsay. — Aposto que ele *só* usava produtos que reduziam a camada de ozônio na esperança de que um dia isso impedisse sua futura filha de se sentar atrás do volante de um carro.

— Hã-hã — respondi meio que ignorando as duas; não só porque Lindsay sempre reclama por não ter carteira de motorista e Samantha sempre culpa os pais por tudo, mas também porque eu estava ocupada demais olhando o panfleto amarelo fosforescente que o professor do curso de História da Arte tinha distribuído em aula. No alto, havia um "ATENÇÃO!" E, de mais a mais, não havia por que dizer às duas que o clorofluorcarbono tinha sido praticamente abolido dos sprays aerossóis desde o final da década de 70 ou que os copinhos de isopor não tinham nada a ver com os padrões climáticos extremos. Elas não ouviriam mesmo.

De repente, uma massa de papel ondulante me atingiu no rosto. Ergui os olhos do panfleto afixado no quadro de avisos perto da minha cama.

— Ei! — reclamei, massageando a testa e rindo mesmo sem querer. — Por que você jogou essa revista em mim? E não vale pôr a culpa nos seus queridinhos de Hollywood.

Samantha ergueu as sobrancelhas.

— Você está nos ignorando completamente desde que chegamos aqui, e eu, por alguma razão, estou começando a levar isso para o lado pessoal. O que se passa nesta sua cabecinha de gênio?

Com um suspiro, tirei a tachinha que prendia o panfleto ao quadro e o segurei mais no alto para que elas vissem. Fiz o máximo para parecer indiferente.

— É um concurso. O sr. Wallace anunciou hoje no curso de História da Arte. O município está fazendo uma doação para mandar cinco estudantes à Itália, durante duas semanas este verão, para estudarem as grandes obras de arte. E eles pagam tudo. Passagens de avião, hotéis, alimentação, até os ingressos dos museus.

Só de pensar já me dava um arrepio de prazer.

— Deixe eu ver — pediu Lindsay.

Ela se levantou do chão e se sentou pesadamente na minha cama, puxando o panfleto da minha mão. Espiei por sobre o ombro dela, relendo o texto pela enésima vez, enquanto ela o lia em voz alta para Samantha.

Atenção!

Uma Experiência de Verão Inesquecível!

Cinco felizes estudantes serão escolhidos para viajar à Itália com o sr. Wallace, onde estudarão as obras de grandes mestres italianos em Roma, Veneza e Florença.

Para se candidatar, é preciso:

- Ser aluno do curso de História da Arte e ter uma média de, no mínimo, A-.
- Escrever uma dissertação explicando por que você deveria ser um desses cinco felizes alunos.
- Os candidatos serão avaliados com base na dissertação e também em sua personalidade, campos de interesse e força de caráter, como determinado por um Comitê de Professores do Décimo Ano.
- Os formulários devem ser entregues ao sr. Wallace às 5 horas da tarde, na próxima quinta-feira!

— E qual é o problema? — perguntou Lindsay, toda animada. — Você nunca tirou menos que A em toda a sua vida e escreve dissertações como ninguém. Claro que escolherão você! — Ela me devolveu o panfleto com um suspiro. — Puxa, isso é tão legal! — comentou balançando a cabeça com um ar sonhador. — Os mais espertos sempre conseguem as melhores chances.

— Pode acreditar — disse Samantha. — Essa viagem não vai ser tudo isso. Meus pais já me levaram cinco vezes à Itália e nem é tão bom assim. Sério, se você já viu uma imagem de Jesus já viu todas. No entanto, eu diria que os garotos são todos uns gatos.

Eu sorri. Tinha que admitir, Samantha era especialista naquele ar *blasé* do tipo "sou uma garota rica cujos pais ignoram totalmente". Ela conseguiu até ser expulsa de um internato por pura vingança — algo relacionado a um toque de recolher desrespeitado, camisinhas e uma banana, embora a história mude um pouquinho toda vez que ela conta —, por isso agora Samantha tem que ir para o colégio Grover Cleveland High com o resto de nós, reles mortais.

Nunca vou me esquecer da primeira vez que Lindsay e eu vimos Samantha. Estávamos no sétimo ano, no primeiro dia depois das férias de inverno, minutos antes da primeira aula. Lindsay e eu entrávamos no banheiro das meninas, que ficava bem em frente às salas de aula de língua estrangeira. Sempre nos encontrávamos ali pela manhã para comparar nossas roupas e nos inteirar de qualquer coisa que tivesse acontecido entre a hora em que desligávamos o telefone ou o computador à noite e a que nos encontrávamos pela manhã no colégio. O banheiro ficava na ala mais afastada da escola, longe de quase todas as salas de aula principais, por isso Lindsay e eu o tínhamos quase sempre só para nós duas. Mas quando chegamos ali, aquela manhã, ficamos surpresas ao encontrar uma garota que nunca tínhamos visto antes.

Prendi a respiração quando a vi: ela estava usando uma longa túnica, toda preta e com tiras de tecido caindo em camadas das mangas, sobre um top verde-abacate e jeans, com sandálias de plataforma roxas. Seu cabelo loiro era comprido e despenteado de um jeito moderno e ela usava colares dourados de diferentes comprimentos e meio desordenados ao redor do pescoço. Era perfeita e deslumbrante, e diferente de tudo o que eu já tinha visto antes, pelo menos em carne e osso. Lindsay e eu só ficamos olhando enquanto ela se debruçava na pia e passava lápis de olho e sete camadas de rímel nos cílios já longos, com as tiras delicadas das mangas caindo em desalinho sobre a pia molhada.

— Minha mãe não me deixou passar lápis esta manhã — ela explicou, com a boca ligeiramente aberta e aquela cara que as pessoas fazem quando estão tentando não borrar o olho ao se maquiar. Ela olhou para nós pelo espelho e me lembro de ter ficado com vergonha do meu cabelo castanho liso e sem graça, do jeans que a minha mãe tinha comprado numa loja de departamentos e a imensa espinha inflamada no meio da minha testa. Mas ela não pareceu reparar em nada disso. Parecia estar querendo saber outra coisa.

— Querem passar também? — finalmente perguntou, estendendo dois lápis de olho para nós.

Eles eram da marca Chanel. Eu sabia que não devia usar maquiagem de outra pessoa, por causa do risco de pegar uma bactéria e contrair uma infecção, mas também sabia que, se não aceitasse, ela sairia daquele banheiro e a nossa chance de sermos amigas daquela linda e excêntrica garota acabaria ali mesmo. Lindsay e eu olhamos uma para a outra e então cada uma agarrou um lápis de olho e nos juntamos a ela na frente do espelho. Ela sorriu. Na verdade, foi mais um risinho afetado.

— Eu sou Samantha — disse. — E é bom que saibam que nunca gostei de emprestar minhas coisas... até o dia de hoje.

Dali em diante nós três nos tornamos inseparáveis.

Dois

— Então, pelo visto, você quer ser um desses cinco felizes alunos — concluiu Lindsay com um sorriso, revelando a covinha na bochecha esquerda que ela tanto detestava.

Suspirei.

— Eu faria qualquer coisa para ser um desses cinco felizes alunos. Vocês fazem ideia de como essa viagem ia fazer diferença para a faculdade? Além disso, eu poderia ir à Itália sem os meus pais. Não seria fantástico?

Samantha deu de ombros.

— Seria mais fantástico se você não tivesse de ir com aqueles panacas do curso de História da Arte. E o que vai escrever na dissertação?

Esse era o problema. Eu tinha lido e relido o panfleto o dia todo, tentando pensar numa razão convincente para que o Comitê de Professores do Décimo Ano me escolhesse. Mas até o momento não tinha conseguido encontrar algo nem remotamente interessante a meu respeito. Exceto, talvez, a fileira extra de dentes. As pessoas sempre queriam vê-la. Até pensei em transformá-la numa fonte de lucros e cobrar cinquenta centavos de quem quisesse dar uma olhada. Ela era legal. Pelo menos até que eu tive que arrancá-la e aí foi simplesmente um horror.

— Não faço ideia — admiti. — Vamos encarar os fatos, meninas, eu sou maçante. Nada nunca aconteceu comigo. Meus pais não se divorciaram, não são imigrantes e os dois têm diploma de medicina. Ninguém na minha família jamais teve uma doença grave. Eu nunca tive nenhum transtorno alimentar, nunca fui viciada em *crack* nem sou autista. Nunca fraturei um osso. Nem um dedo da mão ou do pé. Não tenho hobbies interessantes. Quer dizer, o que eu gosto de fazer? Gosto de ler. E faço palavras cruzadas. E sudoku. E por acaso no último verão fiz algum serviço voluntário na África? Ou fui voluntária em algum hospital infantil? Não. Fiz coisas normais. Trabalhei na Gap Kids. Fui ao show do Barry Manilow. E...

— Isso não é normal! — exclamaram Samantha e Lindsay ao mesmo tempo, me interrompendo.

Franzi os lábios num biquinho enquanto as duas riam.

— Enfim. Estou dizendo, sou a garota mais maçante, normal e comum deste mundo, com a vida mais maçante, normal e comum deste mundo. Sério! *Olhem* para mim.

Eu olhei para mim mesma no espelho de corpo inteiro pendurado na porta do armário e me examinei: cabelo castanho liso e superfino, que se recusa a ondular (ou a segurar um penteado), não importa em quantas camadas eu o corte; lábios finos e sem graça; olhos castanhos comuns; um nariz comum e de tamanho normal; e, é claro, um corpo magro, sem curvas e de altura mediana. Não estou sendo modesta também. Sei que não sou feia ou totalmente sem atrativos. Simplesmente não há nada de especial na minha aparência. Não tenho características marcantes, como o cabelo de Samantha ou a covinha de Lindsay.

Eu me virei para elas.

— A verdade é que a única razão para eu querer ir nessa viagem é que ela pode me fazer parecer um pouquinho mais interessante, para que pelo menos eu tenha algo *de fato* para escrever quando preencher os formulários me candidatando para as faculdades, em vez de ficar só enchendo linguiça. Mas não é como se eu *realmente* tivesse algo para dizer.

Lindsay e Samantha concordaram com a cabeça. Eu adoro o fato de elas não discutirem comigo nem tentarem me convencer de que sou, na verdade, interessante. Também não estou sendo sarcástica. Eu realmente adoro que elas não façam isso. A honestidade é a marca da verdadeira amizade.

— Bom, pelo menos você não é torturada todo dia pela Megan Crowley — lembrou Lindsay, tentando me animar. — Eu daria tudo para ser maçante o suficiente para ela me deixar em paz.

Megan Crowley é o que Hollywood ou certos adultos babacas chamariam de *mean girl*, "garota malvada", ou "abelha rainha", a garota em torno da qual todas as outras gravitam. Tradução: ela é uma cadela insegura que fica zombando dos outros para que ninguém zombe dela. E acontece por acaso de Lindsay ser o alvo preferido dela.

Tudo começou quando estávamos no terceiro ano. Veja bem, na época, Lindsay costumava ser meio malvada também. O que é difícil de acreditar, porque agora ela é, tipo, a criatura mais adorável e inofensiva do planeta. Samantha não consegue nem imaginar Lindsay como uma garota malvada, nem mesmo fechando os olhos e fazendo muito esforço. Ela diz que o motivo é que simplesmente não consegue ignorar a covinha de Lindsay, ou talvez seja a vibração hippie de paz e amor que ela irradia, mas, de qualquer maneira, eu entendo Samantha. É mesmo *difícil* imaginar. E, no entanto, é verdade. Lindsay *era* malvada. Não comigo — somos amigas praticamente desde que nascemos — mas, sabe, com as outras pessoas.

Se eu tivesse que psicanalisar a situação, diria que Lindsay estava provavelmente passando por uma fase de ciúme das irmãs, provocado pelo nascimento das duas mais novas, quando ela tinha 4 e 7 anos, respectivamente, e que então se manifestou na forma de crueldade com as outras garotas da escola, visto que ali era o único lugar em que ela conseguia atrair mais atenção, mesmo que fosse uma atenção negativa. Mas essa é só a minha opinião.

Enfim, lá no terceiro ano, Megan Crowley fez xixi nas calças na festa de aniversário de Charlotte Reese e tentou fingir que a imensa mancha entre as pernas dela era só água derramada. Todo mundo provavelmente teria acreditado nela se não fosse o fato de a Malvada Lindsay estar sentada perto dela quando tudo aconteceu e saber que Megan não tinha derramado água na calça coisa nenhuma. Mas, em vez de deixar passar, a Malvada Lindsay gritou, "*Ela não derramou água! Mijou nas calças! Eu vi!*" E então Megan Crowley explodiu em lágrimas e a mãe de Charlotte Reese teve que levar Megan ao andar de cima para se lavar e pegar emprestada uma calcinha de Charlotte e uma calça limpa também. Isso já teria sido bastante ruim se não fosse o fato de Megan ser realmente alta e Charlotte Reese ser o que as pessoas chamariam, por educação, de "verticalmente desvantajada", e a pobre Megan ficar o resto da noite com a aparência de quem está vestindo calças pula-brejo.

Entretanto, lá pelo quinto ano, Lindsay pegou mais leve e se tornou, tipo, a Garota Mais Amável do Mundo, enquanto Megan se metamorfoseou na líder de torcida perversa/uniformizada (que, na minha opinião, é a mesma coisa). E se você levar em conta o fato de Megan nunca ter perdoado Lindsay pelo incidente do xixi, bem... se você já assistiu a algum filme de adolescentes, sabe que essa não é uma combinação muito boa.

Para alongar ainda mais uma história que já era longa, no oitavo ano Lindsay soltou gases no vestiário das meninas depois da aula de educação física e teve o azar de estar bem ao lado de Megan quando aconteceu. Em vez de ignorar essa função perfeitamente humana como qualquer pessoa educada faria, adivinhe!, Megan fez o maior estardalhaço sobre o quanto Lindsay era nojenta e grosseira, e começou a chamá-la de "Garota Pum". E o apelido pegou. Então, agora, embora já tenham se passado dois anos desde então, cada vez que Lindsay entra na sala, Megan inevitavelmente repete: "Olha só, galera, chegou a Garota Pum!". Há, há, há... não acho graça nenhuma.

Mas a pior parte é que, depois disso, Megan ficou mais malvada ainda. Alguns meses depois, Lindsay encontrou uma lata de feijão em conserva sobre a sua carteira ao entrar na sala e, passadas algumas semanas, um pôster da Supergirl fixado na porta do seu armário, mas com um P escrito no peito com marcador preto e linhas onduladas saindo do seu bumbum... como se fosse, sabe, um fedor exalando dali. E todo mundo tem tanto medo de se tornar a próxima vítima de Megan que as pessoas que eram amigas da Lindsay simplesmente se mantêm longe dela agora. Até os meninos evitam falar com ela. Samantha e eu somos as únicas que têm coragem. Lindsay e eu somos amigas desde a pré-escola e eu não vou abandoná-la por causa de uma imbecil como a Megan Crowley. E Samantha... bem, Samantha simplesmente não liga. De qualquer jeito, ela já acha que todo mundo na escola é otário.

Mas é uma vergonha, porque Lindsay é na verdade legal e divertida — para não dizer superfofa. (Só não diga isso jamais na frente dela, porque ela vai começar uma polêmica sobre "fofo" não ser exatamente um elogio, a menos que você seja um cachorrinho ou um recém-nascido.) Ela é baixinha (embora prefira o termo "mignon"), mas tem um corpo bonito e já usa sutiã 42 (tudo bem, é inveja mesmo). Tem cabelos espessos e perfeitamente lisos cor de avelã, com reflexos naturais avermelhados, que nunca ficam arrepiados nem no final do verão, e tem olhos de um azul tão maravilhoso que as pessoas às vezes param para perguntar se são de verdade ou se ela está usando lentes de contato coloridas. E aquela covinha, é claro. Você poderia desenterrar um tesouro daquela covinha, tão profunda ela é.

Se Megan tivesse simplesmente faltado na escola aquele dia, no oitavo ano, ou se ela estivesse do outro lado do vestiário, sei que Lindsay seria uma garota bem mais popular agora. Embora, na verdade, eu não tenha do que reclamar. Sei que é egoísmo meu, mas eu gosto da ideia de ter Lindsay só para mim e Samantha.

Uma faixa longa e estreita de luz se abriu no céu cor de chumbo e por um instante o meu quarto se iluminou, como se estivéssemos no meio de um dia de verão. Eu me dei conta de que ia ter de pedir à minha mãe que desse uma carona para elas até em casa. Não podia deixá-las ir embora de bicicleta com um tempo daqueles.

— Ah!, esqueci totalmente! — gritou Lindsay de repente. — Por falar na Megan Crowley, esperem até ver o que eu comprei.

Ela foi até a sua mochila largada perto da porta e tirou de lá um saco de papel pardo.

— Sei que isso vai funcionar. É o apetrecho mais vendido ultimamente para erradicar o mal!

Samantha e eu reviramos os olhos uma para a outra.

Essa era outra coisa sobre Lindsay: desde a sua briga com Megan, ela vinha se tornando cada vez mais "esotérica". Primeiro foram os cristais de cura protetores e os óleos essenciais sagrados, depois as cartas de tarô e as runas, e só Deus sabe o que tinha achado desta vez. Ela tinha descoberto um lugar no centro da cidade chamado A Boa e Velha Loja de Artigos Metafísicos (é, esse é o nome da loja) e sempre que Megan Crowley fazia alguma coisa realmente perversa, Lindsay ia lá e gastava toda a sua mesada em qualquer coisa que a maluca atrás do balcão garantia que ia ajudar. Samantha e eu estávamos convencidas de que Lindsay, sozinha, estava mantendo aquela loja aberta e evitando que ela fosse à boa e velha bancarrota. Mas, deixa pra lá, de repente podia dar certo.

Lindsay abriu o saco de papel e tirou dali uma bonequinha que parecia feita de trapos velhos. Ela tinha cabelos loiros de barbante amarelo, usava uma réplica mal costurada em miniatura de um uniforme de líder de torcida e seus olhos tinham sido costurados fechados com linha preta, em forma de um pequeno X.

— O que é isso? — perguntei tirando a boneca dela e girando-a nas mãos.

— É uma boneca de vodu — respondeu Lindsay, toda animada. — Da Megan. Costurei os olhos dela fechados, para que não possa me ver chegando. E agora — ela tirou de dentro do saco de papel uma almofadinha de alfinetes e pegou dali uma agulha de costura —, vou fincar isso na boca da Megan, para que a língua dela doa cada vez que disser algo cruel. — Lindsay transpassou os lábios vermelhos da boneca com a agulha e a ponta saiu do outro lado da cabeça. — Pronto — disse, sorrindo com satisfação. — Tome isto, sua vaca!

Samantha e eu caímos na risada.

— Sério, essa é a coisa mais ridícula que eu já vi — eu disse a ela. — Por favor, me diga que você não acredita mesmo que isso vai funcionar.

Lindsay soltou um pesado suspiro, como se eu é que precisasse recuperar o juízo.

— Você tem a mente tão fechada! — reclamou. — Por que não pode simplesmente aceitar que existem coisas neste mundo que não são concretas? Verônica disse que pessoas como você se sentem ameaçadas pela ideia de não poder controlar tudo. — (Verônica é a maluca atrás do balcão que, pelo visto, tinha doutorado em psicologia barata.)

— Não me sinto ameaçada! — retruquei. — Eu sou lógica. E sensata. Você devia tentar de vez em quando. Faz muito bem.

Lindsay fingiu não me ouvir enquanto contemplava os "X" onde deveriam estar os olhos da boneca.

— Deixa eu ver isso — pediu Samantha, esticando o braço para a boneca.

Ela tirou a agulha da boca e fincou-a no alto da cabeça da boneca.

— "Aaaai!" — gritou em falsete, imitando a voz da Megan Crowley. — "Ainda bem que eu não tenho cérebro, senão isso podia ter me machucado!"

Lindsay e eu rimos. Samantha devolveu a boneca para Lindsay, que removeu cuidadosamente a agulha e colocou-a de volta na boca da boneca.

— Lindsay, você devia conversar com a minha mãe. Ela está ficando cada vez mais parecida com você — disse Samantha, deixando-se cair na minha cama. — Verdade, não te contei? Ela acabou de consultar uma médium, Madame Gillaux. Ela atende a todas aquelas celebridades e socialites, e a minha mãe pega um avião para Nova York a cada duas semanas para vê-la. Porque, sabe, para que doar o seu dinheiro a crianças famintas da África se você pode gastá-lo de tantas outras maneiras mais importantes? Enfim, semana passada Madame Gillaux disse a ela que viu um bebê no futuro da nossa família, e a minha mãe surtou e me fez ir ao ginecologista, e agora estou tomando pílula.

Samantha jogou o cabelo para trás e, por um segundo, pareceu bem mais velha do que os seus 16 anos.

— Sério? — Lindsay perguntou, rindo. — Mas você nem tem namorado!

— Obrigada, Lindsay, por me lembrar — grunhiu Samantha. — Mas não se preocupe. Um dia desses Aiden vai cair na real e largar aquela galinha decadente da namorada dele. E quando fizer isso, eu estarei pronta. E graças à minha Querida Mãezinha, salva de uma gravidez indesejada.

Balancei a cabeça, mostrando minha desaprovação. Aiden Tranter é um cara razoavelmente popular da escola — ênfase no "razoavelmente". Na minha opinião, a única razão para Samantha ter se interessado por ele era o fato de ele não ter nenhum interesse nela. Na verdade, ele a odeia. Desde que tirou carta de motorista no ano passado, a mãe dele o obriga a lhe dar carona para a escola todo dia, porque a mãe dela não quer se dar ao trabalho de se levantar cedo para levar a filha ela mesma. (Ou, como diria Samantha, ela precisa do seu sono da feiura.)

O problema é que Aiden mora a duas quadras da escola e Samantha, num condomínio luxuoso a uns quinze minutos da casa dele, mas na direção contrária. Então Aiden tem que acordar mais cedo ainda para ir buscar Samantha e estar de volta às sete e meia da manhã. É um esquema completamente ridículo; há milhares de outros caras que moram mais perto de Samantha e que ficariam felizes em dirigir três horas toda manhã para ter a chance de se sentar num carro na companhia dela por vinte minutos. Mas a mãe de Aiden é uma alpinista social e quer desesperadamente ser sócia do clube de campo estiloso e exclusivo a que pertencem os pais de Samantha. Então, Samantha fez a mãe dela prometer à mãe de Aiden que, se ele a levasse à escola todos os dias, ela intercederia a favor dela junto ao comitê do clube responsável pelos novos sócios.

Acontece que Samantha fez 16 anos três meses atrás. Mas continua sendo reprovada de propósito nos exames para tirar carta de motorista só para continuar pegando carona com Aiden. Claro que isso só faz com que a odeie ainda mais.

Pessoalmente, eu não vejo nada demais nele. Está sempre com a aparência de quem acabou de acordar, mesmo quando *não* está tentando parecer desleixado. E ele deve ser bem burro porque não há como uma pessoa inteligente tolerar, por mais de cinco minutos, alguém como a namorada dele, a já mencionada "galinha decadente". O nome dela é Trance Jacobs. (É, é isso mesmo. E só agora me ocorreu que ela poderia arranjar um emprego na Boa e Velha Loja de Artigos Metafísicos*.) Eu fui tutora dela em matemática no ano passado. A garota simplesmente não conseguia entender o conceito de frações a menos que eu o explicasse em termos de preços de roupas.

— Você devia ter uma boneca de vodu da Trance — aconselhou Lindsay. — Ou quem sabe uma poção do amor! Se conseguir três gotas do suor do Aiden, você pode fazer uma que ative os feromônios dele. Verônica jura que qualquer um que tomar sua famosa poção do amor jamais olhará para outra garota novamente.

---

* A narradora brinca com a semelhança entre o nome Trance e a palavra *trance*, cujo significado em inglês é "transe". (N. da T.)

Três

O telefone tocou antes que Lindsay tivesse a chance de nos atacar com outra das pérolas de Verônica e eu corri para atender.

— Alô?

— É a Erin? — perguntou uma voz feminina desconhecida do outro lado da linha.

— É. Quem quer falar?

— Sou uma amiga da sua tia Kate — informou a estranha. — Posso falar com a sua mãe?

Minha tia Kate. Taí um nome que eu não ouvia há muito tempo. A tia Kate é a irmã mais nova da minha mãe e elas têm o que a minha mãe chama de "uma relação complicada". Complicada a ponto de não se falarem há mais de um ano.

De acordo com meus pais, quando eu era bebê não conseguia falar a palavra Kate, então eu a chamava de Kiki e é assim que eu a chamo desde então. Até hoje, nunca me refiro a ela como a minha tia Kate. Ela sempre será a Kiki. Embora o meu pai a chame de tia Eskikisita, porque ela sempre faz coisas esquisitas como fugir para viver num *ashram* ou se tornar vegan, ou morar com uma tribo de índios nativos e mudar seu nome para "Aquela que Comunga com a Água".

Mas ela é bem divertida. Ou pelo menos costumava ser, no tempo em que ela e a minha mãe ainda se falavam. No verão, eu ia à casa dela à tarde e passávamos horas na varanda, tentando resolver juntas as palavras cruzadas do *The New York Times*. Ela foi a primeira pessoa que me ensinou a resolver palavras cruzadas. Costumava dizer que eu era muito parecida com ela, mesmo que todo mundo dissesse que eu era igualzinha a minha mãe. Inteligente. Racional. Pé no chão. Teimosa feito uma mula. Pensando bem, de fato minha tia Kiki é teimosa feito uma mula também. Acho que é de família.

— Só um segundo — respondi à mulher ao telefone. — Abri a porta do meu quarto. — Mãe! — gritei. — Telefone pra você. — Omiti de propósito a parte a respeito da Kiki, porque eu não queria ter que dar explicações sem ter nenhuma.

— Já vou! — respondeu minha mãe.

Quando ela atendeu, eu desliguei e fiquei no alto da escada esperando para ver se conseguia escutar alguma coisa da conversa.

— Pois não? — eu a ouvi dizer. E depois ela falou novamente, mas dessa vez sua voz era tensa e rígida. — Algum problema?

Nesse momento Lindsay e Samantha saíram do quarto para se juntar a mim no alto da escada e concordaram com a cabeça quando eu coloquei um dedo sobre os lábios, para que fizessem silêncio.

— O quê?! — A voz da minha mãe tinha um tom alarmado. De repente, fiquei nervosa. Lindsay olhou para mim e eu encolhi os ombros. Só podia imaginar o que Kiki tinha feito desta vez. Só esperava que ela não tivesse sido presa por fumar um baseado ou algo assim, porque o juiz já tinha avisado que não seria tão condescendente da próxima vez.

Então a minha mãe começou a chorar.

Agora eu estava oficialmente apavorada. Minha mãe nunca chora. Nunca mesmo. Ela é pediatra. Vê crianças doentes e tristes todos os dias, por isso treinou para não se deixar abalar por qualquer coisa.

Por exemplo, quando eu me formei no pré-primário, nossa classe cantou "The Circle Game", de Joni Mitchell. Se você não conhece a música, ela tem um refrão que é assim: *As estações se repetem/E os cavalinhos coloridos sobem e descem/Estamos presos no carrossel do tempo/ Não podemos voltar, só podemos olhar para trás*. Imagine um grupo de crianças de 6 anos de idade usando pequenos barretes de formatura e cantando isso para pais abobados. Estou lhe dizendo, minha mãe era a única com os olhos secos na sala.

— Tudo bem — ela sussurrou. — Obrigada.

Ouvi o barulho de um bipe quando ela desligou o telefone, e então um baque surdo.

Quatro

Quando desci as escadas, encontrei minha mãe caída no chão da cozinha, como um saco de batatas.

— Mãe! Mãe, você está bem?!

Chequei para ver se ela estava respirando; ela estava e, justo quando gritei para chamarem uma ambulância, ela levantou a cabeça.

— Não, não precisa. Eu estou bem. Quer dizer, não muito bem, eu só... Não precisa chamar uma ambulância.

Eu não tinha certeza se ela não tinha batido a cabeça quando caiu, então a examinei para ver se havia alguma marca, como ela tinha me ensinado.

— Qual o seu nome? — perguntei. — Está enjoada?

Ela se sentou, depois me afastou com um aceno.

— Eu não bati a cabeça. Só... só... Ai, meu Deus! Kate! — E então começou a soluçar, ali mesmo no chão.

— O que aconteceu? O que essa mulher disse?

Mas a minha mãe só balançava a cabeça. Agora era *eu* que estava sentindo náuseas. Nunca tinha visto minha mãe agir daquele jeito.

— Mãe, vamos, me fala o que aconteceu!

— Ela se foi. — As palavras morreram em sua garganta.

— O quê?! — Meu coração estava acelerado, fazendo trabalho extra enquanto meu cérebro tentava entender o que ela estava me dizendo.

— Eles a encontraram fora de casa, num descampado, com um guarda-chuva de metal. Um raio...

Ela não completou a frase, mas nem era preciso. Eu compreendi. Minha tia havia sido atingida por um raio e agora estava morta.

No primeiro ano, aprendemos em ciências que nos milésimos de segundo em que dura um raio, ele libera uma descarga elétrica de 400 mil volts. Em outras palavras, se você é atingido por um raio, em nove a cada dez vezes a possibilidade é que seu coração pare imediatamente. E, se conseguir sobreviver, ficará com queimaduras profundas nos pontos de contato, além de uma série de problemas de saúde que vão desde dificuldades respiratórias até dano cerebral.

Imaginei o corpo da minha tia sendo eletrificado. Eu me perguntei se ela teria sentido medo. Se teria tido tempo para pensar em ficar com medo.

— O que ela estava fazendo num descampado? — eu me ouvi perguntar. Depois de uma piscina, o pior lugar para se estar durante uma tempestade é um campo aberto. E a coisa mais idiota que se pode fazer enquanto se está num campo aberto durante uma tempestade é carregar um objeto de metal. Todo mundo sabe disso.

Minha mãe se limitou a balançar a cabeça.

— Eu não sei. A amiga dela não me contou muita coisa. Só disse que a encontraram há mais ou menos uma hora e que a declararam morta quando a ambulância chegou. Ela queria ser cremada, e vai haver uma cerimônia fúnebre na quarta-feira.

Lindsay e Samantha limparam a garganta, desconfortáveis, e eu me virei para elas. Tinha me esquecido completamente de que estavam lá.

— Sra. Channing, lamento muito — disse Samantha.

— Erin, acho melhor irmos andando — completou Lindsay.

— Não! — gritei, sem ter tido a intenção de levantar a voz. — Vocês não podem voltar para casa de bicicleta. Especialmente depois do que aconteceu. Meu pai vai chegar logo. Ele pode levar vocês de carro. Esperem só ele chegar.

Lindsay e Samantha se entreolharam, e Lindsay mordeu o lábio inferior como sempre fazia quando estava prestes a concordar com algo que não queria. Meus olhos estavam marejados e eu abri a boca para dizer alguma coisa, mas não sabia o que dizer. Tudo o que eu pensei foi: "*Como isso pode estar acontecendo? Como Kiki pode ter morrido?*"

A porta da garagem se abriu com um ronco baixo.

— Chegou! — eu disse, sentindo alívio por ter outra coisa em que focar a atenção por um minuto. — Viram? Ele já está em casa. Venham. Vamos pegar as coisas de vocês lá em cima.

Subimos os degraus em silêncio, as três estremecendo ao ouvir meu pai abrir a porta e minha mãe contar a ele o que tinha acontecido. Ela estava chorando de novo.

— Que loucura! — Samantha sussurrou, colocando o braço no meu ombro. — Você está bem?

Eu disse que sim com a cabeça, embora não me sentisse nada bem. Tudo parecia surreal, como se estivesse acontecendo com outra pessoa. Alguém num filme que eu estava vendo. Um filme ruim.

— Eu... É que fiquei quase um ano sem ver a minha tia — gaguejei. Tinha um nó na garganta. — Simplesmente não dá para entender. Não faz nenhum sentido. Quer dizer, a Kiki podia ser um monte de coisas, mas não era burra. Por que ela iria a um descampado, com um guarda-chuva de metal, se há dias não param de cair raios e trovões?

Lindsay começou a dizer alguma coisa, mas então hesitou.

— Que foi? — perguntei.

— Nada — respondeu. — É algo totalmente inadequado nas atuais circunstâncias.

— O que é? — insisti. — Pode dizer. Sou eu.

— Ok, bom, eu só estava pensando que é um tipo de coincidência você estar dizendo o quanto a sua vida é entediante e que nada nunca acontece e agora, sabe, assim do nada acontecer isso.

Eu inclinei a cabeça, sem saber direito onde ela queria chegar com aquele raciocínio. Notei que Samantha fez a mesma coisa.

— E daí? — perguntei.

— Sei lá. Só estou dizendo, tipo... Talvez você tenha conjurado isso — Lindsay murmurou. — É tudo tão estranho e misterioso. Talvez você tenha conjurado a coisa toda. Talvez tenha acontecido para que a sua vida ficasse mais interessante.

Eu a encarei. Sabia que ela queria que tudo tivesse sido diferente, mesmo assim... Tentei engolir, mas o bolo do tamanho de uma bola de golfe na minha garganta só deixava isso mais difícil.

— Então, você está dizendo que sou responsável pela morte da minha tia, só porque por acaso mencionei que a minha vida era entediante e que eu não tinha uma boa razão para querer ir à Itália no verão?

Ela abriu a boca e a fechou de novo.

— Tem razão — vociferei, e podia sentir meus olhos ardendo. — Isso foi totalmente inadequado. Me faz um favor? Quando estiver no carro, não diga nada desse tipo para o meu pai, tá?

Lindsay assentiu educadamente.

— Tá, entendi — ela disse. Depois passou os dedos sobre os lábios, como se estivesse fechando um zíper, e atirou para trás uma chave imaginária. — Foi mal. Sinto muito.

Eu sei que ela *realmente* sentia muito, e quando se aproximou para me abraçar eu a abracei também, prolongando o abraço por mais tempo do que pretendia. Funguei no ombro de Lindsay e ela passou a mão de leve nas minhas costas.

— Desculpe — sussurrou. — Eu sei que você a amava de verdade.

Sequei os olhos quando finalmente me afastei dela. Notei que Samantha olhava para mim agora do mesmo jeito hesitante que Lindsay olhara.

— O que foi agora? — perguntei.

— Bom, é que... Você acha que seria muito inconveniente se eu pedisse ao seu pai para pôr o CD do Barry Manilow no carro?

Todas rimos — até eu.

— Tem certeza de que você está bem? — Lindsay perguntou mais uma vez antes de descer as escadas.

— Está tudo bem — menti, tentando tranquilizá-la.

Samantha ergueu uma sobrancelha para mim, com um ar descrente.

— Está tudo *bem* — repeti. — Agora vão, que o meu pai está esperando.

As duas desapareceram escada abaixo e, assim que se foram, corri para o meu quarto, me joguei na cama e chorei baixinho no meu travesseiro.

Cinco

Não consegui dormir nada. Toda vez que fechava os olhos, tudo o que eu via era minha tia: seu esqueleto iluminado dentro do corpo, o cabelo todo espetado, como uma cena tirada de um antigo desenho do Tom e Jerry. Me revirei na cama durante horas, ouvindo a chuva bater no telhado e observando o relógio mudar de 23 para 24 horas e depois de 24 para 1 da manhã. Durante esse tempo todo, meu cérebro não parou. Por que minha tia Kiki e minha mãe tinham parado de se falar? E por que ela jamais me telefonou? Por que eu não sabia mais nada da vida dela a não ser das confusões em que se metia?

Sentei-me na cama e joguei as cobertas para o lado. Não adiantava. Eu não ia conseguir dormir.

A luz da cozinha estava acesa. Quando entrei, vi minha mãe encostada no balcão, tomando um gole de uma xícara de chá.

— Oi — eu disse.

— Olá — ela respondeu. — Não consegue dormir?

Fiz que não com a cabeça.

— Também não. Quer uma xícara de chá? Ou posso esquentar um leite pra você.

Olhei para o chão.

— Pode ser chá-leite? — perguntei, timidamente.

Quando eu era pequena, com uns 4 ou 5 anos de idade, costumava ter aqueles pesadelos apavorantes, do tipo *Sexta-feira 13* (embora eu nunca tivesse assistido a esse filme ou nada parecido), e minha mãe me dava uma bebida que ela chamava de chá-leite para me acalmar. Era uma mistura de chá com leite e uma tonelada de açúcar. Agora que estou pensando nisso, percebo que é basicamente a mesma coisa que aqueles *chai lattes* que eu bebo no The Coffee Bean. A diferença é que um *chai latte* custa caro e é muito mais charmoso do que o chá-leite. Quem sabe eu estivesse muito à frente do meu tempo?

— Você não me pede isso há anos. — Mamãe estendeu a mão para afagar meu cabelo. — Eu adoraria fazer chá-leite pra você.

Fiquei olhando enquanto ela preparava a bebida. De costas, parecia muito com a minha tia. A mesma altura, o mesmo tipo físico, a mesma cor de cabelo. Eu podia sentir meus olhos se enchendo de lágrimas novamente e estendi a mão para pegar um lenço de papel da caixa sobre o balcão. Quando funguei, minha mãe se virou.

— Ah, querida, sei que é difícil. — Ela hesitou. — Sabe... Ainda não sei se é melhor para a família que um ente querido se vá de repente ou que seja algo longo e demorado. Porque quando é longo e demorado, você tem tempo de falar para ele todas as coisas que precisa dizer, mas por outro lado tem de presenciar seu sofrimento. E quando é de repente, não há sofrimento, mas você não pode... — A voz dela falhou, e ela começou a chorar outra vez antes de conseguir terminar a frase. Então respirou fundo e se recompôs. — Há tanta coisa que eu nunca tive chance de dizer a ela...

— O que aconteceu entre vocês duas? — perguntei. A pergunta saiu da minha boca antes que eu pudesse reprimi-la.

Mamãe pôs o chá-leite no balcão à minha frente e depois se sentou com um suspiro.

— Não sei direito. Eu só sentia que ela se recusava a crescer. Nunca teve um emprego de verdade, nunca se casou, nunca teve filhos. Só vivia a vida dela sem nenhuma responsabilidade. Até aí tudo bem, mas... ela não tinha consideração por ninguém. E a impressão que dava era que eu sempre tinha de tirá-la das confusões em que se metia.

Concordei com a cabeça. Já tinha ouvido aquelas histórias um milhão de vezes, mas minha mãe queria contá-las de novo e, desta vez, eu não a deteria. Neste momento eu só queria falar da tia Kiki. Se extravasar seus sentimentos com relação a ela ajudaria mamãe a se sentir melhor, então eu estava pronta para ouvir.

— Quando ela foi presa por porte de mescalina, eu paguei a fiança. Quando o governo chinês a expulsou do país, fui eu quem conseguiu trazê-la de volta para casa. Quando foi mordida por um macaco na Costa Rica, eu que liguei para o hospital para ter certeza de que ela receberia todos os cuidados necessários. Mas a recíproca não era verdadeira... — Ela fez uma pausa e se esforçou para sorrir para mim. — Você já sabe tudo isso.

— Tudo bem.

— Não era — ela continuou. — Kiki nunca fez nada para *me* ajudar. Lembra quando a vovó fraturou a bacia alguns anos atrás? Eu tive que cuidar dela por três meses, embora eu tivesse um emprego de período integral e uma família. E Kiki... ela estava fora, fazendo yoga num *ashram* na Índia, completamente incomunicável. Foi revoltante!

— Mas vocês sempre discutiam por causa dessas coisas — lembrei. — O que aconteceu pra você parar de falar com ela?

Ela suspirou e colocou a mão sobre a minha.

— Ah, Erin. Eu não parei de falar com ela. Ela parou de falar comigo. Um dia liguei para minha irmã e ela nunca mais me ligou de volta. Deixei várias mensagens, escrevi e-mails e mandei uma carta. Até tentei falar com ela pessoalmente algumas vezes. Mas ela se recusou a me ver. E eu não faço ideia do que aconteceu. É como se um dia ela tivesse resolvido que não queria mais nada conosco. Eu nunca disse a você porque não queria que se magoasse. Eu sei o quanto a amava.

O quê?! Fiquei horrorizada. Eu sempre tinha pensado que a culpa era da minha mãe. Mas tia Kiki parar de nos ligar?... De ligar para *mim*? Cortar relações assim sem nenhum motivo? Eu não conseguia entender por que ela poderia não querer falar com a irmã — Deus sabe que sempre sobrou para mim aguentar o aborrecimento de mamãe. Mas Kiki sempre me disse que ela me amava como se eu fosse sua própria filha e eu acreditei nela.

Isso mudava tudo, porém. Agora eu não sabia em que acreditar.

Seis

Eu nunca tinha ido a uma cerimônia fúnebre, mas posso dizer com toda a certeza que essa não foi uma cerimônia fúnebre normal. Quer dizer, estou falando aqui de um circo dos horrores. Estou falando de Bizarrice com B maiúsculo.

Para começar, eu, meus pais e umas cinquenta pessoas, aproximadamente, estávamos sentados na sala de estar da minha tia. Não teria nada de mal nisso se não fosse o fato de toda a mobília ter sido retirada e estarmos sentados no chão. Em círculo. *De mãos dadas*. E para tornar a coisa mais arrepiante ainda, as luzes tinham sido apagadas, as cortinas, fechadas, e havia velas nos quatro cantos da sala. No meio do círculo, estava a urna com as cinzas da minha tia. Tudo o que eles precisavam era gelo seco e sons de correntes se arrastando e pessoas gemendo para ter um cenário impressionante para uma versão filme B de uma casa mal-assombrada.

Do meu lado esquerdo estava a minha mãe e do outro, um homem com uma juba grisalha e barba desgrenhada, um sósia perfeito do Jerry Garcia. Ele estava usando uma jaqueta de couro preta de motociclista com um bordado Hells Angels costurado nela. E já mencionei que estávamos de mãos dadas?

Meu pai, que estava ao lado da minha mãe, estava de mãos dadas com uma mulher que usava uma roupa florida e esvoaçante, sem mangas. A mulher tinha uma tatuagem gigante no braço de uma mãe amamentando dois bebês de uma só vez.

E havia uma mulher liderando a cerimônia. Ela usava uma longa túnica preta, os olhos eram anormalmente grandes e seu cabelo grisalho de arame era espetado para todos os lados — como se *ela* tivesse sido eletrocutada por um raio. (Desculpa aí. Piadinha besta.) Ela podia se passar tanto por uma juíza entupida de anfetaminas quanto por uma professora substituta de Hogwarts.

Eu também me sentia realmente desconfortável (fisicamente, quero dizer), porque minha mãe tinha me dito que eu devia usar vestido e salto alto. Passei um bom tempo tentando descobrir como me sentar no chão sem mostrar a calcinha para o homem sentado à minha frente no círculo (que por acaso tinha um rabo de cavalo grisalho e quatro dedos a menos na mão esquerda).

A pior parte é que eu estava distraída demais com a esquisitice de tudo aquilo para sentir alguma coisa.

A mulher de túnica continuava falando da minha tia Kate, dizendo coisas realmente bonitas sobre ela... e eu continuava olhando de esguelha para a minha mãe, para ver se ela cairia no choro outra vez. Mas ela não caiu, e eu me perguntei se ela estava sentindo a mesma coisa que eu. Meu olhar passou da minha mãe para o meu pai, mas eu tive que desviar os olhos porque vi que ele estava se esforçando para não rir — e eu sei que, se ele me pegasse olhando para ele, nós dois cairíamos na gargalhada. Eu não queria ser desrespeitosa. No entanto, a mão do Jerry Garcia estava realmente suada, e eu me perguntava se seria desrespeitoso se eu largasse a mão dele e limpasse a minha no vestido.

— Todos se levantem agora, por favor — disse a mulher de túnica preta. — Um de cada vez, aproximem-se para se dirigir à nossa querida Kate. Digam a ela tudo o que precisam. Ajudem-na em sua jornada além da vida.

Jerry Garcia sorriu para mim e soltou a minha mão ao se levantar. *Ufa, graças a Deus!* Notei, no entanto, que ele tinha lágrimas nos olhos e eu me perguntei como teria conhecido Kiki. Na verdade, eu me perguntei como *qualquer uma* daquelas pessoas teria conhecido Kiki.

A mulher de túnica se aproximou da urna e se ajoelhou ao lado dela.

— Kate — ela disse para a urna —, eu gostaria que você ficasse em paz no pós-vida. Quem sabe possa renascer num mundo melhor.

Ela voltou a ocupar seu lugar no círculo e se sentou de pernas cruzadas. Eu notei que, por baixo da túnica preta, ela usava jeans e chinelões de couro. Suas unhas dos pés estavam amarelas, ásperas e sem brilho. Eu me arrependi de ter olhado para elas.

Exceto por mim, minha mãe e meu pai, todo mundo se levantou e agora, em fila, esperavam sua vez para falar com as cinzas da minha tia. Comecei a me levantar quando a mulher de túnica mandou, mas a minha mãe me fitou com um olhar mortífero. Agora ela estava com o olhar fixo à sua frente. Seus dentes rangiam e seu rosto adquirira uma tonalidade vermelho vivo. Eu reconheci aquela expressão. Era a mesma que ela havia feito quando eu tinha 10 anos e capturei um esquilo e o trouxe para casa, porque queria que ele fosse nosso bichinho de estimação.

— O que vamos fazer? — por fim sussurrei para ela.

— Vamos ficar sentados aqui — ela sibilou. — E quando toda essa coisa ridícula tiver acabado, vamos pegar a urna com as cinzas da sua tia, voltar para casa e fazer uma cerimônia apropriada. Numa igreja. Com cadeiras.

Então era *isso* que a aborrecia. Não era a cerimônia em si, mas o fato de não ser ela quem estava no comando. Pelo canto do olho, vi que Jerry Garcia era o próximo da fila. Quando ele se ajoelhou ao lado da urna, me esforcei para ouvir. Havia obviamente um monte de coisas sobre Kiki que eu não sabia, mas não conseguia imaginá-la como uma motociclista durona.

— Kate — disse Jerry Garcia, esfregando os olhos —, nunca me esquecerei da sua bondade com a minha Sadie. Quando ela era apenas um filhotinho de gato e quebrou a pata... — sua voz falhou e o sujeito atrás dele na fila lhe deu um tapinha no ombro —, ...você a alimentou com um conta-gotas e tinha tanta paciência... — Ele fez outra pausa tentando se recompor. — Vamos sentir sua falta. Você era uma mulher muito especial.

Ele se levantou e abraçou o sujeito atrás dele, chorando em seu ombro. *Nossa*! Eu definitivamente não esperava de um motociclista

Hells Angels a história de um gatinho. Isso me ensinava a não julgar ninguém pelas aparências.

Ouvi outras pessoas falarem com a minha tia.

— *Kate, espero que eles tenham bacon de tofu no céu, eu sei o quanto você gostava...*

— *Kate, obrigada por me mostrar que a meditação podia me proporcionar uma viagem muito melhor do que chá de cogumelo ou até LSD...*

— *Kate, se um dia você quiser mandar um sinal de que está comigo, basta soprar três velas e eu saberei...*

Por fim, quando todo mundo tinha falado e se sentado novamente no círculo, a mulher de túnica se levantou e voltou para o centro da roda.

— Siga sua jornada, irmã Kate. Nós a seguiremos quando for a hora. Que você possa renascer na mesma hora e no mesmo lugar em que estão aqueles que você conheceu e amou nesta vida. Que os encontre novamente e volte a amá-los.

Ela acendeu uma vela sobre um pilar alto e depois pegou a urna e saiu devagar da sala. Quando ela se foi, todo mundo se levantou e a seguiu, exceto eu e meus pais. Só nos entreolhamos, sem saber o que dizer.

— Até para a tia Eskikisita, isso deve ter parecido estranho — papai finalmente murmurou.

Minha mãe respirou fundo, tentando se acalmar.

— Ela está morta, Peter. Você precisa continuar chamando-a desse jeito? — Então ela alisou o casaco e tirou um fiozinho da saia. — Vou pegar as cinzas da minha irmã — disse decidida. — Encontro vocês no carro daqui a vinte minutos.

Ela saiu da sala, deixando papai e eu para trás, abandonados à própria sorte. Consultei o relógio. Eram quase 3 horas.

— Estou morta de fome — disse a ele. — Será que tem comida aqui?

— Tofu, talvez — ele disse, meio amuado depois da bronca da mamãe. — Mas comida não sei se tem.

Sete

Tão logo entramos na sala de jantar, meu pai foi cercado por um grupo de pessoas que queriam ouvir histórias da minha tia Kate, do tempo em que ainda não a conheciam. Eu consegui de alguma forma passar despercebida. Rodeei a mesa do buffet para ver se havia algo que eu pudesse beliscar antes que a minha mãe voltasse e nos arrastasse para o carro pelos cabelos. Passei os olhos rapidamente pela mesa: palitos de cenoura, palitos de aipo, frutas, *a-há!* Pão e requeijão — não, espere, era *cream cheese* de tofu. Que fosse. Estava com tanta fome que devoraria um cavalo de tofu se houvesse um ali.

Coloquei um pouco do *cream cheese* falso no meu prato e, quando estendi a mão para pegar um pãozinho, notei o quadro pendurado na parede sobre a mesa. Era um pôster de uma escultura de Thomas Hirschhorn chamada *Camo-Outgrowth*, a obra de arte favorita da minha tia. A peça era feita de uns cinquenta ou sessenta globos terrestres dispostos um do lado do outro em prateleiras na parede, cada um deles coberto parcialmente por uma camuflagem militar. O pôster sempre estivera pendurado ali, mas, depois que toda a mobília tinha sido retirada, parecia estranhamente fora de lugar. Olhei para ele e pela primeira vez, naquele dia, senti um nó na garganta e meus olhos começaram a arder. Lembrei-me de quando tia Kiki o havia comprado, logo depois que a obra tinha sido instalada no museu de arte local. Disse que ela a estava "perseguindo". Então voltou e comprou o pôster, e toda vez que eu ia visitá-la ela vinha com uma explicação sobre o que ele supostamente significava. Eu devo ter passado umas boas vinte horas da minha vida conversando sobre o pôster com ela. Na verdade, essa foi a única razão que me levou a fazer o curso de História da Arte este ano.

Alguém me deu um tapinha no ombro, me causando um sobressalto. Quando me virei, vi na minha frente uma mulher magra e pequena, com a pele muito pálida e cabelos quase pretos. Seus olhos estavam vermelhos e inchados, mas fora isso o rosto era bonito. Ela era bem mais velha do que eu, mas não tanto quanto minha mãe. Talvez tivesse uns 35 anos. Segurava uma caixa marrom pequena de papelão.

— Desculpe — ela disse. — Não quis assustar você.

A voz dela era calma e serena, e eu a reconheci de imediato. Era ela quem tinha ligado para casa outro dia.

— Tudo bem — disse a ela. — Sou Erin.

— Eu sei. Sou Roni. — Ela passou a caixa para a mão esquerda e apertou a minha com a direita. A pele dela era fresca e macia. — Sinto muitíssimo pela sua perda.

— Obrigada. — Hesitei por um momento. — Você e minha tia eram próximas? — Era óbvio que eram, mas eu não sabia mais o que dizer a ela. Não podia dizer simplesmente, "*Ei, essa não foi a cerimônia fúnebre mais bizarra e arrepiante que você já foi?*"

— Kate era minha melhor amiga — disse Roni, com os olhos começando a marejar novamente. — Ela a amava muito, você sabe.

Eu queria perguntar, "*Então por que ela ficou sem me ligar durante um ano inteiro?*" Mas fiquei com receio de que, ao abrir a boca, começasse a chorar também e não conseguisse mais parar.

Ela estendeu a caixa na minha direção.

— Ela queria que você ficasse com isto.

— O que é? — falei com a voz embargada, sem pegar a caixa.

— Você vai ver. — Ela estendeu a caixa e a colocou nas minhas mãos. — É muito importante para Kate que você só abra a caixa quando estiver sozinha.

Dei de ombros.

— Tá. E... obrigada.

Ela tentou sorrir, mas seu sorriso pareceu mais uma careta. Era como se os músculos da boca estivessem tristes demais para empreender todo aquele esforço.

— E aqui está — disse ela, tirando um papel do bolso de trás do jeans. — Esse é o meu telefone. Ligue-me quando estiver pronta.

— Pronta pra quê?

— Quando estiver pronta você saberá.

Depois de dizer isso, ela se virou e foi se juntar às outras pessoas. Eu olhei para o papel que ela me deu.

Roni, 555-9436. Quando estiver pronta.

Nesse momento, minha mãe veio apressada na minha direção, com meu pai atrás. O rosto dela estava ainda mais vermelho do que antes e eu podia dizer que ela tinha chorado.

— Vamos embora — disse, agarrando meu braço.

— Posso só comer meu pãozinho? — pedi. — Estou famin...

— Coma no carro — ela mandou. — Agora. — Ela apertou meu braço e eu tive quase que correr para acompanhá-la.

— Onde está a urna? — sussurrei alto enquanto nos desviávamos dos grupinhos de pessoas para chegar ao carro.

— Eles não me deixaram levá-la — declarou. O tom de voz dela era prático e inexpressivo. Tinha entrado no modo "doutora". — Aparentemente, Kate deixou registrada a sua vontade de que a melhor amiga ficasse com as cinzas. Eles tinham até um advogado aqui, para me impedir caso eu tentasse levá-la. — Ela engoliu com dificuldade. Estava ofendida. Muito. O que tinha deixado minha tia tão zangada? Por que ela tinha preferido que fosse assim?

Quando chegamos no carro, percebi que eu ainda estava segurando a caixa. Meus pais estavam tão perturbados que nenhum dos dois notou. Eu me esgueirei para o banco de trás e coloquei a caixa no assoalho do carro, perto de mim. Estava tentada a abri-la durante o trajeto para casa. Mas então me lembrei do que Roni dissera. Olhei para a caixa novamente. Era apenas uma caixa de papelão velha e comum. Não havia nada escrito nela, nada para me dar uma dica do que havia dentro.

Achei que ela podia esperar.

Oito

Um quadradinho de papel dobrado aterrissou na minha carteira uns sete minutos depois de iniciada a aula. Olhei em torno para ver se a professora estava olhando, mas ela estava ocupada demais sentindo o aroma do seu iogurte sabor *piña colada* para reparar. Samantha jurava que ela tomava *piña colada* de verdade e que o pote de iogurte era só para disfarçar. Tenho que dizer que isso explicaria muita coisa.

Mantendo as mãos sob a carteira, desdobrei o papel e li o bilhete. Era de Samantha, via Lindsay.

Aiden vai ver o Flamingo Kids neste final de semana. Vocês duas têm que vir comigo. Esta é a minha chance de mostrar a ele que não sou a garota boboca que ele leva para a escola, mas uma mulher ardente que ele deseja intensamente. E que de fato tem um cérebro, ao contrário de Trance. Passe para Erin depois de ler.

Samantha era exagerada, porque, embora fosse deslumbrante, Lindsay e eu sabíamos que ela só tinha beijado três rapazes na vida, e um deles era o primo. Virei o papel e vi a resposta de Lindsay.

"Desculpe, Sam. Vou ficar com meu pai este fim de semana. Mas me diga se você quer aquela poção do amor. Você pode derramar algumas gotas na bebida dele quando ele não estiver olhando! Bj L."

Eu peguei a caneta e escrevi minha resposta embaixo da resposta de Lindsay.

"Acho que você está me confundindo com alguém que gosta de shows... Desculpe" Beijoca E.

Voltei a dobrar o papel e lancei-o discretamente no colo de Samantha. Observei-a enquanto ela o abria e lia as respostas. Ela franziu a testa, depois pegou a caneta e escreveu alguma coisa. Em um minuto, o quadrado estava de volta na minha carteira.

"Você devia tentar viver um pouquinho. Não me admira que não tenha nada para dizer na dissertação. L. S."

O sr. Wallace estava no quadro-negro, o cavanhaque castanho recém-aparado e os óculos de aros pretos pousados confortavelmente sobre o nariz. Todo o visual era tão típico de um "professor de artes" que era quase como se estivesse fantasiado. Ele pegou um pedaço de giz e escreveu 1/3 na lousa em números garrafais.

— O trabalho final deste ano será em grupo. Cada um de vocês terá um parceiro e cada dupla receberá um tópico. Os grupos então vão visitar o Museu de Arte juntos pelo menos três vezes e depois cada dupla fará uma apresentação oral para a classe, relatando seus achados.

Ele levantou o braço esquerdo e apontou a fração que havia escrito no quadro.

— Esse trabalho valerá um terço da nota final, e vocês terão uma semana para realizá-lo. Aqueles que estão pensando em se candidatar para a viagem à Itália, saibam que a nota do trabalho será levada em consideração na seleção.

Essa viagem vai mudar a minha vida, pensei.

Eu tinha me esquecido completamente da viagem depois da cerimônia fúnebre, mas então Samantha gentilmente me lembrou dela naquela manhã, em seu bilhete. Agora eu estava pensando na viagem o tempo todo novamente. Nela e, é claro, no que estava dentro da pequena caixa de papelão que Roni tinha me dado. Quando fomos para casa, depois da cerimônia na noite anterior, tinha pensado em abri-la, mas estava tão cansada e tinha uma tonelada de lição para fazer, e simplesmente não estava com disposição para nenhuma surpresa ou revelações de família. Então a deixei sobre a minha escrivaninha...

De qualquer forma, eu *de fato* precisava descobrir o que iria dizer naquela dissertação.

O sr. Wallace pegou uma folha de papel e começou a anunciar as duplas. Fiquei esperando atentamente ele dizer o meu nome. Só tinha esperança de que me colocasse com alguém que valesse a pena, porque eu não queria acabar fazendo todo o trabalho sozinha. Fiz um cálculo rápido da minha nota até agora: A-. O que significa que eu precisava tirar pelo menos um B+ nesse trabalho para me candidatar à viagem. Olhei ao redor da sala, procurando por parceiros em potencial. Emily Gardner seria uma boa opção. Ela era inteligente e esforçada. Ou podia ser Phoebe Marks. Eu tinha visto os resumos dela quando estava estudando para a prova e eram *irados*. Meu olhar se deteve, porém, na carteira que ficava duas fileiras à frente da minha. Tudo menos ele. *Por favor, que o meu parceiro não seja Jesse Cooper...*

— Emily Gardner ficará com Phoebe Marks — anunciou o sr. Wallace.

Meu coração ficou apertado quando as duas garotas sorriram uma para a outra de lados opostos da sala. *Tudo bem*, pensei, tentando ser positiva. Ainda tinha a Jack Engel ou a Maya Franklin. Embora Maya fosse uma garota invejosa e rancorosa que, desde o dia em que começaram a calcular a média dos alunos da classe, tentava fazer com que eu perdesse o meu título de melhor aluna, ela ainda seria melhor do que Jesse Cooper.

— Jack Engel ficará com Carolyn Strummer. Erin Channing ficará com... — Segurei a respiração. *Por favor, diga Maya. Por favor, diga Maya...*

— Jesse Cooper.

Ai, não. Afundei na carteira.

Era um pesadelo. Como o sr. Wallace podia ser tão tapado?

Ele não tinha percebido que Jesse Cooper era a única pessoa em toda a classe com quem eu nunca falava? Eu me recostei na carteira e me concentrei na parte de trás da cabeça de Jesse. Seu cabelo preto retinto era tão arrepiado que tinha quase meio metro de altura. Tudo bem, exagero meu, mas ainda assim ele gostava dessa coisa spiky punk rock que parecia trinta anos defasado no tempo e podia ter sido o máximo um dia, mas agora parecia simplesmente... ultrapassado.

Tinha uma argolinha de prata na orelha esquerda e estava usando uma camiseta Volcom-T amarela e uma calça jeans preta. (Para crédito dele, a calça não era muito agarrada e na verdade tinha um visual bem normal, tirando os furos.) Eu olhei para os pés dele: tênis Converse de cano alto. As solas dos pés estavam fora do chão, de modo que só os dedos tocavam o assoalho. Notei que havia algo escrito em preto e com traço grosso na sola do tênis esquerdo e me curvei para tentar ler.

Eu vi você olhando.

Eu podia sentir meu rosto corando. Voltei, rápido, o olhar para o sr. Wallace. Alguns segundos depois, olhei para o tênis de Jesse novamente. Agora ele estava com o pé inteiro no chão. Será que era de propósito?

O que teria acontecido com ele?, eu me perguntei um milhão de vezes.

Jesse Cooper não costumava ser desse jeito. Na verdade, até o início do nono ano, ele era um dos meus melhores amigos. Alguns anos antes, tínhamos quase todas as aulas juntos e almoçávamos juntos quase todo dia. Ele era inteligente e engraçado e gostava de me paquerar. E, sim, foi com ele o meu primeiro beijo. (E, para minha vergonha, até agora o último.)

Aconteceu na festa de formatura do oitavo ano, na casa de Jeff DiNardo. Os pais de Jeff estavam no andar de cima, na cozinha, e alguns de nós estávamos no salão, quando alguém sugeriu que fôssemos jogar o jogo dos Sete Minutos no Paraíso. Estávamos usando a roleta do Twister da irmã de Jeff e, quando chegou a minha vez, a roleta apontou para Jesse. Tenho que admitir, eu meio que estava esperando que isso acontecesse, porque achava que poderia ter uma quedinha por ele. Ênfase no "poderia".

Mas, enfim, fomos para dentro de um armário e ele me perguntou se eu queria beijá-lo e eu disse que achava que sim e nós nos beijamos. Mas não foi só, tipo, um beijinho na bochecha ou qualquer coisa assim. Foi um beijo de verdade. De língua. Eu fiquei surpresa no início, quando ele abriu a boca e tudo mais, mas meio que gostei

— tudo bem, vou abrir o jogo, eu gostei muito — e antes de percebermos, os sete minutos tinham acabado e as pessoas estavam abrindo a porta do armário. E eu me lembro de ter ficado decepcionada, porque não queria que terminasse, e tudo o que eu desejava pelo resto da noite era que aquela roleta apontasse para Jesse novamente, para que eu pudesse voltar para o armário com ele e ficar ali para sempre.

Tudo bem, talvez fosse um pouquinho mais do que "poderia".

Mas aí, alguns dias depois, o pai dele sofreu um ataque cardíaco e morreu. Foi horrível. O pai de Jesse era jovem e saudável. Fazia exercícios e comia direito. Depois que soubemos da notícia, lembro-me da minha mãe dizendo que nós nunca sabemos o que se oculta nos nossos genes. Eu também me lembro de ter ficado muito zangada com ela por causa desse comentário, embora ela não tivesse dito nada demais. E, então, logo depois do funeral, a mãe de Jesse o mandou para um acampamento de artes, ou coisa assim, para o verão e eu nem pude me despedir dele ou dizer o quanto lamentava pela morte do pai. E depois, quando ele voltou, já não era mais o velho Jesse de sempre. Ele estava, bem... ele estava *assim*. Com o cabelo e os tênis e o brinco. Logo ele estava andando com uma galera diferente, que curtia artsy punk rock, e paramos de nos falar. Quer dizer, sim, foi esquisito no começo, porque costumávamos ser super amigos e depois simplesmente não éramos mais. E para ser franca, eu fiquei com raiva dele por não se abrir comigo. Então, lá estava ele, três meses depois do mais trágico acontecimento da sua vida, convivendo com todos aqueles carinhas com quem nunca tinha falado antes, e não podia nem mesmo me telefonar? Aí seguimos rumos diferentes e foi assim desde então. Ou, pelo menos, até que o sr. Wallace se intrometesse, nos forçando a ficar juntos novamente.

Como eu disse, essa viagem ia mudar completamente a minha vida.

Jesse estava esperando por mim no corredor quando a aula terminou.

— Então, tema maneiro, hein? — ele perguntou num tom de voz impossível de se interpretar.

Na hora da saída, o sr. Wallace tinha nos dado todo o material do trabalho, com os nossos temas. O nosso era selecionar três obras de arte de três períodos diferentes e discutir como a espiritualidade estava representada em cada uma delas. Só não sei se eu definiria isso como "maneiro". Espiritualidade não é exatamente a minha praia. Mas eu não tinha certeza se Jesse estava sendo sarcástico ou falando sério, então não respondi.

Maya Franklin passou por nós e me lançou um olhar maligno. *O que foi que eu fiz agora?*, me perguntei.

— Que pena não sermos parceiros, Jesse — ela disse. — Acho que formaríamos uma ótima dupla.

Espere aí! Ela estava flertando com ele?! Maya Franklin tinha uma queda por Jesse Cooper?! *Arg!* Só de pensar nela gostando de um garoto já me dava arrepios, que dirá pensar nela gostando de Jesse Cooper.

— Hã... é — Jesse respondeu, sem saber direito o que dizer. — Boa sorte..., então.

Maya lançou um sorriso falso para mim e saiu andando. Bizarro.

— *Enfim*... — eu disse, preferindo não comentar o absurdo daquele encontro. — Não temos muito tempo, então precisamos combinar um horário para ir ao museu.

Ele pensou por um segundo.

— O museu fica aberto até mais tarde às quintas-feiras. Você acha que dá pra ir hoje à noite? Tipo, seis e meia?

Caraca! Ele tinha realmente mudado. O Jesse que eu conhecia vivia adiando as coisas. Eu não tinha nada para fazer à noite. Tirando a lição de casa de ciências e matemática, tinha todo o tempo livre. Pensei no bilhete de Samantha e Lindsay outra vez. Minha vida era *de fato* maçante, não é?

— Claro, posso ir hoje à noite — respondi. Reparei que ele tinha uma tatuagem pequena no pulso esquerdo, mas da distância que eu estava não dava para ver o que era. As perguntas começaram a pipocar na minha cabeça. Quando será que ele tinha resolvido assumir pra valer aquele visual? Será que percebia como tudo aquilo era esquisito? Por que estava agindo como se nunca tivéssemos sido grandes amigos e depois deixado de ser? Por que ele agia como se o beijo no armário nunca tivesse acontecido? Será que tinha dado tantos outros beijos desde aquele dia que nem se lembrava mais do nosso?

— Legal — respondeu. — Vejo você mais tarde. — Ele mordeu o lábio inferior e, ao fitar aqueles lábios, senti que fiquei vermelha. Olhei para baixo antes que ele visse e pensei pela centésima vez, *Deus, como eu sou idiota!*

Nove

Graças ao Jesse, eu tinha quase me esquecido da caixa.

Quando cheguei da escola, por um segundo fiquei surpresa ao vê-la ali, sobre a minha escrivaninha.

Consultei o relógio. Lindsay e Samantha chegariam a qualquer momento. Normalmente eu esperaria por elas para que abrissem a caixa comigo, mas algo no jeito como Roni disse aquelas palavras — *é muito importante para Kate que você só abra a caixa quando estiver sozinha* — me fez pensar se não seria melhor fazer o que ela disse.

Com um movimento rápido, rasguei a fita crepe que fechava a caixa usando a minha chave de casa. Não sei o que estava esperando, exatamente. Fotos? Cartas? Algum tipo de explicação? Senti um frio na barriga e segurei a respiração quando abri a tampa e olhei ali dentro. Era...

Uma bola de plástico cor-de-rosa. Bem, tecnicamente, era uma Bola de Cristal Cor-de-Rosa, bem o tipo de brinquedinho retrokitsch que nunca cansava de divertir minha tia Kiki. A pessoa faz uma pergunta e sacode a coisa, e então uma resposta *new age* idiota aparece na superfície da bola. Supus que ela previsse o futuro como uma bola de cristal, exceto pelo fato, claro, de ser de plástico. E cor-de-rosa.

Coloquei as mãos dentro da caixa e a tirei dali. A bola em si era, na verdade, transparente, mas cheia de um líquido com glitter cor-de-rosa que refletia a luz do sol e lançava pontinhos de luz na parede do meu quarto. A base da bola era plana, permitindo que ficasse sobre um pedestal prateado de plástico que, reparei, também estava dentro da caixa. Eu a levantei e examinei. Alguém tinha gravado a inscrição "RC 52" do lado de baixo da base, mas, fora isso, ela se parecia com qualquer outra Bola de Cristal Cor-de-Rosa encontrada nas lojas de brinquedos.

Então era isso? Minha falecida tia tinha me deixado uma bola de cristal fajuta? *Esse* era o grande segredo que eu precisava estar sozinha para ver? Comecei a me perguntar se o meu pai estaria certo. Talvez ela realmente fosse "eskikisita". O que eu estava pensando? É claro que era! Aquela cerimônia fúnebre tinha sido como um espetáculo de circo que acabara mal.

Olhei dentro da caixa outra vez para ver se havia mais alguma coisa ali e notei um envelope fixado no fundo com fita adesiva e também um pergaminho grosso, enrolado e amarrado com fios de ráfia. Desamarrei e abri o pergaminho, esperando encontrar algum tipo de explicação. Mas era só uma longa lista de nomes, que eu nunca tinha ouvido, com exceção do último, Kate Hoffman — escrito com a caligrafia da minha tia. Ver a assinatura dela ali me dava calafrios e eu senti que os pelos dos meus braços ficaram de repente eriçados. Voltei a enrolar o pergaminho e despreguei o envelope do fundo da caixa.

Tinha que ser. Tinha que ser a carta da minha tia, explicando por que ela queria tanto ver todos nós longe da vida dela.

Mas quando abri fiquei desapontada ao ver que não se tratava de carta coisa nenhuma. Era só uma lista que minha tia escrevera e que não fazia absolutamente nenhum sentido.

- O conhecimento absoluto não é ilimitado; deixe que os planetas sejam o seu guia até o número.
- Existem dezesseis maneiras de morrer, mas quatro delas você nunca verá.
- O futuro só a você pertence. Outras vozes ficarão desapontadas.
- Uma rotação é tudo o que você pode ver. Só há indefinição mais além.
- Você saberá tudo quando nada mais for conhecido; então é hora de escolher outro.

Era isso. Isso era tudo o que havia no envelope.

Uau!, tia Kiki, pensei, amargurada. *Muito obrigada!*

Lindsay e Samantha irromperam no meu quarto assim que repus o papel no envelope. Lindsay imediatamente notou a bola e arrebatou-a de cima da minha cama.

— Ai, meu Deus! — guinchou. — Uma Bola de Cristal Cor-de-Rosa! Eu adoro essas bolas! — Ela chacoalhou a bola e olhou para o teto enquanto fazia sua pergunta.

— "Megan Crowley vai ter um longo e doloroso surto de catapora que a deixará para sempre com marcas na cara?"

Ela olhou para a bola à espera de uma resposta.

— *"Seu futuro é obscuro. Pergunte outra vez."*

Ela chacoalhou a bola pela segunda vez.

— Tudo bem, o que me diz disto então... "Megan Crowley vai levar bolo do garoto que a convidar para o baile e ser alvo de risadas da escola inteira?"

Ela olhou para baixo, na direção do visor.

— *"Seu futuro é obscuro. Pergunte outra vez."*

— Me deixe ver isso — mandou Samantha, arrancando a bola das mãos de Lindsay.

— "Aiden Tranter quer me devorar como os homens daqueles romances açucarados que a minha mãe esconde embaixo do colchão?"

Ela olhou para a bola, na expectativa.

— *"Seu futuro é obscuro. Pergunte outra vez."*

— Ah, esquece, então — disse ela, me passando a bola. — Tome, é sua vez. Você é um gênio, talvez consiga descobrir o que há de errado com a bola.

Balancei a cabeça.

— Não, obrigada. Você sabe que não acredito nesse tipo de coisa.

— Ah, fala sério — reclamou Samantha. — Não seja ridícula. Você não tem que acreditar em nada para brincar com uma Bola de Cristal Cor-de-Rosa. É só uma brincadeira. Anda, faz uma pergunta. Você sabe o que quer saber. Pergunte se o Spencer Ridgely acha você *smexy*.

Revirei os olhos para ela.

— Spencer Ridgely é, tipo, o cara mais gato de toda a escola. Talvez do mundo todo. E ele está no último ano. Nem sabe que eu existo.

— Não interessa — respondeu Lindsay, apoiando Samantha. — Anda, só faz a pergunta. Não é tão difícil. Repita comigo, "Spencer Ridgely me acha *smexy*?"

— O que é *smexy*? — perguntei, me arrependendo no ato.

Samantha revirou os olhos para mim desta vez.

— Significa *smart and sexy*, inteligente e sexy, boboca. Deus, você precisa fazer outros cursos que não sejam os que dão crédito para a universidade. Talvez aprenda algo realmente útil. Agora será que dá para parar de enrolar e simplesmente fazer a pergunta?

— Tá — concordei, vencida pela pressão das minhas colegas. Peguei a bola e sacudi. — "Spencer Ridgely me acha *smexy*?" — perguntei, sem nem tentar esconder minha contrariedade. Sondei o visor no lado plano da bola. Levou um segundo para a mensagem aparecer.

— *Considere seu destino selado.*

— E aí? — perguntou Lindsay.

Franzi a testa.

— Ela disse "*Considere seu destino selado*".

Ela bateu palmas, entusiasmada, e Samantha riu.

— Me dá essa coisa! — ordenou Lindsay. — Quero tentar de novo.

Passei a bola para ela e desta vez ela a sacudiu com mais força.

— "O namorado da Megan Crowley vai traí-la com uma qualquer do St. Joseph e fazê-la pegar sífilis?" — Os lábios dela se contraíram num muxoxo. — "*Resposta nebulosa. Tente outra vez.*" — Esta coisa está me dando nos nervos! — desabafou, jogando a bola de novo sobre a cama. — Onde você a conseguiu, afinal?

— Minha tia deixou para mim. A amiga dela me deu ontem na cerimônia fúnebre. Veio com isto.

Mostrei a ela o papel e o pergaminho.

— Pensei que tias malucas deixassem de herança rios de dinheiro que ninguém sabia que elas tinham — disse Lindsay baixinho.

— Ei, essa frase estampada daria uma bela camiseta! — exclamou Samantha. — "Minha tia maluca morreu e tudo o que me deixou foi uma bola de cristal fajuta".

Até mesmo eu tive que rir da situação. Para ser franca, isso me parecia bom. Doía menos pensar na tia Kiki apenas como uma "tia maluca", sem nenhum contato com a realidade. Antes que as risadas silenciassem, Lindsay disse que não podia ficar. Só tinha dado uma passada para ver como eu estava. Ela tinha prometido para a mãe que a ajudaria a guardar umas coisas na garagem.

Pobre Lindsay, pensei. Desde que os pais tinham se divorciado, ela se transformara no homem da casa. Tirava o lixo, ajudava a carregar coisas pesadas. Eu sempre dizia a ela que, um dia, ela transformaria algum sujeito num marido fantástico.

— Divirta-se — eu disse a ela.

— Ah, não se preocupe, eu vou. Sr. Lindsay Altman desligando.

Ela fez uma saudação e depois uma reverência ao sair do quarto e descer as escadas.

— Tenho que ir também — disse Samantha. — Minha mãe vai dar um jantar esta noite para alguns clientes importantes do meu pai e eu preciso estar em casa para poder arruiná-lo completamente.

— Puxa, mas que atitude mais bonita!...

Ela deu de ombros.

— Na minha casa é assim, sempre pagamos com a mesma moeda. Ela faz da minha vida um inferno e eu retribuo o favor. Nem todo mundo tem a sorte de viver como você, numa família que mais parece saída de uma comédia de costumes da TV.

Ela parou de repente, como se tivesse falado demais, depois deu um sorrisinho.

— Aqui entra a deixa para os risos da plateia...

Ela agarrou sua mochila Prada preta e desapareceu pela porta.

Sozinha outra vez, tirei o papel do envelope novamente e fiquei olhando para ele, tentando ver algum sentido nas palavras. O que significava *"Existem dezesseis maneiras de morrer"*? E o que era *"o número*". Por que ela tinha deixado tudo isso para mim? Por que era tão importante para ela que eu tivesse a bola?

Havia alguma coisa que eu não estava captando.

Meu estômago roncou e eu me lembrei de que não tinha comido nada desde a hora do almoço. Ainda faltava muito tempo para a hora do jantar, então saí do meu quarto e desci as escadas em busca de um petisco. Mas antes que chegasse ao último degrau, ouvi minha mãe falando ao telefone. Pelo tom de voz dela, percebi que estava chateada. Devia ser sobre Kiki. Voltei alguns degraus para que ela não me visse e fiquei ouvindo.

— Por que ela faria isso?! — mamãe gritou, com a voz falhando.

Com quem ela está falando? Com papai?

— Eu não sei por quê — continuou. — Não faço ideia. Pergunte aos lunáticos dos amigos dela. — Ela ficou em silêncio. Depois começou a gritar de novo. — Não! De jeito nenhum! Ela era um monte de coisas, mas nunca foi suicida. Não, essa *não é* uma possibilidade!

Ok. Definitivamente, *não* era o meu pai.

— Quer saber? Muito obrigada. Vou encontrar outra pessoa.

Ouvi o bipe quando ela pressionou o botão de desligar e então o barulho do fone batendo na base.

Fiquei ali parada alguns segundos, tentando processar o que tinha acabado de ouvir. Então, a pessoa do outro lado da linha achava que Kiki estava naquele descampado de propósito. O que faria sentido, se eu não conhecesse Kiki. Mas eu concordava com mamãe. Kiki gostava demais deste mundo; seu estilo de vida aloprado era uma prova disso. Mamãe estava certa. Não havia *nenhuma* possibilidade. Mas então por quê? De repente me ocorreu que talvez Kiki tivesse sido atacada. Talvez um agressor qualquer a tivesse deixado naquele descampado, inconsciente. E talvez nesse momento ela tivesse sido atingida por um raio... *Ai, meu Deus!...*

Havia tantas perguntas!

Mas como diria a tal camiseta, tudo o que eu herdei foi uma bola de cristal fajuta.

Dez

A garota da bilheteria tinha cabelo ruivo e lindos olhos verdes, que nos fitaram indagadores quando Jesse e eu cruzamos as imensas portas duplas de bronze do museu, agora deserto.

Devia ser muito chato trabalhar ali; não me surpreendi que ela nos encarasse daquele jeito. Devia estar tentando entender por que dois adolescentes normais (tudo bem, um normal e o outro com um cabelo ridículo) teriam ido até lá por livre e espontânea vontade.

Quando nos aproximamos da bilheteria, reparei que havia um livro de psicologia aberto diante dela; ela devia ser uma universitária filiada ao museu de arte. Tinha provavelmente 18 ou 19 anos e, agora que estávamos mais próximas, percebi que tinha um minúsculo *piercing* de ouro num dos lados do nariz e a fenda entre os seios era visível pelo decote V da camiseta verde-escura. Sua pele era perfeita e ela tinha lábios carnudos como os da Angelina Jolie, que cintilavam com o *gloss* cor-de-rosa.

Tudo bem, pensei comigo mesma. *Quando eu crescer, quero ser assim.*

Jesse, porém, não parecia nada impressionado com a beleza da moça. Ele mal olhou para ela quando mostrou sua carteirinha de estudante e levantou dois dedos.

— Duas entradas, por favor — disse rapidamente.

A garota levantou as sobrancelhas, com uma expressão divertida.

— É um encontro? — perguntou em tom de brincadeira.

Sem graça, Jesse retorceu seu Converse preto e eu fiquei: a) pensando que não tinha nada a ver perguntar a dois estranhos se eles estavam tendo um encontro e b) curiosa para saber o que Jesse ia responder.

Ele respondeu com um suspiro.

— Corta essa, Kaydra, tá legal? Não é um encontro.

Kaydra? Espere aí. Ele *conhece* essa garota? Então anda saindo com fãs de artsy punk rock *e* universitárias gostosinhas? *Cruzes!* Isso é tão típico! E é perfeito que o nome dela seja Kaydra! É quase tão bom quanto Trance.

Kaydra deu um sorrisinho e piscou os longos cílios, com os olhos verdes faiscando sob a luz da luminária do teto.

— *Oops*, foi mal. Bom, vamos lá, Jesse, não vai me apresentar a garota com quem "não está tendo um encontro"?

Ai, meu Deus, ela está simplesmente *flertando* com ele. Me ocorreu que talvez *eles* tivessem tido um encontro ou talvez estivessem até ficando. Olhei para o decote dela outra vez. Não me surpreendia que ele não se lembrasse de ter me beijado.

Jesse olhou para o chão enquanto murmurava uma apresentação.

— Kaydra, esta é Erin. Erin, esta é Kaydra. Estamos fazendo um trabalho juntos para a escola. O professor foi quem formou os grupos.

Ah, certo, muito simpático ele frisar que foi o *professor* quem nos mandou fazer o trabalho juntos. Porque, evidentemente, ele nunca escolheria como parceira uma garota desengonçada, completamente sem peito e sem curvas, com um cabelo castanho sem graça e olhos castanhos sem graça, usando uma camiseta sem graça e brinquinhos dourados de argola que ela na verdade usava nas orelhas e não em alguma outra parte do corpo em que teoricamente não deveria haver brincos. Eu também poderia mudar meu nome para "Só Uma Garota Maçante do Curso de História da Arte com Quem Jesse Foi Forçado a Fazer um Trabalho". Não soa tão bem quanto Kaydra, mas quem liga?

— Muito prazer, Erin — disse Kaydra ao nos passar as entradas. — Divirtam-se fazendo o seu trabalho.

Ao dizer *trabalho*, ela piscou para Jesse. Eu dei um meio sorriso e fingi que tinha prazer em conhecê-la também. Pude sentir os olhos dela cravados nas nossas costas enquanto nos afastávamos. E como se ela já não tivesse me deixado suficientemente insegura, acidentalmente tropecei no meu tênis e quase caí de cara no chão de ladrilhos branco e preto. Mas graças a Deus Jesse não notou. Ou pelo menos fingiu que não. Ele provavelmente estava se remoendo por dentro, onde aparentemente guardava todo o resto das suas emoções.

Depois que saímos do perímetro auditivo da bilheteria, tentei parecer indiferente ao que tinha acontecido.

— De onde você conhece a Kaydra?

Não era ciúme nem nada. Porque eu *não* sou ciumenta. Não estava nem aí com quem ele saía. Só estava curiosa para saber de onde ele a conhecia. Quer dizer, não é normal que um garoto do secundário simplesmente saia por aí conhecendo lindas universitárias de lábios carnudos, é?

Jesse deu de ombros e me lançou um olhar divertido.

— Daqui. Eu conheço todo mundo aqui.

Ele conhecia *todo mundo* ali. Sei. Será que ele se importaria de explicar melhor? Olhei de relance para ele, mas mais uma vez seus olhos estavam fixos no chão, como se estivesse hipnotizado por ele.

— Então quer dizer que você vem muito ao museu?

— É.

Só isso? É? Então tá. Também. Posso. Bancar. A. Monossilábica. Ah, esquece.

Desisti de tentar preencher todos os silêncios constrangedores entre nós e segui Jesse até a galeria dos artistas europeus. Reconheci alguns nomes e pinturas da sala de aula quando dei uma olhada nas paredes: Botticelli, Caravaggio, Bosch.

Espiritualidade, repeti para mim mesma, pensando no nosso tópico. *Procure por espiritualidade.*

Vaguei pela galeria em busca de um Botticelli chamado, pelo que eu me lembrava, *Maria Madalena Ouvindo a Pregação de Cristo*, de cerca de 1484. Os verdes e alaranjados dos trajes usados por Jesus e pelas pessoas em torno dele ainda eram surpreendentemente vívidos para uma pintura de mais de 500 anos.

— Que acha deste? — gritei para Jesse, que estava do outro lado da sala. — É Maria Madalena ouvindo a pregação de Jesus. Isso é espiritual.

— Na verdade não é — ele disse, virando-se para olhar para mim do outro lado da sala, mas, eu notei, sem nem olhar a pintura. — Se olhar direito, vai ver que é sobre arquitetura.

Ele veio andando na minha direção e parou tão perto que eu quase podia sentir seu perfume... bem, não sei se era sabonete ou um dos muitos produtos de cabelo que ele devia usar, mas tinha um cheiro de limpeza cítrico, como uma laranja recém-descascada. Ele estendeu o braço na direção da pintura e sem querer esbarrou a mão no meu ombro. Encarei-o para ver se tinha notado, mas ele fitava a pintura com um olhar de admiração, movimentando os dedos para cima e para baixo na frente dela.

— Veja estas colunas — ele explicou. É um quadro em perspectiva. Muito técnico, aliás. — Ele olhou para mim rapidamente e depois voltou a olhar para o chão. — É preciso ter cuidado. Só porque a pintura tem a imagem de Jesus não significa que é espiritual.

Mas que exibido! Veja só o *expert* em artes. Eu não quis parecer impressionada, muito embora... bom, fosse meio impressionante. E mais impressionante ainda era que ele conseguia falar uma coisa daquelas sem parecer pretensioso. Como podia saber tanto, afinal? Nunca tínhamos aprendido nada como aquilo na aula de história da arte. De repente, uma imagem de Jesse e Kaydra passeando pelo museu, de mãos dadas, surgiu na minha cabeça e achei que tinha encontrado uma boa resposta.

— Então, tá — eu disse, revirando os olhos para a parte de trás daquele cabelo ridículo, enquanto ele ia andando para o outro lado da galeria. — O que você sugere, então?

Eu o segui e parei perto de onde ele estava. Bem diante de nós havia uma enorme pintura de um homem nu, acorrentado a uma rocha pela cintura. No alto, uma águia enorme estripava a lateral do corpo dele com o bico. Olhei para a placa dourada na parede: *Prometeu Acorrentado. Peter Paul Rubens, c. 1611-1612.*

— Ah, fala sério — eu disse. — O que há de espiritual num homem que está sendo devorado por um pássaro?

Jesse apontou para a placa dourada.

— É Prometeu — ele disse, pragmático, como se aquilo explicasse tudo.

— É, eu sei, está escrito aqui. Mas e daí?

Ele me olhou de lado.

— Achei que você se lembrasse dele da vez em que estudamos mitologia grega.

Fitei-o com o olhar vazio. Aprendemos mitologia grega?

— No oitavo ano — ele me lembrou. — A aula da sra. Deerfield.

A sra. Deerfield era nossa professora de inglês, isto é, A Professora Com Mais Possibilidade de Colocar Você Num Coma do Qual Nunca Mais Acordará. Não me lembro de *nada* daquela aula. Fiz que não com a cabeça.

— Sinto muito — me desculpei. — O tal Prometeu aqui não me lembra nada.

Um breve olhar, não sei se de decepção ou aborrecimento, surgiu no rosto de Jesse e me deixou fula da vida. Será que ele estava aborrecido com o fato de eu não me lembrar da história do Prometeu quando ele nem mesmo se lembrava de que tínhamos nos beijado num armário durante sete minutos inteiros? Francamente, o que havia demais em não me lembrar daquela história?

— Tá bom, tudo bem — ele disse. — Zeus não deixava que os mortais conhecessem o fogo, então Prometeu o roubou e deu aos homens. Quando Zeus descobriu, acorrentou Prometeu a uma rocha, enquanto uma águia devorava seu fígado. Toda noite o fígado crescia novamente e, durante o dia, a águia voltava a devorá-lo, repetidamente, por toda a eternidade.

Ah, espere um segundo. Eu de fato me lembrava daquela história. Na verdade, Jesse e eu fizemos um cartaz juntos sobre esse mito. Foi o nosso trabalho de final de ano e o fizemos no quarto dele, algumas semanas antes de nos beijarmos. O que eu mais me lembrava era de que me sentia nervosa quando ficava sozinha no quarto com ele, embora já tivesse ficado muitas vezes e nunca tivesse me sentido assim por causa disso. Olhei para ele de rabo de olho; será que era por isso que estava aborrecido? Porque eu não me lembrava de ter feito o cartaz com ele? Jesse de fato era a pessoa mais intrigante que eu já tinha conhecido.

— Tudo bem — eu disse. — Essa é uma bela história e meio nojenta também, mas ainda não vejo por que isso faz com que seja espiritual.

— É uma alegoria — ele explicou. — Quando Prometeu roubou o fogo, ele transformou a humanidade. As pessoas deixaram de depender da misericórdia dos deuses e passaram a controlar o próprio destino. Prometeu representa o triunfo do espírito humano sobre aqueles que tentavam reprimi-lo. Ele *é* a espiritualidade.

Ohhh.

— Então, tá — murmurei, dando de ombros, como se aquela não fosse uma interpretação absolutamente brilhante de Prometeu. — Isso faz sentido. Mas ainda acho que uma das outras obras que escolhermos deveria ser uma pintura religiosa. Sabe, só para ter algo mais tradicional de que falar também.

— Tudo bem — ele disse num suspiro. — Imaginei que você fosse escolher algo mais tradicional.

Olhei para ele.

— O que você quer dizer com isso?

— Nada. Esquece.

— Não, eu não vou esquecer. Você não pode dizer uma coisa dessas e depois não me falar o que quis dizer.

Ele olhou para o chão. Outra vez.

— É só que, sabe, você nunca foi alguém que pensasse muito fora da caixa, quer dizer, fora dos padrões.

Ergui as sobrancelhas, ofendida. Ele não poderia ser mais rude!

— Isso não é verdade — grunhi. — Só porque eu não tenho uma tatuagem ou... ou — *um decote, ou lábios carnudos, ou cabelos ruivos sedosos* — ou um *piercing* no nariz, isso não faz de mim alguém tradicional. — Acho que penso bem fora da caixa!

Mas eu podia sentir meu rosto ficando vermelho, como sempre acontecia quando ficava constrangida, ou quando mentia. Ou as duas coisas. Quer dizer, quem eu estou tentando enganar? Eu nunca pensei nada que fosse fora da caixa na minha vida.

Olhei para Jesse e vi que ele estava tentando não rir. Eu continuava esquecendo o quanto ele me conhecia.

Eu sorri, não deu para segurar, e depois revirei os olhos e cruzei os braços com um ar de provocação debochado.

— Tudo bem, tem razão. Eu não penso mesmo fora da caixa. Mas não é culpa minha. Os meus pais são médicos. Como vou ser criativa com esse tipo de herança genética?

Jesse deu uma risadinha e me lançou um olhar amigável.

— Olhe, foi mal — ele disse. — Não estou querendo tirar uma da sua cara. É só que este trabalho é realmente importante para mim. Estou louco para ir àquela viagem à Itália, então a gente tem que tirar um A na nossa apresentação.

— *Você* quer ir nessa viagem?! — perguntei de supetão, sem intenção de parecer tão chocada. Não tinha nem passado pela minha cabeça que ele poderia querer ir à Itália também. De repente, senti o estômago revirar de nervoso. E se ele fosse escolhido e eu não? Eu de repente me vi sentada na cama, racionalizando sobre isso com Lindsay e Samantha. *Na verdade, eu nem queria ir, mesmo. Quer dizer, dá pra imaginar ficar duas semanas inteiras viajando com Jesse Cooper?!* Mas, e se nós dois fôssemos escolhidos? Lá ia o meu estômago de novo, mas desta vez revirando por um motivo diferente. Era pura excitação. Quer dizer, dá pra imaginar? Viajar durante duas semanas inteiras com Jesse Cooper?!

O rosto de Jesse se iluminou como um céu cheio de fogos de artifício.

— Quero ir nessa viagem mais do que qualquer outra coisa no mundo — ele respondeu. O jeito aberto com que disse isso me surpreendeu e, por um segundo, foi quase como se estivéssemos de volta à época em que éramos grandes amigos. Só Erin e Jesse se divertindo por aí. Exceto pelo fato de eu não me lembrar dos olhos dele serem tão azuis nessa época. Ou talvez eles só se destacassem mais agora por causa do cabelo, que estavam tingidos de preto.

— Caramba! — exclamei. — Por que quer tanto?

Ele corou um pouco quando perguntei, e seu rosto imediatamente recuperou a expressão que tinha antes, como se ele percebesse que tinha baixado a guarda e precisasse erguê-la novamente.

— Ah, sei lá — disse, tentando parecer evasivo. — Por várias razões.

E agora estávamos de volta ao presente, o que era bom, porque eu estava começando a sentir saudade daquelas respostas vagas e curtas dele.

— E você? — ele perguntou, obviamente tentando mudar de assunto. — Quer ir?

— Quero — admiti. — Não parei de pensar nisso desde que o sr. Wallace nos deu aqueles panfletos.

Jesse enfiou as mãos nos bolsos e confirmou com a cabeça. Sondei sua expressão para ver se conseguia uma pista de como ele se sentia com relação àquilo. Será que tinha ficado feliz por eu querer ir? Ou me via como uma concorrente? Como de costume, sua expressão era impenetrável.

— Só tem um problema — eu disse a ele.

Seus olhos me fitaram com atenção.

— Qual? — perguntou.

— Não sei se eles vão me deixar entrar com a minha caixa no avião. E não vou conseguir pensar se não estiver dentro dela. Todo mundo sabe disso.

Um lento sorriso se espalhou pelo rosto de Jesse e ele me socou de leve no braço.

— Vamos — disse. — O museu fecha em vinte minutos.

Onze

— Jesse Cooper é simplesmente impossível! Isso é tudo o que eu tenho a dizer.

Lindsay e eu estávamos na fila da cafeteria e nos últimos seis minutos eu desabafava com ela sobre o quanto Jesse tinha sido rude comigo no museu a noite anterior, com suas respostas monossilábicas e seu comentário sobre "eu não pensar fora da caixa". Lindsay me lançou um sorrisinho diabólico, sua covinha lentamente se revelando, como uma garota na praia relutante em tirar a saída de banho.

— Acho que você gosta dele — ela disse, caçoando de mim.

— Ah, cai na real. Digamos que eu goste dele tanto quanto você gosta do Unabollmer.

Unabollmer é na verdade um garoto do nosso ano, chamado Chris Bollmer, que é obcecado pela Lindsay. Ele é uma espécie de gênio da ciência e da informática, e muita gente diz que é completamente antissocial, mas eu não concordo muito. Acho que é apenas um carinha realmente inteligente que não sabe se relacionar com as pessoas que gostam de coisas como esportes, ou que se tornarão o próximo American Idol, ou que se preocupam em saber se uma atriz de novela fez ou não plástica no nariz no verão, e é por isso totalmente incompreendido pela sociedade da escola secundária. Quer dizer, se ele fosse realmente antissocial, não passaria tanto tempo tentando inventar desculpas para falar com a Lindsay, e certamente não mandaria para ela um buquê de flores virtual no Dia dos Namorados, junto com um poema que dizia "As violetas são azuis, as rosas são vermelhas, você odeia a Megan Crowley, eu também odeio esta fedelha".

O que eu achei muito divertido e doce de um jeito esquisito. Mas Lindsay não achou muito. Na realidade, a única vez em que ela mostrava um resquício do seu antigo eu malvado era quando a situação tinha a ver com Chris Bollmer.

Lindsay franziu a testa.

— Ah, faça-me o favor, nem diga isso. Acho que a única coisa pior do que não ter ninguém na escola que fale comigo é não ter ninguém na escola que fale comigo a não ser o Unabollmer.

— E quanto a mim e Samantha? Nós falamos com você.

— Tá, tá bom. A única coisa pior do que não ter ninguém na escola que fale comigo a não ser você e Samantha é não ter ninguém na escola que fale comigo, a não ser você, Samantha e Unabollmer. Melhor assim?

— Muito melhor, obrigada.

O apelido dele veio de um incidente que aconteceu no terceiro ano, quando Chris por acaso notou que a tampa de um dos bueiros da rua tinha sido retirada. Ele foi até lá, entrou no bueiro e começou a fuçar no sistema elétrico e puxar os fios. Mas deve ter puxado o fio errado, porque o bueiro explodiu enquanto Chris ainda estava lá dentro e ele acabou quase se matando. Passou dois meses no hospital tratando as queimaduras e teve que fazer uma tatuagem para preencher uma grande parte da sobrancelha onde os pelos foram chamuscados.

Enfim, quando Chris voltou para a escola no começo do quarto ano, ele era, tipo, uma pessoa que todo mundo quer ver pelas costas. Todo mundo cochichava quando ele entrava numa sala e, embora a história oficial fosse que ele tinha entrado no bueiro para procurar fios para um robô que estava fabricando, começou um boato de que estava na verdade construindo uma bomba que planejava usar para mandar pelos ares alguns garotos do seu bairro que costumavam zombar dele.

Ele meio que se isolou depois disso (aumentando ainda mais sua fama de antissocial) e, passado um tempo, a maioria das pessoas esqueceu a coisa toda. Mas, então, alguns anos depois, um sujeito da escola ouviu falar de Ted Kaczynsky, o aloprado conhecido como Unabomber, que na década de 90 mandava cartas-bomba para as pessoas até ser pego pelo FBI e condenado à prisão perpétua, e começou a chamar o Chris de Unabollmer. As pessoas acharam engraçado, o nome pegou e, de repente, depois de anos sendo ignorado, Chris Bollmer foi considerado uma aberração outra vez.

Mas o x da questão é que Lindsay nunca foi amiga de Chris Bollmer. Nem antes nem depois da explosão. Ela nunca nem falou com ele. Nem uma vez. Nem um "oi" quando passava por ele no corredor. Mas, quando toda essa loucura com Megan começou, Chris decidiu que ele seria a pessoa (além da Samantha e eu) que teria a ousadia de ser amigo da Lindsay. Não sei se ele teve vontade de ser solidário com ela porque os dois tinham apelidos de muito mal gosto ou porque sentiu algum tipo de ligação pelo fato de ambos viverem na mesma condição de párias da sociedade ou porque ele era tão louco por ela que simplesmente não conseguiu mais se conter.

Fosse qual fosse a razão, ele de repente começou a falar com ela na escola e mandar e-mails, como se fossem amigos há anos. A pobre da Lindsay até tentou ser simpática, mas às vezes ela ficava de saco cheio e investia contra ele como uma tartaruga enfurecida. Não que eu a culpe. Isto é, não ajudava em nada ela ser vista conversando com Unabollmer. Especialmente nesse momento, no meio da cafeteria.

— Ai, não! — gemeu Lindsay quando o vimos andando em nossa direção. — Lá vem ele de novo. — Ela cobriu o rosto com a mão e deu as costas para ele. Mas Chris simplesmente veio na direção dela e deu uma batidinha em seu ombro.

— Oi, Lindsay! — saudou-a, num tom de voz realmente alto.

Na fila atrás de nós havia três garotas da aula de física: Lizzie McNeal, Cole Miller e Matt Shipley, um trio conhecido por ser o mais fofoqueiro da escola. Elas pararam de conversar assim que Chris abriu a boca, sem dúvida com a esperança de conseguir uma fofocazinha para espalhar mais tarde. Com relutância, Lindsay se virou para ele.

— Ah, oi, Chris.

— Hã, é que... Eu só queria desejar boa sorte na prova de inglês hoje. Essa é das grandes!

Senti um pouco de pena dele. Quer dizer, eu sabia que tinha ficado no quarto dele durante horas, na noite anterior, tentando encontrar uma desculpa para falar com ela, até que finalmente lhe ocorreu *desejar boa sorte na prova de inglês*. Eu me preparei enquanto esperava pela reação de Lindsay — será que hoje ela iria aturá-lo ou se transformaria na Lindsay Ninja Mutante Adolescente? Respirei aliviada quando ela deu um meio-sorriso e fingiu que desejar sorte para alguém numa prova não era um pretexto totalmente patético para iniciar uma conversa.

— Valeu, Chris. Pra você também. Vai ser mesmo das difíceis.

Lindsay e eu retribuímos os olhares de Lizzie, Cole e Matt, que estavam com a mão na frente da boca e já cochichavam entre si. Lindsay olhou, desesperada, para o começo da fila e eu sabia que estava rezando para se livrar daquela situação antes de virar a principal notícia do dia. Mas então Megan Crowley apareceu do nada e lançou seu sorrisinho maligno, cruel e torturante.

— Ora, ora, ora — murmurou Megan. — O que temos aqui? Não seria a Garota Pum e Unabollmer? Juntos? Que casalzinho mais fofo!

Megan estava cercada pelas suas amiguinhas — Brittany Fox, Madison Duncan e Chloe Carlyle —, três líderes de torcida tapadas e sem opinião própria, que seguiam Megan para todo lado e faziam tudo o que ela mandava. Sem exagero, era como se tivessem saído diretamente de um filme para adolescentes. Um filme para adolescentes *ruim*. O mais patético era que eram tão toupeiras que nem percebiam o quanto eram clichês.

Lindsay baixou os olhos para não ter de olhar para Megan, mas Chris encarou-a, praticamente desafiando-a a se meter com eles.

— Pode parar, Megan — disse Lindsay suavemente.

— Pode o quê? Não ouvi. Você por acaso acabou de me dizer para não falar mal do seu namorado?!

— Ele não é meu namorado! — Lindsay insistiu, mais alto desta vez.

Ela olhou para Lizzie, Matt e Cole, que assistiam a toda a cena de olhos arregalados.

— O quê?! — Megan gritou. — Você perdeu a sua virgindade com ele? Ai, meu Deus, galera, a Garota Pum e o Unabollmer estão fazendo sexo! — Megan e suas fãs desataram a rir e todo mundo na fila deu risadinhas. — Eu fico imaginando como seria o filho deles. Espere, já sei! Sabe o que acontece quando se cruza a Garota Pum com o Unabollmer?

— O quê?! — perguntou Brittany.

— Uma bomba de fedor! — gritou Megan. — Entenderam?

Brittany e as outras riram histéricas, obviamente um riso falso e forçado, mas isso de alguma forma só deixou a coisa ainda pior. Eu olhei para Lindsay, cujos olhos estavam cheios de lágrimas, e peguei-a pelo braço.

— Vamos — sussurrei para ela. — Vamos dar o fora daqui. Não deixe que vejam você chorando.

Comecei a tirá-la da fila, levando-a para a direção oposta de onde Megan e seu bando estavam. Mas Chris colocou o braço atravessado na nossa frente, bloqueando a passagem.

— Vai, Chris, deixa a gente passar — eu disse a ele em voz baixa.

Mas ele me ignorou e continuou a encarar a Megan. A cafeteria, que normalmente é tão barulhenta que uma banda de rock poderia começar a tocar num canto sem ninguém perceber, ficou em silêncio, quase sinistra. Nesse instante percebi que não eram só Lizzie, Matt e Cole que estavam olhando para nós. Trezentos pares de olhos estavam grudados no espacinho ocupado por Lindsay, Chris, Megan e eu.

— Espero que esteja se divertindo com isso — disse Chris num tom de voz alto e firme. — Porque um dia você vai ser uma dona de casa gorda e horrorosa que nunca verá uma universidade!

— É, e eu ainda não estarei interessada em você, garoto-bomba. — Madison, Chloe e Brittany deram risadinhas ao ouvir a resposta de Megan (desculpe a interrupção, mas será que ela *concordou* que se transformaria numa dona de casa gorda e horrorosa que nunca veria uma universidade?). Chris lhe mostrou o dedo médio e depois estendeu o dedo indicador, fazendo um V. Ele os apontou para os próprios olhos, depois para os olhos de Megan e em seguida para os dele novamente.

— Estou de olho em você — rosnou, depois virou nos calcanhares e saiu a passos largos da cafeteria.

Lindsay se afastou o máximo pelo corredor e depois explodiu em lágrimas.

— Eu odeio a Megan! — soluçou. — Queria que fosse atropelada por um caminhão!

— Eu sei — murmurei. Já tinha aprendido que, quando Lindsay estava chateada por causa da Megan, a melhor coisa a fazer era simplesmente concordar com ela. Dizer que não deveria desejar que Megan fosse atropelada por um caminhão só prolongaria a agonia.

Nós nos sentamos no corredor, encostadas na parede, e Lindsay esticou as pernas. Mas eu estava de minissaia, então juntei os joelhos e encolhi as pernas para o lado. A última coisa de que precisava agora era mostrar à escola toda minha calcinha com estampa do dia da semana. Especialmente porque eu estava usando a do dia da semana errado.

— Ah, não — gemeu Lindsay. Ela se empertigou e secou os olhos, depois correu a mão pelo cabelo para arrumá-lo.

— Que foi?

— É Spencer Ridgely — ela sussurrou. — Está vindo na nossa direção.

Virei a cabeça lentamente, para que ele não percebesse. E, de fato, lá estava ele: com todo o seu 1,87 de total gostosura. Olhei para o seu cabelo escuro e ondulado, seus olhos verdes brilhantes, suas maçãs do rosto proeminentes. Ele era de fato absurdamente gato. Em que pensam pessoas com essa aparência? Não em nós, com certeza.

O que, de certa forma, era um alívio. Especialmente agora, quando Lindsay ainda estava com a cara toda borrada por causa do choro.

— Lindsay, nada a ver — eu disse. — Ele nem...

— Ele está olhando para as suas coxas — ela murmurou.

Eu me virei para ele rapidamente, para ver do que ela estava falando, e meus olhos castanhos sem graça fitaram as íris verdes-esmeralda mais espetaculares que eu já tive a felicidade de ver. Fiquei atordoada demais para me mexer ou falar ou até desviar o olhar, e Spencer Ridgely — sim, *o mesmo* Spencer Ridgely — me lançou um sorriso torto, meio convencido.

— *Smexy* — ele comentou, olhando minhas pernas de cima a baixo com ar de admiração.

Lindsay e eu o encaramos, boquiabertas.

— O que você disse? — Lindsay perguntou.

— Eu disse "*smexy*" — ele repetiu, sem um pingo de constrangimento. — Sabe, inteligente e sexy. Como uma bibliotecária gostosa. No bom sentido.

Ele sorriu novamente, como se estivesse encantado com o nosso ar de adoração, e depois continuou andando pelo corredor.

— Até mais — despediu-se por sobre o ombro.

— Você viu...? — perguntou Lindsay, embasbacada demais para terminar a frase.

— Vi.

Eu sabia o que ela estava pensando. E embora o meu impulso fosse começar a gritar e pular porque Spencer Ridgely tinha acabado de comentar sobre a minha aparência, "no bom sentido", eu tive de conter o meu impulso por um segundo para corrigi-la.

— É coincidência — eu disse com severidade. — Só isso.

Antes que Lindsay pudesse discutir comigo, Samantha chegou de uma das suas excursões ilegais fora do campus, na hora do almoço. Só os alunos mais velhos tinham permissão para deixar a escola no intervalo do almoço, mas o segurança terceirizado que deveria verificar a identidade dos alunos no estacionamento era totalmente apaixonado por ela e deixava que saísse sempre que queria. Na maioria das vezes, ela paquerava um inútil do terceiro ano que tinha um carro e a levava para dar uma volta até onde quer que Aiden tivesse ido almoçar naquele dia. Então ela se sentava do outro lado do restaurante e lançava olhares sedutores para ele, enquanto ele a ignorava e dava uns amassos na Trance. Ou, pelo menos, isso foi o que eu ouvi. Da Lindsay, é claro — mas, pensando bem, como *ela* poderia saber?

— Ai, meu Deus, meninas — Samantha falou de um jato. — Acabei de ouvir a maior história da Chloe Carlyle. — Samantha estava usando *legging* preto com uma longa camiseta rosa-choque e as botas de motociclista pretas, Dolce & Gabbana, da mãe. Os cabelos estavam presos num rabo de cavalo, com alguns fios caindo ao redor do rosto, emoldurando-o à perfeição. Como sempre, ela parecia pronta para desfilar numa passarela.

— Brittany e Megan foram ao banheiro e não sabiam que eu estava lá, e Brittany estava contando para a Megan que a Chloe cantou o hino nacional no jogo de hóquei do irmão ou coisa parecida, ontem à noite, mas não sabia a letra. Ela cantou "sobre os cordeiros assistimos, gritando tão imponentemente".* E estava todo mundo rindo e dizendo que ela era uma burra, e eu pude apostar que a Brittany também estava lá por alguma razão, e a Chloe fez ela jurar que não ia dizer a ninguém. Mas claro que a Brittany foi direto procurar a Megan e contou tudo. Não é impressionante?!

Ela olhou para baixo, onde estávamos sentadas, e eu me perguntei como era possível alguém dizer tudo aquilo de um fôlego só.

— Ei, o que vocês estão fazendo aí, sentadas no chão?

Ela olhou para Lindsay e franziu o nariz.

— E por que o seu olho está todo borrado?

— Estávamos na cafeteria... — eu comecei a contar, mas Lindsay me interrompeu.

— Você não vai acreditar! — ela disse, sem fôlego. — Spencer Ridgely acabou de passar por aqui e dizer que Erin é *smexy*.

---

* A letra correta do hino é "O 'er the ramparts we watched, were so gallantly streaming" [sobre os baluartes assistimos, ondulando tão imponentemente], mas Chloe cantou "the lambs that we watched were all gallantly screaming". (N. da T.)

O queixo de Samantha caiu.

— Não brinca! — ela exclamou. — Sério?!

Confirmei com a cabeça e, tenho que admitir, precisei me esforçar muito para conter minha empolgação. Quer dizer, *hello!!*, Spencer Ridgely acabou de reparar em mim! *Spencer. Ridgely*!

— *Smexy* "como uma bibliotecária gostosa" ele disse! Dá para acreditar?

Eu estava prestes a contar a ela tim-tim por tim-tim, desde o momento em que ele olhou para as minhas pernas, nossos olhares se encontrando de um jeito casual, até o momento em que ele disse "até mais" por sobre o ombro, quando de repente percebi que, em meio a toda a minha empolgação, eu tinha me esquecido de ser racional. Então, em vez disso, fingi dar uma tossidinha, voltei a fazer uma cara séria e tentei agir como se aquilo tudo não fosse grande coisa.

— Quer dizer, é, ele disse isso, mas, como eu acabei de dizer para a Lindsay, não passou de uma coincidência. Não significa nada.

Lindsay estava rindo de orelha a orelha, como se todo o episódio com a Megan e o Chris Bollmer nunca tivesse acontecido. Ou talvez ela só estivesse realmente contente por ter outra coisa em que pensar.

— Que nada! — ela rebateu. — Não é coincidência. Foi magia. Aquela bola de cristal é mágica. De verdade.

Doze

Samantha, Lindsay e eu estávamos sentadas em volta da mesa da cozinha, terminando a lição de casa. Elas tinham concordado em passar em casa aquela noite para me ajudar com minha dissertação para o concurso da Itália, pois eu ainda não tinha absolutamente nenhuma ideia sobre o que escrever. Pensando bem, eu não tinha nem pedido a elas que me ajudassem.

Estávamos na sexta aula, depois de passada a histeria por causa de Spencer Ridgely, e, quando mencionei que meus pais iriam sair aquela noite, Samantha me informou que ela e a Lindsay iriam à minha casa às cinco. Isso normalmente seria fantástico, mas eu estava indecisa, e por fim disse a elas que não achava boa ideia, porque, por mais que eu adorasse ficar com elas e assistir a um filme, eu realmente precisava começar a dissertação e tinha um palpite de que isso ia demorar um pouco, visto que eu não tinha noção do que ia escrever. Foi então que Lindsay sugeriu que ela e Samantha me ajudassem. Isso foi realmente gentil e reconfortante, porque, no que se referia àquela dissertação, eu precisava de toda a ajuda que pudesse conseguir.

Ouvi uma sola de sapato batendo no assoalho de madeira — podia dizer pelo som que não era de salto, mas os horrorosos e práticos sapatos pretos ortopédicos que minha mãe sempre usava — e então ela apareceu na cozinha. Estava usando um tubinho preto na altura dos joelhos e eu achei que tinha passado um pouco de maquiagem — se é que uma leve camada de protetor labial e de corretivo podia ser chamada de "maquiagem". E ela estava usando perfume. Hanae Mori, para ser mais exata. Era o preferido da minha mãe (e o único que ela tinha) e ela só o usava quando tinha um compromisso realmente importante. Ao contrário da mãe de Samantha, que usava perfume até para ir ao supermercado ou jogar tênis, ou até para simplesmente se sentar na sala de casa. A mãe de Samantha dizia que ela não se sentia totalmente vestida se não usasse uma *eau du toilette* — na verdade ela falava assim, *eau du toilette*, e dizia isso com uma pronúncia francesa perfeita. Quando era modelo em Paris, na época em que tinha vinte e poucos anos, ela aprendeu a falar francês. E só para registrar, a mãe de Samantha também não se sentia totalmente vestida sem usar rímel, sombra, delineador de lábios, salto alto e, ouvi dizer, uma calcinha fio dental.

Samantha me mataria se me ouvisse dizendo isso, mas não era difícil ver onde ela tinha adquirido certos hábitos. No entanto, bem ou mal, acho que se podia dizer o mesmo de todas nós.

Minha mãe tirou a carteira da bolsa e colocou duas notas de vinte sobre o balcão da cozinha.

— Meninas, estou deixando dinheiro para o jantar; os cardápios estão na gaveta. Deem 15% de gorjeta ao entregador e, quando ele tocar a campainha, peçam identificação. Existe todo tipo de gente maluca andando por aí disfarçada de entregador.

Samantha, Lindsay e eu reviramos os olhos umas para as outras. Já tínhamos ouvido a mesma ladainha da minha mãe um milhão de vezes.

— Já sabemos, mãe — gemi. — Vamos pedir a identidade dele. Prometo.

— A senhora está muito bem, sra. Channing! — elogiou Lindsay, mudando de assunto. — Onde a senhora vai?

Minha mãe enrubesceu.

— Ah, é só um evento beneficente no hospital onde trabalho. Vou receber um prêmio. Nada demais.

— *Nada* demais? — discordou meu pai, entrando na cozinha. — Ela vai ganhar um prêmio porque foi eleita a pediatra do ano. É o equivalente hospitalar a ganhar o Oscar de melhor fotografia.

Ele estava usando o mesmo terno preto que usara na cerimônia fúnebre da tia Kiki na semana anterior, mas com uma gravata azul-clara em vez de cinza. Seu espesso cabelo castanho estava penteado para trás e, se eu apertasse os olhos, podia ver por que minha mãe o achava parecido com Mel Gibson. Mas eu tinha que apertar bem mesmo os olhos.

Samantha limpou a garganta.

— Sabe, como vai receber um prêmio, eu poderia arrumar o cabelo da senhora. Poderíamos fazer um coque — só um pouquinho sexy para esta noite, mas ainda muito profissional. E poderíamos também colocar um pouquinho de cor nas suas bochechas e talvez um pouco de *gloss* nos lábios?

Minha mãe sorriu.

— Obrigada pela gentileza, Samantha, mas vamos ter que deixar para outra ocasião. Já estamos atrasados.

Samantha vinha tentando maquiar a minha mãe desde a primeira vez em que pôs os olhos nela, mas toda vez que se oferecia, minha mãe inventava uma desculpa para explicar por que ela não podia aceitar. Tentei dizer a Samantha para ela não levar para o lado pessoal. Mas é claro que ela sempre ficava um pouquinho amuada.

Quando meus pais finalmente saíram (depois de nos lembrar mais três vezes para pedirmos a identidade do entregador), Lindsay assaltou a gaveta à procura dos cardápios.

— Estou *morta* de fome! — ela anunciou. — Que tal pedirmos uma pizza? Tem também aquela lanchonete que entrega sanduíches. Eles têm o melhor sanduíche de frango com parmesão da cidade. *Humm*!

— Vai me desculpar — disse Samantha, arrancando os cardápios da mão dela. — Mas eu não estou planejando engordar dois quilos esta noite. Você faz ideia de quantas calorias tem um sanduíche de frango com parmesão? É como uma bomba de calorias num prato.

Lindsay achou graça.

— Bom, me desculpe, senhorita Dieta. O que você tem em mente, então? E não diga salada. Eu quero comida de verdade.

— Vocês confiam em mim? — perguntou Samantha, séria de repente.

Lindsay e eu trocamos olhares preocupados. A última vez que Samantha tinha nos feito aquela pergunta, acabamos escondidas atrás de um arbusto da casa do Colin Broder, de olho na polícia enquanto Samantha enrolava papel higiênico numa árvore, em frente ao quintal dele. Ele era do quarto ano, ela do primeiro; ele disse que se encontrariam no cinema, mas nunca apareceu; ela descobriu no dia seguinte que tinha sido uma brincadeira e que ele tinha uma namorada que se mudara para uma escola particular numa cidade distante. Moral da história? Samantha não lidava muito bem com brincadeiras. Pelo menos não quando eram com ela.

— Hã... Não, não confio — eu disse. Mas ela revirou os olhos para mim e pegou o telefone.

— Para onde você está ligando? — Lindsay perguntou, quando Samantha começou a digitar o número.

— Ahn's Market. Fica no bairro chinês. — Lindsay e eu nos entreolhamos outra vez e Samantha percebeu.

— Francamente, vocês duas poderiam ser mais agradecidas, porque eu estou encomendando *dim sum*, pasteizinhos chineses que vão ficar na memória de vocês para sempre.

Samantha estava certa. Aqueles pasteizinhos chineses de fato *eram* inesquecíveis. Eu nem sabia direito o que estava comendo, só sabia que queria comer aquilo todo dia, pelo resto da minha vida. Mas isso era bem improvável, pois além de ser incrivelmente bons, também eram absurdamente caros. Os quarenta dólares que a minha mãe tinha deixado não deram nem para o cheiro, por isso Samantha teve que pôr o *dim sum* na conta da mãe dela e dar o dinheiro para o entregador. (E, sim, nós pedimos a identidade dele. Embora eu não ache que existam muitos *serial killers* por aí na pele de asiáticos vestidos com calças de flanela cinza e cardigã de lã verde-musgo roído pelas traças.)

— Muito bem, Erin — disse Lindsay com uma expressão séria, depois que tínhamos devorado todos os pasteizinhos. — Agora mãos à obra.

— Eu sei. Tenho que descobrir o que vou escrever naquela dissertação. Aliás, estou totalmente aberta a sugestões. Despejem qualquer ideia que tenham na cabeça...

Samantha e Lindsay olharam uma para a outra e caíram na gargalhada.

Não entendi.

— O que foi?

— Você acha mesmo que vamos ajudar você a escrever sua dissertação para a Itália? — Samantha perguntou.

Estreitei os olhos. Deveria saber que aquilo era bom demais para ser verdade. Lindsay talvez... mas Samantha? Me ajudar com uma dissertação? Sou mesmo muito ingênua.

— Foi mal. Parecia estranho mesmo. Então o que vocês vieram fazer aqui?

— Onde está a bola? — Lindsay perguntou.

— Que bola? O que vocês... — E então eu percebi que ela estava falando da Bola de Cristal Cor-de-Rosa. E que eu não iria conseguir escrever minha dissertação para a Itália aquela noite.

Treze

- O conhecimento absoluto não é ilimitado; deixe que os planetas sejam o seu guia até o número.
- Existem dezesseis maneiras de morrer, mas quatro delas você nunca verá.
- O futuro só a você pertence. Outras vozes ficarão desapontadas.
- Uma rotação é tudo o que você pode ver. Só há indefinição mais além.
- Você saberá tudo quando nada mais for conhecido; então é hora de escolher outro.

— Ainda não faz sentido — eu disse, por fim, depois de olhar para a lista pela centésima vez. — Nada vai mudar isso.

— Bom, tem de significar alguma coisa — comentou Lindsay. Ela e Samantha estavam sentadas comigo na minha escrivaninha, pesquisando no Google “Bola de Cristal Cor-de-Rosa”.

— Deve haver um motivo para a sua tia ter dado a bola a você — Samantha acrescentou.

— Sabem — Lindsay continuou —, essa bola é um exemplo perfeito de “baixa” magia, porque é usada para provocar mudanças que beneficiam só a própria pessoa, não o mundo em geral. É também chamada magia prática. O mais engraçado é que eu estava lendo sobre isso um dia desses.

Samantha bufou.

— Eu diria que, neste caso, é mais magia plástica.

As duas começaram a rir da piadinha da Samantha, mas eu não achei graça.

— Ouçam, eu sei que vocês duas querem acreditar que esta coisa é mágica, mas ela não é. É só um brinquedinho engenhoso.

— Ah, verdade? — perguntou Lindsay, irônica. — Então como você explica o que aconteceu com Spencer Ridgely hoje?

— Nada a ver — eu disse, começando a me sentir insultada. — É tão difícil assim acreditar que Spencer Ridgely poderia me notar sem algum tipo de intervenção mágica?

Samantha e Lindsay viraram-se para mim ao mesmo tempo e me lançaram olhares idênticos, como quem diz, "você só pode estar brincando".

— Ah, claro! — disseram juntas. Então caíram na risada.

Eu tive que rir também.

— Ah, cai na real, Erin — acrescentou Lindsay. — Foi também *o que* ele disse. Não pode ser coincidência ele ter chamado você de *smexy*.

— Pode, sim — discordei. — *Smexy* é uma palavra da moda. Muita gente está usando. Ele também poderia ter dito que eu era uma gata ou sexy e vocês não teriam pensado nada. — Mas eu disse isso com um sorriso nos lábios e ri outra vez, mesmo sem querer.

— Mas ele não disse — Samantha me lembrou, séria novamente. — Ele disse que você era *smexy*. Aliás, a palavra não é tão conhecida assim. É uma palavra nova. Nem você sabia o que era, lembra?

— Tá bom, tá bom — rosnei. — Muito bem. Foi magia. Vocês venceram.

Um sorriso de vitória cintilou no rosto de Samantha e ela voltou a fitar a tela do computador.

— Mesmo não sendo — acrescentei, entre dentes.

— Eu ouvi isso — disseram as duas, outra vez ao mesmo tempo.

Um segundo depois, Lindsay empertigou-se na cadeira.

— Ai, meu Deus! — sussurrou. — Vocês leram isso?

Samantha confirmou com a cabeça, cheia de empolgação.

— Erin, vem cá. Você precisa ver isso.

Revirei os olhos para elas.

— O que é? Deixe-me adivinhar: uma tábua Ouija mágica?

— Não, sério, vem cá. Olhe o que a Lindsay achou.

Eu me levantei e fui até a escrivaninha. Debrucei-me sobre o ombro de Lindsay para ler o que havia na tela.

As origens da Bola de Cristal Cor-de-Rosa de brinquedo baseiam-se na comunidade espiritualista da década de 1940, que popularizou as sessões espíritas para comunicação com os mortos. Robert Clayton era filho de uma famosa clarividente de Baltimore, cujas sessões semanais atraíam multidões vindas de toda a Europa. Ao constatar a popularidade da mãe e o modo como as crianças da plateia a imitavam, Robert teve a ideia de criar um brinquedo que previsse o futuro. Depois de algumas tentativas malsucedidas (incluindo uma Bola de Boliche Mágica, um Biscoito da Fortuna Mágico e uma coisa com o nome horrível de Pigball Mágico), Clayton teve a ideia de criar uma versão de plástico de uma bola de cristal que ele chamou apropriadamente de Bola de Cristal Plástica. O fabricante, porém, sugeriu que Clayton preenchesse a bola com um líquido cor-de-rosa para agradar mais ao público feminino, e o nome do brinquedo foi trocado para Bola de Cristal Cor-de-Rosa. O lançamento fez um sucesso estrondoso, inspirando, durante várias gerações, legiões de candidatos a videntes.

Em 1952, o ano em que a Bola de Cristal Cor-de-Rosa começou a ser vendida ao público, Clayton comprou uma casa para a mãe clarividente, que na época estava à beira da morte. Reza a lenda que a mãe dele pegou a Bola nas mãos e imediatamente entrou num transe psíquico do qual nunca mais despertou. Instantes depois que Clayton retirou a bola das mãos da mãe, ela morreu. Acredita-se que, ao segurar o brinquedo em seus últimos momentos de vida, a mãe de Clayton a tenha dotado de uma capacidade genuína para revelar o futuro.

Acredita-se que a bola tenha sido destruída num incêndio na casa de Clayton, no final da década de 1960, mas há quem diga que ela só ficou em poder de Clayton durante alguns meses. Na verdade, muitos acreditam que o brinquedo rodou o mundo, mostrando seus poderes mágicos só àqueles que foram escolhidos para recebê-la.

Lindsay e Samantha viraram-se ambas para mim quando acabei de ler. Seus olhos estavam arregalados e eu podia apostar que tinham acreditado em cada palavra.

— É uma lenda urbana — eu disse, dando de ombros. — Como aquela sobre os caras que roubam o fígado das pessoas e largam as coitadas dentro de uma banheira cheia de gelo. Vejam no Snopes, aquele site de lendas urbanas — sugeri. — Tenho certeza que está lá.

Samantha discordou com a cabeça.

— Não está. Já chequei.

— Bom, não importa. Não é real. Pra começar, não existe essa coisa de clarividência. Esses caras da década de 40 que faziam sessões espíritas eram uns charlatões. Isso todo mundo sabe.

Lindsay se levantou da cadeira.

— Me deixa ver a bola.

— O quê? Pra quê?

— Só me deixa ver — ela insistiu.

— Tudo bem.

Tirei a caixa de papelão da prateleira mais alta do meu armário, depois tirei a bola ali de dentro e passei para ela. Lindsay a girou nas mãos, examinando a inscrição gravada na tinta preta.

— RC 52 — ela disse, batendo o indicador no queixo. — RC 52! É claro! Robert Clayton, 1952! É ela, garotas! Esta é a tal Bola de Cristal Cor-de-Rosa mística! — Ela a levantou nas mãos e agitou-a com cuidado. — "Você é a bola de Robert Clayton?" — perguntou.

Ela olhou para o visor, depois olhou para mim, triunfante.

— *"Seu futuro é obscuro. Pergunte outra vez."*

Ela sorriu como alguém que tivesse acabado de resolver um cubo mágico pela primeira vez.

— Por que está com esse sorrisinho? — perguntei. — Se fosse realmente mágica, teria respondido "sim".

Lindsay discordou com a cabeça, ainda sorrindo.

— Não, não funciona comigo. E não funciona com a Samantha também. É como o site disse: a mágica da bola só funciona com aqueles que foram escolhidos para recebê-la. Não está vendo? A sua tia escolheu você para recebê-la, portanto ela só funciona com você. É por isso que ela lhe deixou a bola. É por isso que era tão importante para ela!

Pensei naquilo por um instante. Pensei no pergaminho com todos aqueles nomes, e com a assinatura da minha tia no final. Pensei naquela cerimônia fúnebre bizarra e em Roni me dando a caixa e instruindo-me para só abri-la quando estivesse sozinha. Pensei na bola e na lenda e na inscrição "RC 52" gravada.

— Você tem razão — eu me ouvi dizendo para Lindsay.

— Tenho? — ela perguntou.

— Ela tem?! — perguntou Samantha, parecendo ainda mais chocada.

Eu assenti.

— Tem. Você tem razão em dizer que a minha tia acreditava que essa bola era mágica, e foi por isso que ela fez tanta questão de deixá-la para mim. Faz todo sentido. Quer dizer, a vida dela girava em torno desse tipo de coisa, entende? Claro que ela acreditava!

— Mas e você? Acredita? — perguntou Samantha, lançando-me um olhar significativo. Eu a olhei de volta como se ela tivesse perdido o juízo.

— Sam, é uma bola de plástico. Alguém provavelmente comprou isso numa loja de brinquedos e inventou essa lenda pra se divertir. É como aquelas correntes da internet, só que pior.

Eu peguei a bola e bufei para ela.

— Ah, qual é a de vocês? Isso é totalmente ridículo!

Lindsay estava me lançando um olhar horrorizado que eu instantaneamente reconheci. Lembranças há muito esquecidas do primário afloraram novamente.

Março do ano 2000. Lindsay e eu com 6 anos de idade.

Eu: "*A fada do dente não existe de verdade, Lindsay. É só a sua mãe que entra no seu quarto à noite e deixa uma moeda enquanto você está dormindo*".

Lindsay: *Silêncio. Olhar horrorizado.*

Setembro de 2004. Lindsay e eu com 10 anos de idade.

Eu: "*Sereias não existem de verdade, Lindsay. Elas são só uma coisa que os marinheiros entediados inventaram para passar o tempo quando estão, sabe, desesperados*".

Lindsay: *Silêncio. Olhar horrorizado.*

Graças a Deus que não fui eu quem contou a ela que Papai Noel não existe. Embora eu tenha certeza absoluta de que a pessoa que disse recebeu o mesmíssimo olhar.

Lindsay cruzou os braços.

— Lembra quando me contou que Jesse Cooper disse que você nunca foi alguém que pensasse fora da caixa?

— Lembro — respondi, com o coração apertado só de lembrar.

— O quê?! — Samantha exclamou. — Ele disse isso? Como ninguém me contou?

Olhei para Samantha carrancuda.

— Porque eu disse a Lindsay para não contar a você, porque sabia que iria usar isso contra mim pelo resto da minha vida.

Samantha riu.

— Tem razão. Eu com certeza vou usar.

— *Hello*!! — continuou Lindsay, nos interrompendo. — Lembra de mim? A garota que está tentando dizer algo importante?

— Lembro, desculpe — disse Samantha, ainda rindo sozinha. — Por favor, continue contando sobre Jesse Cooper dizendo a Erin que ela nunca foi alguém que pensasse fora da caixa.

Eu encarei Samantha e ela ergueu as duas mãos diante de si como se fosse totalmente inocente.

— Ele está certo — continuou Lindsay.

— Como é?! — exclamei. — Agora você está se virando contra mim também? Cai na real, Lindsay. Só tente olhar para isso de um ponto de vista racional. Uma bola de cristal de plástico que pode prever realmente o futuro? É ... *absurdo*!

— Não é, não. — Ela arqueou uma sobrancelha. — Absurdo é você ser incapaz de considerar qualquer coisa que não venha com sua própria representação geométrica.

— Do que você está falando? O que quer dizer com isso?

Lindsay jogou as mãos para cima, com frustração.

— Significa que o mundo não é só prótons e..., como é mesmo... íons.

Quando ela disse isso, tive que pressionar os lábios para reprimir uma risada.

— O que foi? — ela perguntou, aborrecida com o meu ar de divertimento.

— É prótons e nêutrons. E também elétrons. Eles são as partículas básicas de um átomo, que é do que toda matéria é feita. Então, tecnicamente, o mundo *é* só prótons e nêutrons. E elétrons, é claro.

Samantha entortou um lado da boca, exasperada.

— Ouça o que está dizendo!

— Isso é o que eu acho — explicou Lindsay.

— Você acha que eu sou uma *geek*? — perguntei, pronunciando em voz alta a palavra que nenhuma das duas ousara dizer. (Embora eu preferisse a "bibliotecária gostosa" de Spencer Ridgely.)

— Não — disse Lindsay. — Eu acho que o mundo *não* é feito só de matéria. Às vezes a gente tem que acreditar em coisas que não têm uma explicação científica.

— É — acrescentou Samantha. — Mas você é meio *geek*, sim.

Não, pensei comigo mesma. *Você não tem que acreditar nisso*. Mas não ousei dizer em voz alta. Eu podia apostar que Lindsay estava prestes a se aborrecer (de fato) e não havia por que contrariá-la. Então, quando ela pegou a bola e a segurou no alto para mim, não discuti.

— Toma — ela disse. — Faz uma pergunta.

— Tudo bem. "Eu vou ser escolhida para ir à Itália?"

Samantha tossiu.

— Uau! Para alguém que não acredita, essa é uma pergunta bem intensa!

Revirei os olhos e olhei para a bola. "*O que está além me escapa desta vez*." Lancei a Lindsay um olhar presunçoso.

— Viu? Ela não sabe nada.

— Não necessariamente — insistiu. — Talvez só não saiba isso. Anda, pergunte outra coisa. Algo específico, para a gente saber se é a bola que está fazendo a coisa acontecer.

Suspirei.

— Tá bom. Tá bom. Tenho uma boa. — Agitei a bola. — "O sr. Lower vai dizer que o meu trabalho de inglês é criterioso e bem-fundamentado?" Porque ele é — acrescentei, olhando para Lindsay.

Ela fez um gesto com a mão para que eu visse a resposta logo. Olhei pelo visor outra vez e o líquido rosa no interior da bola pareceu se abrir quando um triângulo de plástico branco apareceu:

— "*Sim, está escrito nas estrelas*" — eu li.

Lindsay abriu um sorriso radiante.

— Perfeito! — ela declarou.

— Perfeito?! — gritou Samantha. — Tá brincando? Você tem esta coisa... esta... esta... bola de cristal, que teoricamente pode fazer qualquer coisa que você queira, e pergunta sobre um *trabalho de inglês*? Ah, fala sério! Isso é como achar o gênio da garrafa e pedir a paz mundial. Quer dizer, meu Deus, Erin! Use a imaginação! Pergunte a ela se o Bill Gates vai eleger você a única herdeira do seu patrimônio. Se o Zac Efron vai aparecer lá na escola amanhã e anunciar que vai se casar com você. Qual é? Pergunte alguma coisa boa. A viagem à Itália já era um começo. Pelo menos...

O olhar de Samantha era tão sério e desvairado que Lindsay e eu começamos a rir.

— Pensando bem, até que é bom ela ter me escolhido e não você, ou todos os rapazes bonitos do planeta iam aparecer lá na escola amanhã.

— Que seja! — ela respondeu. — Agora, anda, pergunta algo melhor do que se o seu professor vai gostar do seu trabalho.

— Tudo bem... — eu disse, pensando.

Eu era péssima para fazer esse tipo de coisa. Era como se fosse meu aniversário e eu tivesse que me apressar e pensar num desejo antes que as velas se apagassem.

— Tá, já sei. — Agitei a bola. — "Vou entrar na Universidade de Harvard e descobrir a cura para o câncer e ganhar o prêmio Nobel e me casar com um cientista *smexy* que fica um charme de jaleco branco?"

Samantha sorriu com aprovação.

— Muito melhor. O que ela diz?

Olhei para a bola e me surpreendi ao perceber que eu estava com um frio na barriga. E se fosse realmente possível? E se eu simplesmente expressasse os meus sonhos e a bola os realizasse? O líquido prateado apareceu e eu comecei a ler a resposta...

— "*Só há incerteza mais além*" — eu li, tentando esconder a decepção na voz. — Viu? — disse a Lindsay.

— Não! Ah, vamos lá. Talvez tenha sido demais ou uma coisa muito distante. Tente mais uma vez. Pergunte algo mais imediato. Como... como... se os seus peitos vão crescer. Essa é uma boa.

De fato aquela era uma boa pergunta. Eu já rezava mesmo todas as noites, desde que tinha 12 anos, para os meus peitos crescerem, então perguntar isso a uma Bola de Cristal não me parecia tão absurdo.

— Ok — concordei.

Sacudi a bola novamente e olhei para ela intensamente.

— "Meus peitos vão crescer? Quer dizer, pelo menos um pouquinho mais? Não quero que fiquem gigantescos nem nada, só quero que eles caibam num sutiã. Sabe, eu só queria que aparecessem no decote. Mas não muito."

Samantha revirou os olhos para mim.

— Quer parar de ser *tão* neurótica? E então? O que ela disse?

Olhei para a bola. Ela dizia... "*É o seu destino*".

Então tá. Eu definitivamente não ia discutir com ela.

Quatorze

— Mãe!!!

Meu grito soou alto e agudo. Eu estava diante do espelho de corpo inteiro da porta do meu armário, ainda usando a camiseta extragrande do Barry Manilow (que eu só usava para dormir) e uma calça de moletom velha que minha prima tinha me mandado muitos anos antes da universidade de Penn State. O pânico tomou conta de mim. Algum palhaço tinha entrado no meu quarto no meio da noite e trocado meu espelho por outro que distorcia as imagens ou algo estava terrivelmente errado.

— Mãããããããe!!! — gritei novamente, com mais urgência.

— O que foi? — ela gritou de volta.

Eu podia ouvir o som dos seus pés descalços pisando no assoalho de madeira e depois eu a vi abrindo a porta do meu quarto, ainda amarrando o cinto do roupão em torno da cintura.

— Qual o prob... — ela estancou ao olhar para mim. — Ai, Erin, meu Deus do Céu! O que aconteceu com você?

— Eu não sei... Acabei de acordar e, quando olhei no espelho, estava... assim!

Apontei meus dedos inchados na direção do meu rosto inchado. Eu parecia um boneco inflável.

Minha mãe chegou mais perto e me examinou. Tocou minhas bochechas, me fez pôr a língua para fora, pressionou meus lábios (que, devo admitir, pareciam sexies e fartos como os de Kaydra).

— Levante a camiseta — ela mandou.

— Ah, mãe... — protestei.

— Erin, sou médica. E sua mãe. Não precisa ficar constrangida.

Tudo bem. Levantei a camiseta e olhei para a frente enquanto minha mãe examinava minha barriga.

— Parece que você teve uma reação alérgica a alguma coisa — ela concluiu. — Usou um sabonete ou um creme diferente ontem? Ou comeu alguma coisa diferente?

Precisei parar um instante para pensar no dia anterior. Ontem, ontem... Fui à escola, comi um sanduíche, vim para casa, Lindsay e Samantha vieram aqui, pedimos o jantar por telefone... ai, meu Deus! O *dim sum*!

— Pedimos comida chinesa ontem à noite. Samantha ligou para o restaurante. Ela nos disse para confiar nela. Não tenho ideia do que era.

Minha mãe me lançou um olhar como quem diz: "você sabe que não pode confiar em Samantha".

— Bom, seja o que for, não coma outra vez. Vou te dar um anti-inflamatório e você deve voltar ao normal em algumas horas.

— Algumas horas?! Mas eu não posso ir à escola assim!

Ela me encarou.

— Você não tem febre. Não vai faltar na escola só porque está um pouquinho inchada. Ponto final. Agora se vista.

Ela tentou disfarçar um sorriso e depois desistiu.

— Olhe o lado bom... você passou a usar um sutiã três números maior da noite para o dia.

Eu estanquei.

— O que você disse?

Mas ela já tinha saído do quarto.

Tirei a camiseta e fiquei de perfil diante do espelho. Uau!... Eles estavam realmente grandes. Dei uma olhada nos meus braços e pés inchados. Estavam tão ruins quanto o resto. Olhei para a bola, pousada inocentemente sobre a minha escrivaninha.

— Tudo bem — disse a ela. — Se é você que está fazendo isso, saiba que não era bem o que eu tinha em mente.

Jesse Cooper estava no final do corredor, vindo bem na minha direção e na do meu corpo inchado. Olhei ao redor, na esperança de encontrar uma passagem secreta ou um portal para outra dimensão — de preferência para alguma em que eu não parecesse a versão feminina do boneco dos pneus Michellin. (Embora eu não me importasse que os meus lábios ficassem inchados, muito menos os meus peitos, é claro!) Infelizmente, porém, tudo o que havia à minha volta eram armários trancados, lâmpadas fluorescentes no teto e mais nada. E como eu estava atrasada para as aulas graças à minha consulta médica improvisada com a Doutora Mamãe aquela manhã, o corredor estava às moscas. Exceto por mim. E pelo Jesse Cooper.

— Erin? — ele perguntou, hesitante, à medida que chegava mais perto. — Hã... Oi? — ainda parecia uma pergunta.

— Oi — cumprimentei-o do jeito mais casual possível.

Empolgada com o fato de finalmente conseguir encher um sutiã, havia decidido me aproveitar disso pelas poucas horas que me restavam. Tinha vasculhado todo o meu armário (o que também contribuiu para o meu atraso) em busca da blusa mais justa e decotada que pudesse encontrar: um pulôver vermelho vivo de decote V. Em casa, ela me fez parecer uma estrela de cinema dos anos 50. Mas agora que eu estava ali, no corredor de uma escola vazia, bem na frente de Jesse Cooper, estava me sentindo mais parecida com uma garota de programa do que com Marilyn Monroe.

— Precisamos ir ao museu novamente — ele disse. — Você acha que pode ir hoje?

Notei que ele estava tentando manter os olhos longe do meu decote e me perguntei se era isso o que acontecia o tempo todo com as garotas que tinham peitos grandes. Pude ver o quanto aquilo podia ser irritante se acontecesse todo dia. Mas, como era a primeira vez, eu meio que gostei.

— Hoje? — *Humm*, é, acho que não posso ir hoje.

Era uma mentira descarada. Eu poderia muito bem ir, mas não queria que ele pensasse que eu não tinha vida social (mesmo que não tivesse). Quer dizer, ele não ia presumir que eu ficava em casa toda noite (embora eu ficasse) ou que estava disponível sempre que era conveniente para ele (mesmo que estivesse). Além disso, eu estava um bocadinho ansiosa com relação ao tempo que demoraria para que o inchaço provocado pela reação alérgica desaparecesse (minha mãe tinha dito que, se não passasse em 24 horas, ela me levaria para o hospital).

— Que tal depois de amanhã? — perguntei.

Ele pensou por um minuto.

— Pode ser amanhã? Minha banda tem de ensaiar depois de amanhã... — Ele não terminou a frase.

Olhei para ele com um ar de interrogação. A banda dele? Eu não sabia que tinha uma banda. Não sabia nem que ele tocava um instrumento. Quando será que tinha começado?

— Bom... Acho que posso dar um jeito. Combinado.

— Legal — ele disse. — Bom, melhor eu voltar para a classe.

— É, vejo você amanhã.

— Certo. Até amanhã.

Eu estava começando a andar novamente, quando percebi que ele hesitou.

— Ei, o que... o que aconteceu com você, afinal? O seu rosto está meio...

Percebi que ele estava procurando uma palavra que não me ofendesse, e me senti mal ao ver a dificuldade que sentia. Se Samantha estivesse ali, simplesmente ficaria olhando para ele, deixando que sofresse.

— Tive uma reação alérgica a uma comida chinesa — expliquei. — Minha mãe disse que daqui a algumas horas volto ao normal.

Ele concordou com a cabeça, como se compreendesse, depois olhou de relance para o meu pulôver outra vez.

— Ainda bem. Quer dizer, não que pareça ruim ou coisa assim — disse, com as bochechas ficando coradas. — É só que, sabe, você fica melhor do outro jeito.

Quinze

Encontrei Lindsay e Samantha no corredor logo depois da aula. Lindsay vestia o "uniforme" que sempre usava na escola: um longo pulôver, jeans skinny, tênis Converse sem cadarço (nada de laços). E no pescoço o seu onipresente "cristal de cura", pendurado num cordão de couro, comprado na Veronica da Boa e Velha Loja de Artigos Metafísicos. Samantha, por outro lado, estava toda arrumada com seu vestido cinza preso na cintura com um cinto, sobre jeans preto e botas de salto alto de camurça verde.

— Tem uma coisa que vocês precisam ver — cochichei.

Agarrei as duas pelo braço e as levei até o canto onde ficavam os armários dos alunos do décimo ano.

— *Humm*, já deu pra ver, não somos cegas — Samantha comentou com um sorrisinho malicioso, olhando para o meu pulôver.

— Ai, meu Deus! — gritou Lindsay. — Olha pra eles! Estão enormes! Quer dizer, tudo bem, não tão enormes assim. Provavelmente caberiam num sutiã tamanho P, mas são enormes para *você*. Ai, meu Deus! Eu sabia! Sabia que aquela bola de plástico era realmente mágica!

— Chhhh! — sibilei. — Foi uma reação alérgica. Ao *dim sum* — acrescentei, olhando para Samantha. — E, de qualquer maneira, não estou falando dos meus peitos.

Samantha ergueu as sobrancelhas.

— Ah, não? Porque todo mundo está. Lizzie McNeal e Cole Miller estão praticamente espumando de inveja. — Ela virou para Lindsay. — Eu queria saber o que Jesse Cooper está pensando deles. Parece que ele e Erin tiveram um *tête-à-tête* no corredor hoje de manhã.

Eu tive de rir.

— Como é que você já sabe disso? Acabou de acontecer, tipo, meia hora atrás.

Samantha sorriu.

— Sou uma ninja para obter informações, meninas. Vocês ficariam chocadas se soubessem das coisas que eu sei.

— Então tá, mas aposto que você não sabe *disto*.

Peguei a minha mochila e tirei de lá de dentro o meu trabalho de inglês. Abri na última página e mostrei a elas.

Estava escrito *Excelente*, em caneta vermelha, na caligrafia quase ilegível do sr. Lower. *Criterioso e bem-fundamentado*.

Samantha deu de ombros, com descaso.

— Prefiro falar sobre os seus peitos.

— Qual é, garotas, vocês não se lembram? São exatamente as palavras que eu usei com a bola ontem à noite.

Lindsay espremeu meu braço inchado. Seus olhos estavam mais arregalados do que eu jamais vira antes.

— Você está começando a acreditar, não está?

Olhei para o chão. Tinha passado toda a aula de inglês me fazendo aquela mesma pergunta (isto é, quando não estava pensando no meu encontro com Jesse). Entenda, eu não sou o tipo de pessoa que acredita nessas coisas. Simplesmente não sou. É assim que eu me defino. A garota racional. Lógica. Aquela que acredita em matemática e física, não em magia e paranormalidade. Mas, ao mesmo tempo, eu não conseguia explicar aquilo. Quer dizer, as coincidências não paravam de acontecer. Então eu acreditava? Acreditava que essa bola era realmente mágica? E mais importante: se eu acreditava, então isso significava que eu tinha que mudar totalmente a minha definição de mim mesma?

Balancei a cabeça.

— Não sei — admiti. — Talvez.

Lindsay sorriu e colocou o braço nos meus ombros.

— Então seja bem-vinda ao clube! — ela disse. — Eu sabia que um dia você iria acreditar.

Sacudi os ombros para afastar o braço dela.

— Tá, mas, só para você saber, eu só acredito na bola de plástico. Ainda não acredito na sua boneca de vodu nem nos seus cristais nem...

— Que seja — interrompeu Samantha. — Mas podemos nos concentrar no que é realmente importante? Isto é, vocês duas conseguem entender o poder que temos com essa coisa? Erin, você percebe o que pode fazer com a Bola de Cristal Cor-de-Rosa *mágica*? Pode pedir que todos os garotos desta escola só queiram sair com a gente. Pode pedir para só tirar a nota máxima. Pode pedir um carro novo...

— Você pode pedir para eu ser mais popular — Lindsay interrompeu, num tom de voz tão baixo que mal conseguimos ouvi-la — e logo completou com um "brincadeirinha".

— Espera aí, gente — eu disse. — Não sei se posso tudo isso. Se vocês se lembram, ela nem sempre funciona quando eu peço as coisas. Temos que descobrir como usá-la. — Fiz uma pausa. — Sabem, eu estava pensando nisso na aula de inglês... acho que a lista que a minha tia deixou é na verdade um conjunto de instruções. Ou dicas, talvez. Não sei. Mas você está certa, Lindsay. Essa lista significa alguma coisa. Do contrário, por que ela teria escrito? Até descobrirmos o que tudo isso significa, não acho que devemos pedir à bola nada de muito sério.

— Tem razão — concordou Lindsay. — Lembram em *De Volta para o Futuro*, quando Michael Fox começou a mudar a história dos pais dele e então o irmão e a irmã desapareceram do retrato que ele tinha na carteira? Pode ser que aconteça o mesmo...

O sinal tocou antes que eu ou Samantha pudéssemos começar a rir.

— Continuamos depois — eu disse a elas, enquanto batia a porta do meu armário.

Nós três tomamos um susto quando vimos Chris Bollmer parado ali. Ele estava usando a mesma roupa de sempre: jeans, camiseta e um moletom preto de capuz. Não que eu prestasse muita atenção em Chris Bollmer, mas é que eu acho que nunca o tinha visto *não* usando um moletom preto de capuz. Uma vez ouvi alguém dizer que ele usava agasalho para esconder as cicatrizes das queimaduras que tinha nos braços, causadas pela explosão no bueiro.

— Credo, Bollmer! — Samantha resmungou. — Você quase me mata do coração!

Lindsay olhou para ele.

— Você estava escutando a nossa conversa? Há quanto tempo está parado aí?

— Eu não estava escutando a conversa de vocês. Só estou aqui há alguns segundos.

Fiquei estudando a cara dele. Não sabia se podia acreditar. Ele parecia estar dizendo a verdade, mas sempre tinha aquela cara de filhotinho perdido quando estava perto da Lindsay, por isso era difícil saber o que estava realmente se passando na cabeça dele.

— Então o que você quer? — perguntou a Lindsay, com rispidez.

Samantha e eu trocamos olhares. Mas eu queria saber o que Samantha estava pensando. Eu sabia o que *eu* estava pensando: estava aliviada por nunca ter tido ninguém que ficasse o tempo todo me espreitando.

— Eu só precisava saber por quê — ele disse.

— Por que o quê? — Lindsay perguntou.

— Por que você deixou a Megan tratar você daquele jeito ontem. Por que você nunca a enfrenta?

Ela franziu a testa e depois soltou uma risada.

— Tá me gozando? Enfrentá-la? Isso só iria piorar as coisas. *Você* deveria saber disso. Olha, eu agradeço o seu interesse em me ajudar, Chris, agradeço mesmo. Mas a menos que a Megan Crowley mude de endereço ou seja expulsa da escola, ela nunca vai deixar de pegar no meu pé. Se eu procurar não chamar atenção e ficar longe do caminho dela, pode ser que consiga lidar com a situação. E é por isso que eu não a enfrento. Sinto muito se não era isso o que você queria ouvir, mas é a verdade.

— Não acho — retrucou Chris. — Você está errada. Se continuar evitando enfrentá-la toda vez que ela pega no seu pé, ela nunca vai parar. Mas, se mostrar que não vai mais engolir essa, ela vai parar. Estou dizendo.

Enquanto Chris dizia isso, as pessoas começaram a atulhar o corredor, antes de o sinal bater. Os olhos de Lindsay iam e vinham em todas as direções e eu sabia que ela estava checando para ver se a Megan ou qualquer das suas seguidoras não estava por perto. Mas ela não foi suficientemente rápida. Com o canto do olho, vi Megan do outro lado do corredor, e ela caminhava na nossa direção com seu andar pomposo e seu olhar de *ora, ora, ora, o que temos aqui?* estampado na cara. Eu podia jurar que Megan era capaz de pressentir quando Lindsay estava vulnerável.

— Ei, vejam só! — Megan anunciou numa voz mais alta do que o normal. — Estão tendo uma briguinha de namorados?

Ela se enfiou entre Lindsay e Chris, pousando um braço no ombro de cada um.

— Sabe, se estão com problemas, tudo o que têm a fazer é se beijar e fazer as pazes.

Ela colocou a mão atrás da cabeça de Lindsay e empurrou-a na direção do rosto do Chris, mas Lindsay se esgueirou para longe do braço dela. Quando tentou outra vez, o rosto de Lindsay estava vermelho e seus olhos tinham uma expressão desvairada, como se estivesse possuída.

— Não toque em mim! — ela gritou.

Hesitou por um instante, mas então se empertigou e aproximou o rosto do de Megan.

— Ainda faz xixi nas calças, Megan? Porque fazem fraldas para adultos também, sabia? Eu teria o maior prazer em comprar um pacote pra você da próxima vez em que for à farmácia.

Megan corou de raiva e os cantos da sua boca se levantaram num rosnado.

— Você *não* vai querer começar uma guerra comigo, Garota Pum!

Lindsay riu, mas seus olhos fuzilavam.

— Foi você quem começou, muito tempo atrás, Bunda Molhada.

Uma pequena multidão se aglomerou à nossa volta. Megan encarava Lindsay enquanto as pessoas riam alto da piada. Samantha e eu nos entreolhamos com um sorriso disfarçado nos lábios.

— Você não sabe em que se meteu! — grunhiu Megan. — Vou fazer se arrepender de ter nascido.

Ela girou sobre o salto alto e abriu caminho às cotoveladas em meio à multidão, afastando-se enfurecida.

Lindsay desabou sobre os armários às suas costas, trêmula e pálida. Suas mãos tremiam.

— Está contente agora? — sibilou para Bollmer.

— Estou — ele respondeu, indiferente ao aborrecimento dela. — Você foi incrível! Está me gozando? Bunda Molhada? Isso foi a melhor coi...

— Chris — eu interrompi, erguendo a mão. — Já chega.

Os olhos de Lindsay começaram a ficar cheios de lágrimas. Faltava muito pouco para ela desmoronar. Samantha foi até onde estava Lindsay, para tentar acalmá-la.

— Linds, relaxa. Vamos para a aula.

Mas Lindsay ignorou-a e olhou bem no olho do Chris. Quando ela abriu a boca, sua voz saiu sufocada e tão baixa que era quase um sussurro.

— Você sempre diz nos seus e-mails que só quer me ajudar, não é?

Chris confirmou com a cabeça.

— Eu quero mesmo ajudar você, Lindsay. Você não merece ser tratada desse jeito.

— Então, a melhor coisa que pode fazer é ficar longe de mim, ok? Só fique longe!

Dezesseis

Não consegui encontrar Lindsay em lugar nenhum pelo resto do dia e, quando cheguei em casa depois da escola, liguei para a casa dela para saber se estava tudo bem. E para que soubesse (para minha tristeza e ao mesmo tempo grande alívio) que eu já tinha desinchado. Em todos os lugares.

A mãe dela atendeu no segundo toque.

— Ah, oi, Erin. Na verdade, Lindsay está dormindo. Ela veio para casa mais cedo hoje porque não estava se sentindo bem. Disse que estava com dor de cabeça. Pensei que você soubesse. Não estão sempre juntas?

Dei uma risadinha educada.

— É, eu sabia que ela não estava se sentindo bem, mas não percebi que tinha voltado para casa.

Eu queria dizer que a Lindsay não tinha dor de cabeça coisa nenhuma. Queria contar tudo sobre Megan Crowley — e que, por ser a mãe de Lindsay, ela precisava intervir e fazer alguma coisa. Precisava ir falar com o diretor e fazê-lo pôr um ponto final naquilo, pois só Deus sabia o que Megan iria fazer a Lindsay depois do que tinha acontecido no corredor aquele dia.

Mas eu não disse nada. Lindsay não tinha contado à mãe. Com tanto trabalho e filhos para cuidar, além do fato de ter sido abandonada pelo marido, que a trocou por uma assistente odontológica de 26 anos, a última coisa de que a mãe de Lindsay precisava era se preocupar com Megan Crowley. Mas eu achava que ela deveria ter notado que alguma coisa não andava bem. Quer dizer, Lindsay sempre ia para casa com dores de cabeça terríveis. Mas ela não notava. Era como um daqueles *reality shows*: uma mãe divorciada, fazendo o melhor que pode para trabalhar e criar os três filhos ao mesmo tempo, mas sem perceber que um deles está se drogando ou vomitando no banheiro depois das refeições... ou, tipo, sendo agredida verbalmente e gastando todo o seu dinheiro em bonecas de vodu.

— Tudo bem, então, a senhora pode só dizer que eu telefonei?

— Claro, eu falo. Ah, e Erin... está tudo bem com você? Lindsay me disse sobre o que aconteceu à sua tia. Foi horrível. Sinto muito.

— Ah, obrigada — disse, engolindo em seco.

— Como a sua mãe está enfrentando?

— Ela está bem. É minha mãe. Não é uma pessoa lá muito emotiva.

— É, bem, diga que eu perguntei por ela, está bem? Sinto muito pela sua perda.

— Obrigada, eu direi. Até logo.

Desliguei o telefone e me estiquei na cama, olhando para o teto. A verdade era que a minha mãe *não* estava bem. Claro, ela estava fingindo estar... ia trabalhar, se arrumava para as cerimônias de entrega de prêmios no hospital, agia como se nada a aborrecesse..., mas eu sabia que era tudo encenação. Quando meu pai dormia e ela pensava que eu estava dormindo, eu a ouvia abrindo e fechando gavetas, pegando fotografias e às vezes chorando.

Droga, tia Kiki, pensei com raiva. *Em que confusão você nos meteu desta vez*!

Eu me levantei e tirei da gaveta da escrivaninha a carta que Kiki tinha me deixado. Havia prometido a mim mesma que ia começar a fazer minha dissertação para a Itália nesse mesmo dia. Mas desde que tinha pegado o meu trabalho de inglês novamente aquela tarde, não conseguia parar de pensar na bola de cristal. Fitei a lista outra vez e, de repente, tive uma ideia.

E se eu encarasse esse enigma do mesmo jeito que encarava um problema de matemática ou um projeto de ciências?

Peguei um lápis e uma folha de papel, e anotei a primeira pergunta que me passou pela cabeça.

Quais são as propriedades de uma Bola de Cristal Cor-de-Rosa?

Na verdade, não era uma pergunta ruim. Quer dizer, eu não tinha ideia do que aquela coisa era construída. Peguei o lápis novamente.

Líquido com glitter*? O que era isso?*

Como as respostas são escritas? Como ela funciona?

Tudo bem, pensei. Posso fazer isso. É *assim* que eu raciocino.

Sentei-me em frente ao meu computador e digitei "Bola de Cristal Cor-de-Rosa" na barra de pesquisa do Google, assim como Lindsay fizera no dia anterior. Eu podia sentir minha pulsação acelerando de empolgação, do jeito que sempre acontecia quando eu estava prestes a encontrar uma resposta para um problema complexo. Não acreditava que não tinha pensado naquilo antes.

Encontrei vários sites com anúncios de Bolas de Cristal Cor-de-Rosa e alguns dos fabricantes dessas bolas, com as perguntas dos clientes sobre elas...e, então, finalmente me deparei com o site de um sujeito que tinha tentado abrir uma Bola de Cristal Cor-de-Rosa com uma furadeira.

Humm, pensei. *Esse cara é dos meus*. Estudei melhor o site, lendo seus comentários, mas pulando as fotos dele manejando a furadeira (infelizmente, era um coroa e nem um pouco bonito), e então finalmente encontrei o que estava procurando.

Com o interior da bola exposto, o mecanismo de respostas finalmente foi revelado. O dispositivo é na verdade uma bipirâmide octogonal feita de acrílico transparente, com uma mensagem diferente em cada face. A bipirâmide é oca, o que permite que seja preenchida com líquido para minimizar a flutuação. Ela consiste em duas peças presas por clipes.

Uma bipirâmide octogonal? Tínhamos aprendido várias figuras em geometria no ano anterior, mas essa era nova para mim. Fui ao site da Wikipédia e pesquisei rapidamente "bipirâmide octogonal".

Em geometria, a bipirâmide ou dipirâmide consiste em duas pirâmides unidas simetricamente pela base. Uma bipirâmide octogonal contém dezesseis lados e dez vértices, e cada lado tem a forma de um triângulo isósceles. Também conhecida como dado de dezesseis lados.

Um dado de dezesseis lados. Peguei o papel e examinei-o cuidadosamente.

Existem dezesseis maneiras de morrer, mas quatro delas você nunca verá.

É isto! Dezesseis maneiras de morrer. Dezesseis respostas no dado que havia dentro da bola.

É um quebra-cabeça!, pensei comigo mesma. *Tia Kiki me deixou um quebra-cabeça!*

Tudo começava a fazer sentido agora. Fitei a carta novamente e de repente captei o que ela queria dizer. Tia Kiki não tinha simplesmente escrito uma carta para acompanhar a bola. Ela tinha escrito aquela carta para *mim*, especificamente. Examinei a primeira dica outra vez. *Quatro delas você nunca verá.* O que isso significa? Pensei por um minuto, batendo a ponta do lápis na escrivaninha.

Quais serão as dezesseis respostas do dado?

Pensei novamente nas respostas que Lindsay, Samantha e eu tínhamos recebido até ali e anotei todas elas por escrito.

Seu futuro é obscuro. Pergunte outra vez.

Considere seu destino selado.

O que está além me escapa desta vez.

Sim, está escrito nas estrelas.

É o seu destino.

Comecei a bater o lápis outra vez. Eram apenas cinco respostas. E as outras sete? Peguei a bola e chacoalhei-a uma vez, depois outra vez e uma vez mais, mas em nenhuma das vezes o dado flutuou. Devia haver um jeito mais fácil. Voltei ao computador e digitei no Google "respostas da Bola de Cristal Cor-de-Rosa". Como era de esperar, no alto apareceu o site oficial da Bola de Cristal Cor-de-Rosa com uma lista de todas as respostas, que ainda eram as mesmas da bola original, feita em 1952. Eu as examinei e fiz uma conta rápida. Oito delas eram respostas afirmativas, quatro eram negativas e quatro eram indefinidas.

Voltei a examinar as respostas que já tinha recebido: três afirmativas, duas indefinidas. *Quatro delas você nunca verá.*

Fechei os olhos e mentalizei tia Kiki e eu sentadas na varanda, do lado de fora da casa, debruçadas sobre as palavras cruzadas da edição de domingo do *The New York Times*. Ela costumava fazer limonada. Eu podia quase sentir na língua o aroma da mistura perfeita de doce e azedo; quase sentir a brisa fresca de verão entrando pela lateral da varanda.

Não faça suposições, Kiki costumava dizer. Sua voz profunda e rouca ainda ecoava na minha cabeça. *Leia cada palavra cuidadosamente. Às vezes, o que a dica não diz é tão importante quanto o que ela diz.*

Meus olhos se arregalaram e eu sorri: captei. Ela não disse que quatro respostas *nunca* serão vistas. Disse que quatro delas *você* nunca verá. Ou seja, *eu*, que fui escolhida para receber a bola. Ela devia saber que eu encontraria a história sobre Robert Clayton na Internet. Devia saber que eu descobriria que a bola só funcionava comigo. E, se a bola só funcionava comigo, então ela sempre faria tudo o que eu pedisse. O que significava que as quatro respostas que *eu* nunca veria seriam as negativas.

Pousei o lápis, com um ar triunfante, sobre a escrivaninha.

E então peguei-o novamente.

Mas se a bola faz o que eu peço, então por que também recebi respostas indefinidas?

Mastiguei a ponta do lápis enquanto pensava naquilo. Não havia algo nas dicas com referência à indefinição? Peguei o papel novamente e encontrei. Dica número 4.

Uma rotação é tudo o que você pode ver. Só há indefinição mais além.

Deve ter alguma coisa a ver com isso. Mas o que era uma rotação?

Uma rotação. Rodar a bola?

Quando eu estava escrevendo isso, ouvi o aviso sonoro de um e-mail chegando à minha caixa postal. Dei uma olhada na tela.

jcoop88.

Era Jesse. Não havia nada escrito no campo "assunto".

Lembrei-me da nossa conversa no corredor aquela manhã e senti as minhas bochechas corando. Achei estranho o jeito como ele ficou olhando para mim e então aquele comentário sobre eu ficar melhor do outro jeito... Tinha andado ultimamente dissecando aquilo e *achava* que tinha sido um elogio. Por um lado, ele podia estar dizendo que gostava do jeito que eu era quando não estava me parecendo uma versão inflada de mim mesma, como aqueles adesivos fofos em 3D. Mas, por outro lado, talvez ele só estivesse dizendo que eu não ficava tão bem quando estava parecendo uma versão inflada de mim mesma, e não estivesse fazendo, na verdade, nenhum comentário sobre a minha aparência normal. E talvez fosse esse o motivo de ele estar me mandando um e-mail.

Talvez ele tivesse percebido que tinha andado enlouquecedoramente evasivo e obtuso nos últimos dias e quisesse se explicar. Ou talvez o fato de ter me visto toda inchada de manhã o tivesse feito perceber que se sentia realmente superatraído por mim quando eu não estava inchada, e por isso estava me escrevendo para contar que ele tinha parado um pouco para refletir e chegado à conclusão de que preferia garotas monótonas, desengonçadas, sem peito e de cabelo castanho desbotado, em vez de universitárias voluptuosas, de olhos verdes, *piercing* no nariz e cabelos ruivos esvoaçantes, que flertavam em total abandono. Era possível.

Cliquei na mensagem.

Só PSC: quando formos ao museu amanhã, é a sua vez de escolher a pintura. Então esteja preparada, ok?

Ou não.

Revirei os olhos para o computador. Ele realmente era de fato a pessoa mais rude que eu conhecia. "Adorava" o modo como ele simplesmente presumia que eu não estaria preparada. Respondi no ato.

PSC também: estou sempre preparada. Tnh q ir. T vj amnha.

Cliquei no "enviar" e imediatamente me arrependi de ter escrito "Tnh q ir" e "t vj amnha". Era tão *girlie* e convencional! Aposto que a Kaydra não usava abreviações em e-mails.

Suspirei para mim mesma. Claro que eu não estava nem um pouco preparada. Nem tinha me ocorrido que eu precisaria escolher uma pintura no museu no dia seguinte. Mas supus que teria de fazer alguns progressos. Isto é, não seria justo deixar que ele fizesse todo o trabalho sozinho só porque conhecia todas as pinturas do museu de cor.

Coloquei a bola sobre o criado-mudo e dobrei o papel com as minhas anotações. Como se já não bastasse tudo o que eu tinha para pensar, agora precisava encontrar uma pintura suficientemente "fora da caixa" para impressionar Jesse Cooper.

4:07 da manhã. Eu me sentei ereta na cama como uma bola arremessada de um canhão. A luminária sobre a escrivaninha estava acesa e os livros de história da arte espalhados sobre a cama. Esfreguei os olhos, confusa, tentando recapitular o que tinha visto em meu sonho que me deixara tão assustada. Mas não adiantava mais — já tinha esquecido. Tudo o que eu lembrava agora eram fragmentos dispersos. Um par de peitos ambulantes gigantescos, no estilo de Picasso... Chris Bollmer correndo pela rua com um guarda-chuva... uma chuva de notas de dez dólares caindo do céu...

Comecei a achar que eu podia estar precisando urgentemente de ajuda profissional.

Tirei os livros da cama e apaguei a luz. Podia ouvir gavetas se abrindo e se fechando no quarto de hóspedes, e rolei na cama, colocando o travesseiro sobre a cabeça para tentar bloquear o barulho.

Dezessete

Deslizei a mão esquerda por baixo da minha carteira e me reclinei na cadeira, ajustando o ângulo da mão para ter uma boa visão do meu celular. Meu coração batia descompassado no peito enquanto a sra. Cavanaugh, minha professora de física, explicava tediosamente como calcular o índice da refração numa placa de vidro retangular.

O colégio Cleveland High tinha regras explícitas sobre o uso de celular em sala de aula. Quem era flagrado recebia primeiro uma advertência. Depois ganhava uma detenção. E da terceira vez, precisava prestar dez horas de serviços comunitários. Mas a pior parte é que, se o professor pegasse o aluno, ele podia confiscar o seu celular por uma semana. A escola podia até fazer os pais assinarem um termo no começo do ano escolar, concordando com essa regra e impedindo-os de se oporem caso ela fosse aplicada.

Normalmente eu deixava o celular na minha mochila o dia inteiro — assim não me sentia tentada e meus amigos sabiam que eu não ia ler as mensagens deles, por isso eles nem se davam ao trabalho de me enviar. Mas hoje eu tinha feito uma exceção.

Deslizei a mão sob a carteira quando a sra. Cavanaugh se virou para escrever no quadro e, pela primeira vez, notei que metade da classe fazia o mesmo. Movendo os dedos o mais rápido que eu podia, digitei uma mensagem para Samantha e Lindsay.

Adivinhem. Sao dicas. Dezesseis modos d morrer = 16 respsts d dado. Mto + pra contar. Ate +.

Puxei a mão da carteira e agarrei o lápis justo na hora em que a professora se virou para a classe. Tentando parecer inocente, cometi o erro de olhar nos olhos dela.

— Erin, pode me dizer qual dessas equações no quadro se refere ao comprimento de onda da luz amarela de sódio no vácuo?

Minhas bochechas ficaram vermelhas. Eu não tinha ideia do que ela estava falando.

— Hã..., desculpe, pode repetir a pergunta?

A sra. Cavanaugh me lançou um olhar decepcionado, como se quisesse me dizer que não pensava que eu fosse como os outros.

— Maya, qual dessas equações no quadro se refere ao comprimento de onda da luz amarela de sódio no vácuo?

— A primeira: $5{,}89 \times 10^{-7}$ m — Maya respondeu.

— Correto — afirmou a professora.

Maya sorriu para mim com um olhar presunçoso.

Resisti à tentação de mostrar a língua para ela. A média de Maya tinha ficado dois décimos abaixo da minha no final do ano passado, e ela estava torcendo para eu me complicar e ela poder me alcançar. Mesmo assim, embora eu não a suportasse, não pude deixar de pensar que seria muito mais fácil se Maya fosse a minha parceira no trabalho de História da Arte, em vez de Jesse. Porque aí eu não me preocuparia com o fato de ter escolhido uma pintura fora da caixa ou não.

Se a Maya fosse minha parceira, eu não teria passado metade da noite estudando os catálogos on-line do museu, em busca de uma pintura que fosse fora da caixa. Eu não estaria tão cansada hoje a ponto de mal conseguir abrir os olhos. E que sonhos malucos foram aqueles? Se fechasse os olhos ainda podia ver os peitos — eles eram azuis e estavam ligados a um par de pernas (longas, bem torneadas, muito bonitas; do tipo que as dançarinas de cancã ou líderes de torcida têm) — e elas andavam na minha direção como se fossem peitos zumbis... sem vida. Na verdade, agora que estou pensando nisso, percebo que eram muito mais ao estilo de Salvador Dalí do que de Picasso.

Uma resposta da Samantha apareceu no meu celular.

do qq vc ta flndo? e dsd qndo vc escrev msg n aula?

Um segundo depois, surgiu um texto de Lindsay.

eu dise q signifva algm coisa! vc vai me arranjar prob. jah m pegarum 2x. n keru srvço cmnitario.

Tenho que admitir que fiquei levemente aliviada. Eu tinha finalmente falado com Lindsay na noite passada e ela parecia melhor com relação ao desastre com Megan/Bollmer no corredor. Veronica, a doida varrida da loja esotérica, tinha vendido a ela algum tipo de cristal protetor que funcionava como um campo de força invisível para combater o mal. Ou algo assim.

Samantha entrou na conversa novamente.

ah! t flndo da bola? vc descbriu???

Esperei a sra. Cavanaugh se virar para o quadro novamente e então escorreguei a mão para debaixo da carteira outra vez.

Claro! :)... cont deps. n saiam p almoçar hoje. vjo vcs na caf.

A professora olhou na minha direção. Desta vez agarrei o lápis e fingi que fazia anotações furiosamente.

— Então, neste problema, quem pode me dizer qual é o ângulo da incidência?

Olhei para o quadro, onde estava escrito:

$n_1 \text{ sen } \Theta_1 = n_2 \text{ sen } \Theta_2$

Eu não fazia ideia. Folheei o meu livro, tentando localizar a resposta.

— Erin? — a sra. Cavanaught perguntou com ar de cautela, dando-me uma segunda chance.

— *Hummmm,* Θ_1?

Ela ergueu as sobrancelhas e depois franziu a testa.

— É, Θ_1 está correto. Bom chute.

Maya e alguns outros alunos deram risadinhas, enquanto eu sorria sem jeito. Não estava acostumada a ser alvo de piadas dos professores.

Quando ela se virou para o quadro novamente, dei uma olhada embaixo da carteira para ler a resposta da Samantha.

Eca! tah. + eh mlhr q v a pena. Aiden vai no Wendy's e vc sbe q eu amo salada.

Fechei o celular e o empurrei para dentro da mochila. Depois concentrei toda a minha atenção na explicação sobre como medir a velocidade da luz através de vários objetos.

Quando o sinal tocou, a sra. Cavanaugh me pediu para esperar. *Ops*! Meu coração começou a martelar no peito enquanto eu pegava as minhas coisas e todo mundo se desviava de mim para deixar a classe. Lizzie McNeal, Matt Shipley e Cole Miller me lançaram olhares maliciosos enquanto passavam e eu só fiquei imaginando o que elas diriam de mim quando estivessem no corredor. Quando todos tinham finalmente deixado a sala, fui até a mesa da sra. Cavanaugh. Ela estava apagando o quadro, de costas para mim.

— A senhora quer falar comigo?

Ela se virou. Eu nunca tinha ficado tão perto dela antes e notei pela primeira vez que tinha olhos azuis muito bonitos. Não tão bonitos quanto os de Lindsay, mas ainda assim... Eles eram de um tom escuro e profundo de azul — quase marinho — e a sombra marrom que ela estava usando fazia com que se destacassem (ou "saltassem", como diria Samantha) ainda mais.

— Sim, Erin, quero. Sei que estava com o celular hoje. Você não costuma fazer esse tipo de coisa, por isso não vou mandá-la para a diretoria com uma advertência. Vou lhe conceder o benefício da dúvida e presumir que deve ter sido uma situação de emergência.

Eu acenei com a cabeça, agradecida e incapaz de falar. Pode parecer ridículo, mas meus olhos estavam cheios de lágrimas e bastaria eu abrir a boca para cair no choro. Eu detestava decepcionar as pessoas. Quando era pequena, minha mãe nunca precisava me pôr de castigo. Tudo o que ela tinha que fazer era dizer que estava decepcionada comigo. Pronto: choradeira. Eu limpei a garganta.

— Obrigada — disse em voz baixa e trêmula. — Não vai acontecer de novo, eu prometo.

— Que bom. Agora pode ir, senão vai se atrasar para a próxima aula.

Samantha se aproximou da mesinha redonda que Lindsay e eu tínhamos conseguido num dos cantos da cafeteria. Com seu vestido roxo, curto e solto, e sandálias de salto de cortiça, ela parecia quase frágil e vulnerável. Sentou-se com uma garrafa de plástico de suco de laranja e fez uma careta quando viu os meus tacos de frango com creme azedo e a lasanha e o biscoito de gengibre gigante de Lindsay.

— Não acredito que vocês duas comem essas tranqueiras todo dia. É um milagre que não sejam obesas.

— Eu não acredito que fui pega com o celular na aula — lamentei.

Eu não estava realmente com fome para almoçar. Desde que tinha saído da aula de física, sentia um buraco no estômago do tamanho da Austrália.

— É que você não pode digitar com as duas mãos — Samantha explicou. — Claro que ia ser pega. Mandar torpedos é uma arte. Olhe aqui como é.

Ela pegou uma caneta e o telefone celular da bolsa e colocou o celular no colo. Depois debruçou-se sobre a mesa. Segurou a caneta com a mão direita e escreveu no meu guardanapo *é assim que você envia torpedos*.

— Agora dê uma olhada no seu celular.

— Como é que é? Mas você não fez nada!

— Dê uma olhada no seu telefone — ela insistiu.

Eu tirei o celular da mochila e o abri. Na tela havia uma mensagem de texto da Samantha.

Da proxima vez peça sem creme. Engord@.

Olhei para ela, boquiaberta.

— Que demais! Deve ser muito ruim não poder explorar um talento como esse.

— É, eu sei — ela lamentou. — Se pelo menos eles dessem nota para quem consegue driblar o sistema, eu tiraria um 4.

Lindsay riu, mas eu continuei amuada.

— Você precisa se animar — disse Samantha. — Acho que ia se sentir muito melhor se fosse ao show do Flamingo Kids comigo no sábado à noite.

Revirei os olhos para ela.

— Já disse, não curto shows. São barulhentos, as pessoas ficam pisando nos pés umas das outras e eu nunca nem ouvi essa banda, por isso não vou conhecer nenhuma música. Não, obrigada.

— Para começo de conversa, você nunca nem esteve num show.

— Já estive, sim — argumentei.

Samantha deu uma risadinha e ergueu as sobrancelhas.

— Barry Manilow com o seu pai não conta.

Barry Manilow não era o único show a que eu tinha ido. Também já tinha visto Neil Diamond com a minha mãe quando eu tinha 9 anos. Mas preferi não mencionar.

— Eu queria poder ir com você — gemeu Lindsay. — Preferia ir a qualquer lugar a passar o fim de semana na casa do meu pai. Vocês acreditam que ele quer que eu conheça a nova namorada dele? Me mostrou uma foto e ela estava usando um shortinho da Forever 21. Sei porque eu já experimentei um. Quer dizer, fala sério, é nojento. Ela tem 26 anos. Ele podia ser pai dela.

— Mas o seu pai não tem 40? — perguntei, fazendo rapidamente a conta de cabeça.

Lindsay mostrou a língua para mim.

— Tem, mas ele podia ter tido um filho aos 14 anos. Não é impossível. E, além disso, ela se comporta como se tivesse 18, por isso teoricamente ele já teria 22 quando ela nasceu.

— Pelo menos o seu pai quer sair com você — interrompeu Samantha. — O meu pai mora comigo e acho que não trocamos umas dez palavras nestes últimos cinco anos. Juro, se um dia ele se mudar, nunca mais vou ouvir falar dele outra vez. Sei disso. E a única razão de não ter se mudado ainda é porque não fez minha mãe assinar um contrato pré-nupcial e agora não quer dar metade do dinheiro para ela.

— Você não pode ter certeza — eu disse.

— Eu tenho! — ela respondeu, muito prática. — Eles brigaram um dia na hora do jantar e ele disse. Bem na minha frente e na frente da minha irmã. Minha mãe disse que era melhor ele começar a economizar, porque logo eu iria para a faculdade e ela iria arrancar cada centavo que ele tivesse.

Lindsay e eu não abrimos a boca. Samantha não era de falar dos pais com frequência, exceto para dizer que ela não suportava ficar perto deles. E agora que a irmã estava longe, na faculdade, eles brigavam mais do que nunca. Samantha uma vez me disse que a mãe dela queria se divorciar, mas achava que estava fazendo um grande favor a Samantha esperando até que ela se formasse. Como se o fato de os pais viverem juntos já fosse motivo suficiente para ela ter uma infância feliz, mesmo sabendo que não suportavam nem ver um ao outro.

O silêncio se prolongou. Eu adoro Samantha, mas ela se abre tão raramente que, quando diz algo realmente pessoal, sem ironia ou sarcasmo, eu não sei o que dizer. É mais fácil com Lindsay. Ela chora e desabafa comigo o tempo todo. Mas nesse momento eu estava com medo de dizer a coisa errada, por isso não disse nada; em vez disso fiquei remexendo a comida no prato. Lindsay também se debruçou sobre o seu almoço e praticamente devorou a lasanha. Mas Samantha só ficou sentada ali, bebendo seu suco de laranja de canudinho.

Por fim, Lindsay quebrou o silêncio. Ela olhou para Samantha e perguntou:

— Não vai comer nada?

Samantha suspirou.

— Não. Decidi que esta é uma boa ocasião para começar a minha dieta de líquidos, já que tive que almoçar *aqui* hoje.

Ela olhou em volta, evidentemente contrariada por estar na cafeteria.

— Beyoncé perdeu, tipo, dez quilos com a dieta Master Cleanse.

— Você não precisa perder peso — eu disse a ela. — A coxa da Beyoncé é mais grossa do que o seu corpo inteiro.

— Mesmo assim. Eu pareço magra quando estou de roupa, porque sei como esconder minhas gordurinhas, mas, pode acreditar, sou um barril quando estou nua.

— E daí? — Lindsay perguntou, comendo sua última garfada de lasanha. — Ninguém vai te ver nua mesmo num futuro próximo.

Samantha deu de ombros.

— Nunca se sabe. Eu posso ficar com alguém no show de sábado à noite.

Revirei os olhos para ela. Sabia exatamente o que ela estava pensando.

— Você não vai ficar com o Aiden quando ele estiver no show com a Trance, Sam.

Samantha deu um sorriso tímido.

— Eu com certeza ficaria se uma certa bola de cristal estivesse na parada...

Ah, não. De repente senti que ia ficar enjoada e não era por causa dos tacos.

— Não acho que seria uma boa ideia...

Samantha estreitou os olhos para mim.

— Por que não?

Eu hesitei. Na verdade não sabia por quê. Era só uma voz muito alta bem lá no fundo da minha cabeça me dizendo que Não Era Uma Boa Ideia.

— É só que... bom... Acho que devíamos descobrir as regras primeiro. Quer dizer, não queremos meter os pés pelas mãos, não é?

— Não — respondeu Samantha sem flexão na voz. — Não é. E, de qualquer maneira, pelo que você disse, achei que tinha descoberto as regras.

— Não foi isso o que eu disse. Disse que tinha descoberto que a carta é uma lista de dicas. Mas nunca disse que tinha descoberto o que todas significavam. Só descobri o que uma delas significa.

— Que seja — argumentou Samantha, com irritação na voz. — Acho que você simplesmente não quer que ninguém, além de você, tenha seus sonhos realizados. Está sendo egoísta.

— Não é verdade! Não estou sendo egoísta. Só quero ter certeza de que estamos usando a bola da maneira certa antes de começar a pedir coisas. Sei lá, vai saber o que pode acontecer...

Samantha inclinou a cabeça como que dizendo que não acreditava em mim.

— Sério? Então me diga por que você pediu coisas? Quer dizer, você conseguiu ter peitos grandes por um dia e conseguiu nota máxima no trabalho de inglês. Então por que eu não posso pedir nada? E por que Lindsay não pode?

Olhei para Lindsay, na esperança de que ela me defendesse.

— Lindsay, pode, por favor, explicar a ela que essa não é uma boa ideia? Lembra-se do que você disse, ontem, sobre *De Volta para o Futuro* e a família do Michael Fox desaparecendo?

Lindsay mordeu o lábio inferior e eu percebi que ela estava prestes a me jogar na fogueira. Era péssima para dizer "não" às pessoas, e à Samantha em particular.

— Bom, sei que disse isso, mas parece que tudo está funcionando muito bem com você. Quer dizer, parece que quando a bola não pode fazer algo ela simplesmente avisa, pedindo que você peça depois ou dizendo que não pode afirmar nada no momento. Não acho que exista algo de perigoso nisso.

Samantha sorriu, vitoriosa.

— Viu? A nossa especialista em todo tipo de coisa esquisita e metafísica acha que tudo bem.

A voz na minha cabeça gritava agora, insistindo em dizer que essa era A PIOR IDEIA QUE PODÍAMOS TER. Mas eu não sabia como explicar isso a elas. Se eu dissesse que era um pressentimento, Samantha não acreditaria em mim. Pensaria que eu só estava tentando ficar com a bola só para mim.

— Tudo bem, então. Eu topo. Vou pedir à bola por vocês.

Tão logo eu disse isso, a voz dentro da minha cabeça parou de gritar e se transformou num sussurro.

Você vai se arrepender, ela disse.

Eu sei, respondi. *Com certeza.*

Dezoito

— Este aqui — anunciei ao parar em frente a uma tela gigantesca. — É este.

Jesse e eu estávamos na ala de arte moderna e contemporânea do museu, e eu estava olhando para uma pintura colorida, cheia de detalhes e com uma aparência semiabstrata, pendurada diante de mim. Ela era exatamente como aparecia no catálogo on-line, só que muito maior do que eu imaginara.

Jesse parou ao meu lado e leu em voz alta a placa na parede.

— *A Cidade*, Fernand Léger, 1919.

Enquanto ele observava o quadro, eu aproveitei a oportunidade para observá-lo.

Estava usando jeans preto e seu Converse preto, com uma camiseta azul-clara com a estampa de um cavalo e sobre ele um balão onde estava escrito "Daytrotter". A camiseta era meio justa e através dela eu podia ver o contorno do seu peito (muito bem definido) e dos músculos dos ombros. Isso me fez imaginar quando ele tinha começado a malhar (ou quem sabe fosse genético?), porque quando estávamos na mesma classe ele era um dos garotos mais magricelas — do tipo que você pode contar as costelas por baixo da pele — e sempre que usava shorts a imagem do Pinóquio me vinha à cabeça.

Mas, agora, a única imagem que me vinha à mente era a dele sem camisa, e que eu ficava tentando afugentar porque: a) Jesse era rude e eu não queria nada com ele e b) eu precisava me concentrar na nossa apresentação em vez de ficar imaginando se ele tinha abdômen de tanquinho ou não.

Jesse desviou o olhar da pintura e se voltou para mim.

— Bem, este é sem dúvida de um período diferente do de *Prometeu*. Talvez eu esteja deixando de notar algo, mas simplesmente não estou vendo o espiritual.

Ele se aproximou da tela e apontou para ela.

— Eu vejo essa pintura como uma paisagem urbana — ele explicou. — Esses contornos devem ser edifícios, andaimes e cartazes. E isso aqui... — ele apontou para quatro espirais de fumaça acinzentadas no plano de fundo — provavelmente é fumaça saindo de uma chaminé. — Balançou a cabeça, discordando de mim. — É uma pintura que retrata a era das máquinas. Detesto dizer isto, mas, de todas as pinturas deste museu, você escolheu justo a que não tem absolutamente nada de espiritual.

Eu me esforcei para esconder meu divertimento — fiquei pensando em filhotinhos mortos e crianças famintas e até na minha tia sendo atingida por um raio — mas simplesmente não consegui deixar de sorrir de orelha a orelha, como uma idiota. Não me contive. Tinha desbancado o historiador de arte Jesse Cooper.

— Eu sei — esclareci, tentando não parecer muito presunçosa. — Foi por isso que escolhi justamente essa.

Jesse me olhou com um ar intrigado.

— Mas a tarefa era escolhermos pinturas de diferentes períodos e falar sobre a espiritualidade representada em cada uma delas, lembra?

— Sim, eu me lembro. E escolhi esta porque, como você disse, ela celebra a era das máquinas. Mas acho que o que o artista estava querendo dizer é que, no mundo industrial moderno, não há espaço para a espiritualidade. Acho que ele estava tentando mostrar que a ciência e a tecnologia e a indústria substituíram a religião. Que as máquinas são o novo Deus.

Fiquei olhando para a cara do Jesse, esperando uma reação e contendo minha vontade de gritar *Ahá! Engole essa, sr. Tatuagem no Pulso.*

Ele fitou a pintura, pensativo. Então, por fim, concordou com a cabeça.

— Mandou bem! — disse, virando para mim com um sorriso. Pelo tom de voz parecia surpreso e impressionado ao mesmo tempo.

— Mandou muito bem! Eu nunca tinha pensado nela desse jeito.

Ele coçou o queixo e olhou para mim como se me visse pela primeira vez. A intensidade do seu olhar me fez corar, por isso baixei os olhos e fingi tirar um fiozinho da blusa.

— Talvez você não tenha que se preocupar em levar aquela caixa no avião, no final das contas — ele brincou.

Eu sorri. Não sabia por que a aprovação dele era tão importante para mim, mas me sentia como uma aluna de jardim de infância que tinha acabado de ganhar uma medalha de ouro por ter limpado o tapete. Não fiz nenhum comentário, porém. Queria parecer modesta enquanto ele continuava a expressar sua admiração pelo meu brilhantismo.

Mas, em vez de continuar a expressar admiração pelo meu brilhantismo, Jesse consultou o enorme relógio de borracha preto em seu pulso.

— Estou morrendo de fome — anunciou. — Preciso comer alguma coisa. Quer vir comigo?

Ai, meu Deus, se quero! Depois de ficar encrencada em física e começar uma briga com Samantha, eu tinha perdido o apetite no almoço e mal tocara nos meus tacos. Se não comesse alguma coisa, havia uma grande chance de eu morrer de fome antes de a minha mãe chegar às seis horas.

— Tudo bem — eu disse. — Mas aonde você quer ir? A lanchonete está fechada. Eles estavam trancando tudo quando passamos por lá.

Jesse acenou com a mão, como se aquilo não fosse grande coisa.

— Ah, isso não é problema. Sou conhecido aqui, lembra?

Dez minutos depois, um senhor gordo vestindo um uniforme azul-marinho de segurança estava tirando um grande molho de chaves do cinto e destrancando a porta da lanchonete para nós. Ele era completamente careca, com exceção dos fios brancos que saíam pelas orelhas, e andava muuuuuito devagaaaar, pois tinha uma perna bem mais curta do que a outra. Eu estava tentando imaginar como ele tinha conseguido aquele emprego no museu; isto é, quem veria esse homem e diria "Sim! É *este* o homem que queremos protegendo nossas inestimáveis obras de arte!".

— Valeu, Lloyd! — agradeceu Jesse enquanto empurrava a porta para abri-la.

— Fiquem à vontade — respondeu o guarda numa voz rouca de fumante.

Enquanto saía e nos deixava sozinhos entre as mesas vazias e as cadeiras viradas sobre as mesas, Lloyd deu uma piscadela para Jesse. Esperava que ele protestasse e me apresentasse ao guarda do jeito mais apropriado, ou seja, simplesmente como a Só Uma Garota Maçante da Aula de História da Arte com Quem Jesse Foi Forçado a Fazer um Trabalho, mas ele não disse nada. Só lançou para o guarda um sorriso torto. *Hummmm.*

— Quer dizer, então, que eles deixam você ficar aqui sem ninguém tomando conta? — perguntei.

Jesse deu de ombros.

— Eles sabem que não vou fazer nenhuma besteira. E sempre deixo o dinheiro para pagar o que consumo.

Ele entrou atrás do balcão e se inclinou, desaparecendo por um instante. Quando sua cabeça apareceu novamente, estava segurando uma banana, uma laranja e dois pacotes de salgadinhos.

— Pegue o que quiser — ele disse, estendendo-os para mim.

Eu estava com fome suficiente para comer tudo aquilo, mas não queria parecer gulosa e só peguei a banana. Jesse devolveu a laranja, depois balançou o corpo sobre o balcão como se estivesse num cavalo com alças. Ao pôr os pés no chão, enfiou a mão no bolso e tirou dali algumas notas, enquanto eu tentava alcançar minha mochila nas costas.

— Espera — eu disse. — Eu tenho dinheiro.

Ele balançou a cabeça.

— Não precisa. É por minha conta. Para compensar o fato de ter duvidado da sua capacidade de escolher uma pintura.

Fiquei pensando. Ele estava agindo de um jeito totalmente diferente. Era como se eu tivesse passado num teste que nem sabia que estava fazendo e agora tivesse permissão para fazer parte do Clube dos "Caras Legais o Suficiente para Serem Amigos de Jesse Cooper". Ou, deveria dizer, para voltar a fazer parte dele. Olhei para ele novamente, mas baixei rapidamente os olhos.

— Tudo bem — decidi. — Mas, se é para compensar, acho que deveria me pagar a laranja também.

Jesse riu. Voltou para trás do balcão e pegou a laranja, depois arremessou-a para mim.

Agarrei-a no ar com as duas mãos e segurei-a no alto para mostrar a ele.

— Considere-se perdoado.

Ele ergueu duas cadeiras que estavam ao contrário sobre a mesa e colocou-as no chão.

— Madame — disse, apontando para uma das cadeiras com um floreio.

Eu me sentei, descascando a banana, e ele se sentou na minha frente e abriu o pacote de salgadinhos. Então apoiou o queixo na mão, com os olhos azuis fixos no meu rosto.

— Então, Erin Channing. O que andou fazendo nestes últimos dois anos?

Ele falou aquilo de um jeito tão seguro que eu, mais uma vez, senti minhas bochechas corando. Não tinha, porém, nenhuma ideia do que responder. Não queria dizer a ele que não tinha feito absolutamente nada e que eu ainda era a mesma de quando éramos amigos, no oitavo ano. Principalmente agora que ele tinha uma banda e costumava frequentar museus e levantar peso e tinha encontros com garotas universitárias com *piercing* no nariz e havia se esquecido completamente do fato de termos nos beijado, embora eu ainda pensasse naquele beijo... e, para dizer a verdade, pensasse muito.

— Ah, sei lá. O de sempre. Escola. Amigos. Família.

Ele assentiu.

— Mas mais escola, certo? Quer dizer, o que mais podia fazer você ter a melhor nota do décimo ano?

Corei novamente.

— Acho que sim. Mas faço outras coisas, também. Isto é, não sou apenas uma babaca que fica em casa o dia todo sem fazer nada além de estudar.

Jesse foi pego de surpresa.

— Não estava sugerindo isso. É que já faz um tempão que a gente não anda junto e eu queria pôr a conversa em dia, só isso.

Ele acabou um pacote de salgadinhos e abriu o outro, com um estouro alto.

— Enfim, gostei da pintura que você escolheu. Mas vou admitir, pensei que fosse escolher uma coisa mais óbvia, como um quadro de Jesus ou algo dos Grandes Mestres, com querubins e tudo mais. Você definitivamente me surpreendeu.

Ele enfiou um punhado de salgadinhos na boca.

— No bom sentido — completou, mastigando.

Tentei arquear uma sobrancelha, do jeito que Samantha fazia.

— Sei..., bem, esta sou eu! Cheia de surpresas!

— Então o que fez você escolher essa? O que a fez pensar nessa pintura?

Ele parecia realmente interessado em saber, e uma parte de mim estava começando a achar que talvez ele não fosse tão rude assim, no final das contas. Quer dizer, ele meio que se desculpou. E me elogiou. Ou quase. Talvez embaixo daquele cabelo, daquela tatuagem e do esnobismo com relação às artes, ele fosse o mesmo bom e velho Jesse de sempre. Só que com um corpo melhor. E sem aparelho nos dentes.

— Não sei — respondi. — Acho que... pode parecer uma idiotice, mas a pintura fez eu me lembrar de mim mesma. É que, mesmo sendo um tanto abstrata, ainda assim ela não tem nada de absurdo. Como eu. Digo, não sou muito ligada a essas coisas de bíblia ou referências religiosas. Acho que me relaciono melhor com edifícios, andaimes e coisas mais reais. Que se pode ver com os olhos.

Ele riu.

— Nossa, você deve estar odiando este trabalho!

Eu olhei bem dentro dos olhos azuis dele.

— Não tanto assim... — eu disse, embora não tivesse intenção de realmente dizer aquilo, só de pensar, e, quando percebi o efeito do meu comentário na cara dele, pude sentir minhas bochechas começando a queimar e agora tinha certeza de que estava mais vermelha do que um tomate e tudo o que eu queria era me encolher embaixo da mesa e morrer, bem ali na lanchonete do museu. Mas diante do fato de que não tinha nenhuma arma ou corda ao meu alcance, decidi, em vez disso, mudar de assunto.

— E você? — perguntei, rápido. — Como vê a espiritualidade? — Isso mesmo. *Distraia, distraia, distraia...*

— Eu? Sei lá. Acho que tem a ver comigo. Quer dizer, não sou muito religioso, mas acredito em sina, destino e coisas assim. — Ele fez uma pausa. — Tipo..., já sei. No verão passado, uma amiga da minha mãe perguntou a mim, à minha mãe e ao meu irmão se gostaríamos de fazer um passeio de barco com ela à tarde e fomos até as docas, nos preparamos para sair, mas eu tive um mau pressentimento. Contei à minha mãe que algo estava me dizendo que não deveríamos sair naquele barco. Então ela fingiu que eu não estava me sentindo bem e nós não fomos, e descobrimos no dia seguinte que eles tinham sofrido um acidente e que, se tivesse alguém sentado na parte de trás do barco, provavelmente não teria sobrevivido. E era justamente ali que eu, minha mãe e meu irmão estaríamos sentados. Então, como eu disse, sim, eu acredito em coisas desse tipo.

Interessante. Eu fiquei pensando se o fato de o pai dele ter morrido tão repentinamente tinha algo a ver com essa crença. Fiquei imaginando se era desse jeito que ele tinha conseguido dar algum sentido à morte do pai. Era engraçado: a história dele me lembrava da voz gritando dentro da minha cabeça naquela tarde — aquela que estava me avisando para não pedir à bola nada relacionado a Aiden e Samantha — e eu não pude deixar de pensar se não iríamos passar por um equivalente menos grave de um acidente de barco naquele final de semana.

— E com relação a outras coisas? — perguntei, tentando conhecê-lo melhor. — Como a Lindsay, que acredita em bonecas de vodu e cristais. Você acredita nessas coisas?

Jesse debochou.

— Acho que bonecas de vodu e cristais são só maneiras que alguns charlatães usam para enganar pessoas que estão vulneráveis.

— Também acho — concordei. — Mas e os clarividentes? — perguntei, tentando parecer indiferente. — Acredita que existem mesmo pessoas que podem ver o futuro?

Jesse olhou para o teto e supus que ele estivesse pensando. De repente me dei conta de que eu estava com os olhos pregados nele e desviei rápido o olhar.

— Bom — ele disse finalmente. — Sei que parece loucura, mas já li muito sobre percepção extrassensorial e precognição, e acho que de fato existem pessoas que têm uma espécie de sexto sentido. Quer dizer, veja Nostradamus. Ele viveu no século XVI e previu a ascensão de Hitler, a bomba atômica e o assassinato de John F. Kennedy. Isso é estranho. E você sabia que catorze anos antes do naufrágio do *Titanic* um cara escreveu um livro sobre um navio luxuoso e imenso chamado *Titan*, e no livro o navio passa por uma neblina forte e bate num *iceberg* em abril e afunda, matando centenas de pessoas? — Ele deu de ombros. — Eu só não sei como explicar como acontecem coisas como essas.

— É. Sei como é.

Jesse me olhou por um instante. Mantive os olhos na mesa, pouco à vontade com a intensidade com que ele me olhava. Ele respirou fundo.

— Nunca disse isto a ninguém, mas, depois que o meu pai morreu, minha mãe e eu fomos ver uma mulher que supostamente podia receber mensagens do meu pai. A amiga da minha mãe tinha feito uma consulta com ela depois que a mãe morreu e disse que não tinha como essa mulher saber as coisas que sabia. Ela jurou que a médium era autêntica.

Olhei para ele. Meus olhos estavam arregalados. Eu não fazia ideia que pessoas normais faziam aquelas coisas. Quer dizer, eu sabia que Lindsay fazia, e sabia que a mãe de Samantha consultava uma médium, mas não havia nada que Lindsay e a mãe de Samantha pudessem fazer que me surpreendesse. Mas Jesse? Ele era um cara tão inteligente! E a mãe dele era uma advogada formada em Princeton e filiada a uma ong que defendia a liberdade e os direitos constitucionais. Ela não era nenhuma doida.

— E então? Como ela era? — perguntei. — Autêntica?

Jesse balançou a cabeça.

— Não sei. De fato *parecia* autêntica. Ela sabia o nome dele e alguns detalhes que nem a minha mãe sabia. Tipo, ela disse que meu pai queria saber se eu ainda estava planejando fazer *skydiving*, uma coisa que eu nunca tinha contado pra ninguém, só pra ele. Minha mãe ia me matar se soubesse que eu estava pensando nisso. Mas pode ser que tenha sido só um lance de sorte. Não há como saber com certeza.

— Não — concordei. — Não há como saber.

— Aliás, é por isso que eu quero fazer essa viagem à Itália — ele admitiu.

— Porque você quer saber se essa mulher realmente podia falar com o seu pai? — perguntei, rindo, meio confusa.

— Não — ele explicou, abrindo um sorriso. — Porque eu quero conhecer melhor o meu pai. Toda a família da mãe dele é da Itália. Quando ele era pequeno costumava passar todos os verões lá, com os primos. Então eu sinto que, se eu for nessa viagem, vou ver o mundo da maneira como os Grandes Mestres o viam, mas também vou vê-lo da forma como o meu pai o via. Acho que isso vai me dar uma boa ideia de como ele era.

Uau, pensei. Apostava que ele não ia ter nenhuma dificuldade para escrever sua dissertação. Tentei dizer a mim mesma para parar de invejá-lo — afinal de contas, eu preferia ter pai do que viajar para a Itália — mas, mesmo assim, não consegui deixar de desejar que eu tivesse uma razão que pelo menos chegasse aos pés da razão dele. Eu também não conseguia deixar de desejar que pudéssemos fazer essa viagem juntos, porque quanto mais tempo eu passava com Jesse Cooper mais eu achava que podia gostar dele. Era cada vez mais fácil conversar com ele, ele era inteligente e era um gato — sorri para mim mesma. *Smexy*.

Jesse amassou o pacote de salgadinhos e lançou-o a mais de um metro de distância, na lata de lixo do outro lado da lanchonete.

— E você? — ele perguntou. — Por que quer ir à Itália?

Eu ia inventar alguma coisa, mas, se fosse capaz de pensar em algo, já teria escrito a dissertação. Além disso, não parecia que estávamos jogando uma partida de Verdade ou Desafio. Quer dizer, ele tinha acabado de me contar que consultara uma mulher que dizia se comunicar com os mortos.

Olhei por sobre o ombro dele, tentando esconder meu embaraço.

— É uma razão horrível, mas, basicamente, é porque minha vida é entediante — confessei. — E eu tenho esperança de que indo para a Itália ela fique menos entediante. Patético, né?

Jesse esticou o braço e acariciou a minha mão. Senti a pele formigar no ponto em que ele a tocou; me perguntei se ele tinha sentido a mesma coisa. Será que não se lembrava mesmo do nosso beijo?

— Não, não é uma razão tão ruim assim — ele disse, afastando a mão. — Posso pensar em razões muito mais horríveis do que essa.

Dezenove

— Eu só quero as cinzas da minha irmã de volta — minha mãe disse ao telefone.

Estávamos no carro, a caminho de casa, depois de sair do museu. Ela tinha chegado lá às seis horas em ponto, como prometera. Mas, quando eu entrei, o celular estava pressionado contra a orelha dela e ela pôs o dedo sobre os lábios, pedindo para eu ficar calada.

Quando arrancamos, vi Jesse indo para o carro dele — um Cadillac dos anos 80 malconservado — e me peguei desejando ter entrado naquele carro com ele em vez de ir embora no Volvo prata da minha mãe. Deus, eu mal podia esperar para fazer 16 anos. Detestava fazer aniversário nas férias de verão. Quando Jesse e eu tínhamos 12 anos, ele costumava se gabar do fato de que poderia tirar carta de motorista seis meses antes de mim. Eu me lembrava de como ele costumava caçoar de mim: "*É melhor ser boazinha comigo ou não vou levar você de carro a lugar nenhum. Eu serei o cara descolado que anda de carro e você será a garota careta que tem que pedir toda vez aos pais para ir buscá-la*".

Era estranho. Lembrava-me disso como se fosse ontem e agora ali estávamos nós. Talvez fosse *ele* quem tivesse percepção extrassensorial.

— Não estou nem aí para o tipo de relação que eles tinham — disse minha mãe, a voz começando a aumentar de volume. — Ela era minha irmã. Não existem leis contra isso? — ela fez uma pausa, enquanto a pessoa do outro lado da linha respondia, e depois começou a gritar. — Não! Não, eu não vou me acalmar! Quero as cinzas. Se você não pode recuperá-las para mim, vou encontrar alguém que possa. Obrigada.

Ela apertou o botão de desligar com a mão direita e eu notei que os nós dos dedos da mão esquerda tinham ficado brancos com a força com que apertou o volante.

— Quem era? — perguntei com cautela.

— Ninguém — ela respondeu, olhando para a frente. — Só outro advogado incompetente.

— Já tentou ligar para os amigos dela? — perguntei. — Quer dizer, sei que você pediu na cerimônia fúnebre, mas se explicar a situação racionalmente, talvez eles conc...

— Já tentei. Mas essas pessoas não são racionais. Elas são exatamente como Kate.

— E o que elas disseram?

Minha mãe suspirou.

— Disseram alguma coisa do tipo, "Quando chegar o momento certo de discutir a respeito, faremos isso". Mas eu não vou ficar sentada esperando que eles decidam que as estrelas estão alinhadas ou que o Sol está na Lua de Júpiter ou seja o que for que esses malucos consideram o momento certo.

Hummm. Isso parece familiar. Lembrei-me da cerimônia fúnebre e de Roni, a amiga da tia Kiki. *Como saberei quando estarei pronta?*, perguntei a ela. *Você simplesmente saberá*, ela respondeu.

Eu queria perguntar à minha mãe se Roni era a amiga com quem ela tinha falado, mas não queria ter que explicar como eu conhecia Roni ou por que ela tinha falado comigo na cerimônia fúnebre. Mesmo assim... fiquei pensando se seria ela. Tinha que ser.

Ocorreu-me que talvez eu estivesse pronta agora. Talvez Roni tivesse pretendido dizer que eu deveria ligar quando a minha mãe surtasse a ponto de eu não suportar mais.

Bem, Roni, pensei comigo mesma. *Acho que o momento chegou.*

Tão logo acabei de jantar, subi as escadas e fui direto para a minha escrivaninha. Sabia exatamente onde tinha deixado o cartão com o telefone da Roni. Eu o tinha escondido debaixo do peso de papel de vidro azul da Tiffany, em forma de coração, que a minha avó me deu quando entrei no ensino médio. (Minha avó, aparentemente, nunca se lembrava de que eu tinha parado de gostar de coisas com formato de coração quando tinha 8 anos. Ela também devia ter se esquecido de que ninguém mais usava pesos de papel desde, digamos, 1973.)

Eu tinha escolhido aquele lugar de propósito para escondê-lo, porque não queria que a minha mãe visse o cartão se por acaso entrasse no meu quarto quando eu não estivesse em casa. Levantei o peso de papel... e lá estava ele. Antes que perdesse a coragem, peguei o telefone e disquei o número. A princípio me senti cheia de coragem, mas agora, com o telefone tocando, estava meio nervosa. Não tinha muita certeza do que ia dizer, e estava prestes a desligar quando Roni atendeu.

— Alô?

— Hãã, oi, posso falar com a Roni, por favor?

Claro que eu já sabia que era ela do outro lado da linha; reconheceria a voz de Roni em qualquer lugar. Mas eu precisava de um pouco mais de tempo para organizar meus pensamentos.

— É Roni falando.

— Ah! — disse, fingindo surpresa. — Oi, Roni. Aqui é a Erin. A sobrinha de Kate, lembra? Você me deu o seu número na cerimônia fúnebre.

— Claro que me lembro.

— Certo. Bem, hãã, estou ligando porque, é..., acho que estou pronta.

Roni não hesitou nem por um segundo.

— Não, você não está.

— Ei... o que disse? Estou pronta sim. Minha mãe está surtando aqui. Ela realmente quer as cinzas da Kiki. Precisa de uma conclusão. E eu não aguento mais vê-la abrindo e fechando gavetas a noite inteira. Eu mal consigo dormir.

— Isso não tem a ver com a sua mãe, Erin. Tem a ver com você, e com o que Kate queria para você. Me ligue quando estiver realmente pronta.

Ela falou como se fosse desligar e eu queria desesperadamente impedi-la de fazer isso.

— Espere! — gritei. — Não desligue!

Só havia silêncio do outro lado da linha, mas eu sabia que ela estava lá. Podia ouvir sua respiração.

— Eu usei a bola — disse.

Desta vez ela hesitou.

— E? — finalmente perguntou.

E? O que ela queria dizer com "*e*"?

— *E*... é de fato legal...? — eu disse, tentando adivinhar qual seria a resposta certa.

Roni suspirou.

— Como eu disse, ligue-me quando estiver pronta.

E depois disso a linha simplesmente ficou muda.

Na minha caixa de entrada, havia, tipo, 25 mensagens de várias lojas de varejo. Gap, J. Crew, Abercrombie & Fitch, iTunes. Também havia três de Samantha (1. Quando vamos poder fazer o pedido à bola? 2. Por que você não está me respondendo? 3. Onde você está? Não pode ter saído. Juro que, se mudar de ideia, nunca mais falo com você.); uma da Lindsay (Oi, eu realmente espero que você não esteja louca comigo por não ter defendido você na hora do almoço. É só que Samantha pode ser bem persuasiva quando quer e você sabe que ela me assusta um pouco quando fica daquele jeito, e eu não consigo dizer não a ela.); e mais uma de um endereço eletrônico que eu não reconheci: obesouro26j.

No campo do assunto estava escrito: *Eu Sei.*

Obesouro26j? Quem era? Repassei mentalmente a lista dos meus contatos, mas ninguém que eu conhecesse tinha aquele endereço. Ah, tudo bem. Devia ser um spam. Em torno de um ano atrás eu tinha recebido quarenta mensagens chamadas rj69, prometendo tornar o meu pênis maior em menos de dez dias ou o meu dinheiro de volta. Mas isso foi antes de eu ter o filtro que meu pai colocou no meu computador, depois que viu um dos episódios de *Dateline: To Catch A Predator*, um programa de TV onde eles fingem ser garotinhas adolescentes na internet, conversam pelo computador com tarados e marcam um encontro com eles. Quando os sujeitos aparecem, quem está esperando na verdade é a polícia.

Agora, se me mandarem um e-mail, minha caixa automaticamente manda outro de volta, pedindo para verificar quem são, e eu recebo um alerta de que alguém que não pertence à minha "lista de contatos seguros" está querendo se comunicar comigo. Sério, para alguém que eu não conheço me mandar uma mensagem agora, essa pessoa precisa ter, tipo, um scanner de retina e credencial de segurança emitido pela CIA. Então como esse obesouro26j conseguiu passar pelo filtro?

Estava prestes a deletar a mensagem, mas a minha curiosidade não permitiu.

Quem é você, sr. Besouro? E o que exatamente o senhor sabe?

Cliquei na mensagem e a abri.

Ouvi vocês conversando ontem. Sei que está com ela. Ou você a faz parar ou eu a farei.

Embaixo da mensagem, copiado no corpo do e-mail, estava o texto do site que Lindsay tinha achado algumas noites atrás, sobre Robert Clayton e a Bola de Cristal Cor-de-Rosa com propriedades místicas.

Percebi na hora que era de Chris Bollmer. Imaginei que ele soubesse como driblar meu filtro de spans. Reli a mensagem.

Ouvi vocês conversando ontem. Sei que está com ela.

Droga. Eu *sabia* que ele tinha nos ouvido conversando atrás do meu armário. E agora ele sabia sobre a bola. Massageei as têmporas enquanto tentava pensar no que isso significava.

Ou você a faz parar ou eu a farei.

Epa. Ele estava falando de Megan, claro, mas o que estava tentando dizer? Estaria insinuando que ele tentaria ferir Megan? O boato da bomba no quarto ano passou pela minha cabeça, mas eu logo o deixei de lado. Obviamente, ele era um babaca idiota, mas eu não achava que fosse exatamente um terrorista, do tipo que faz bombas em casa.

Mas ele sabe, pensei.

Mas e daí? Mesmo que tentasse contar a outras pessoas sobre a bola, quem acreditaria nele? Nem eu mesma tinha certeza se acreditava. Quer dizer, sim, havia uma coisa estranha, tudo de fato era meio estranho, mas havia uma explicação lógica para tudo o que tinha acontecido. Tudo bem, talvez não para Spencer Ridgely, mas certamente para os meus peitos terem ficado maiores. E era mesmo tão bizarro que o sr. Lower tivesse escrito que meu trabalho era criterioso e bem-fundamentado? Meu trabalho *era* realmente criterioso e bem-fundamentado. Eu sabia disso desde que o entreguei.

Cliquei no botão "responder"

Não tenho ideia do que está falando.

Alguns segundos depois, outra mensagem apareceu.

Você tem, sim.

Bem, sim, era verdade que eu tinha. Mas será que ele realmente achava que eu ia admitir isso? Por *escrito*? Eu cliquei no pequeno x no canto da tela para fechar a mensagem. *Até mais tarde, Unabollmer. Encontre outro para aborrecer*. De repente me senti mal por pensar secretamente que Lindsay era cruel com ele. O garoto era de fato meio assustador.

Estendi o braço e peguei a bola sobre a escrivaninha, virando-a nas mãos. Fechei os olhos e, em vez de ver escuridão, eu vi Jesse. Os olhos azuis... agitei a bola.

— "Serei escolhida para a viagem à Itália?" — perguntei a ela.

Eu me dei conta de que aquela era a primeira vez que eu perguntava alguma coisa sem que Samantha e Lindsay estivessem comigo, me pressionando, e por um segundo me senti uma idiota. Eu pensava mesmo que existia algo de mágico naquela Bola de Cristal Cor-de-Rosa? Mas a voz de Jesse ecoou na minha cabeça. *Não há como saber com certeza*. Olhei para baixo, esperando que o líquido rosa com *glitter* (que, graças ao cara da furadeira e ao site, eu sabia que grudava em tudo, inclusive da pele, e não saía mais) ficasse transparente.

"*O que está além me escapa desta vez.*"

Balancei a cabeça, forçando-me a voltar à realidade. Quem eu estava querendo enganar? Claro que aquela coisa não era real.

Peguei o papel com as dicas de onde eu o tinha deixado na noite passada. Eu podia não acreditar na bola, mas ainda queria saber o que a tia Kiki estava tentando me dizer.

Uma rotação é tudo o que você pode ver. Só há indefinição mais além.

Peguei o outro papel, em que eu tinha escrito minhas anotações. *Uma rotação. Rodar a bola?*

De repente, tive vontade de bater em mim mesma. *Não é para rodar a bola, sua burra*, pensei comigo mesma. Ela está falando do Sol. Uma rotação do Sol. Um período de 24 horas. Isso é tudo o que você pode ver. Se eu perguntar qualquer coisa que supostamente vá acontecer depois disso, receberei uma resposta indefinida. Meu coração bateu com força quando a dúvida começou outra vez a dar lugar à crença dentro da minha cabeça. Isso certamente explicaria por que ela não tinha me respondido quando perguntei sobre Harvard e a cura do câncer e sobre me casar com um médico. Explicaria por que nunca tinha me dado respostas sobre a viagem. Os professores só se reuniriam para escolher os alunos na semana seguinte, por isso a bola ainda não tinha uma resposta.

Eu fiz uma retrospectiva de tudo o que tinha acontecido: tudo ocorrera num período de 24 horas depois da minha pergunta.

Muito bem, então. Ia fazer mais um teste. Ia chegar a uma conclusão sobre aquela coisa, de uma vez por todas. Se o que eu perguntasse acontecesse dentro de 24 horas, então eu me juntaria oficialmente às fileiras dos que acreditavam.

Mas o que ia perguntar? O que eu queria que acontecesse nas próximas 24 horas?

Não demorou muito para eu pensar em alguma coisa desta vez. Sacudi a bola novamente.

— "Jesse Cooper vai me convidar para sair?" — Meu coração bateu descompassado enquanto eu esperava que o líquido se tornasse transparente.

"Os espíritos sussurram que sim."

Eu precisava ligar para Samantha e Lindsay. Imediatamente.

Estiquei a mão para pegar o telefone, mas, antes que eu pudesse pegar o fone, ele tocou.

— Alô?

— Oi.

Ai, meu Deus! Era Jesse. Olhei para a bola, incrédula. *Não é possível!*

— Ah, oi! — respondi, tentando não deixar transparecer que eu estava completamente eufórica. — Tudo bem?

— Tudo bem — ele disse. — Eu estava só pensando que, você sabe, precisamos planejar nossa próxima visita ao museu.

Eu estreitei os olhos, furiosa.

— Ah, é, pode me dar um segundinho? — Coloquei o fone no *mute* e peguei a bola. — Isso não conta! — disse para ela com rispidez. — Nada disso. Perguntar se posso ir ao museu para fazer o trabalho da escola não é o mesmo que me convidar para sair. Isso é uma completa trapaça! Você é uma charlatã!

Coloquei a bola de volta na escrivaninha e peguei o fone, tirando-o do *mute*.

— Desculpe. Era a minha mãe. O que você estava dizendo mesmo?

— Eu estava dizendo que precisamos ir ao museu, para escolher a nossa última pintura.

— Certo — respondi, tentando não deixar que ele percebesse o meu desapontamento. — Claro! Quando você quer ir?

— Bom, o museu fecha aos domingos e nem eu consigo fazer com que nos deixem entrar. Então que tal segunda-feira depois da escola? — ele sugeriu. — Assim teremos a terça para pensar na apresentação, praticar e tudo mais.

— Tá, segunda está bom pra mim. Tudo bem.

— Ok — ele disse.

Seguiu-se um desconfortável silêncio que pareceu durar uma eternidade e, então, finalmente, Jesse limpou a garganta.

— Hã... você já ouviu falar no Flamingo Kids? — ele perguntou.

Espere. Esse nome não me parece familiar? Ah, tá. Não era a banda que Samantha queria que eu visse com ela no fim de semana? Eu sorri. Pela primeira vez fiquei feliz que Samantha tivesse tentado me envolver num dos seus planos malucos.

— Claro! — eu disse, tentando impressioná-lo.

— Sério?

Ele pareceu chocado, como se eu tivesse acabado de dizer que fazia uns bicos como *stripper* à noite. Eu não sei como isso continua acontecendo, mas eu adoro representar o papel de garota misteriosa e imprevisível com ele. É realmente divertido.

— Hã-hã. Eles estão tocando no Corridor este fim de semana. Vou com a Samantha — acrescentei, só para esnobá-lo um pouquinho.

— Uau! Eu não fazia ideia que você curtia hardcore punk. Você é cheia de surpresas, hein?

Engoli em seco. Hardcore punk? Samantha nunca tinha mencionado nada sobre hardcore punk.

— É — concordei. — Sou *cheia* de surpresas!

— Bom, eu ia perguntar se você gostaria de ir comigo. Mas como você já vai...

Encarei a bola. *Ai, droga. Droga, droga, droga.* Tentei imaginar Jesse e eu no banco dianteiro do Cadillac — eu aconchegada a ele e ele dirigindo com a mão esquerda, com o braço direito nos meus ombros — e suspirei. Isso era bem melhor do que ir de carro com a governanta da Samantha.

— Bom, a gente pode se encontrar lá — sugeri, tentando salvar o que restava do encontro.

— Tem certeza? Quer dizer, você acha que Samantha vai se importar?

— Samantha? Não. De jeito nenhum. Ela vai encarar numa boa.

— Ok. Legal. Então a gente se vê lá.

— Certo. Vejo você lá.

Quando desliguei, agarrei a bola e dei uma beijoca nela, bem sobre o lado plano do plástico transparente.

— *Yes*! — gritei para ela, enquanto dava pulinhos. — *Yes! Yes! Yes!*

Olhei para o teto e gritei:

— Obrigada, tia Kiki. Muuuuuito obrigada!

Vinte

— Sabe, eu estava pensando e acho que você está certa. Talvez seja bom para mim ir ao show com você no sábado à noite.

Samantha não disse nada e ouvi um estalido na linha telefônica. Eu podia até imaginar a cara dela — olhos apertados de suspeita, a cabeça inclinada para o lado.

— Hã-hã — ela finalmente disse. — O que aconteceu? Por que você de repente mudou de ideia?

— Não aconteceu nada. Só acho que você está certa. Preciso experimentar coisas novas. Viver um pouco. Pode ser até que eu me divirta.

— Não sou retardada, Erin. Me diga o que está acontecendo.

Eu suspirei.

— *Ok*. Jesse Cooper me convidou para ir ao show com ele e eu disse que já ia com você e agora vou encontrá-lo lá. Quer dizer, *nós* vamos encontrá-lo.

Samantha bufou.

— Você vai sair com um cara que usa cabelo moicano?

— Aquilo não é moicano — protestei. — E, de qualquer maneira, pelo menos Jesse cuida do cabelo. Aiden sempre parece que acabou de sair da cama.

— Aquilo se chama "estilo" — teimou Samantha. — Provavelmente ele precisa de uns 45 minutos e meio frasco de gel para conseguir aquele *look* toda manhã. Mas, enfim, fico feliz que você vá comigo. Vai ser divertido.

— Veremos. Você sabia que o Flamingo Kids é uma banda hardcore punk?

— Sabia. O que você pensou que era? Baladinha?

Eu tive que rir.

— Nunca nem pensei a respeito. Mas o que as pessoas vestem num show hardcore punk?

Samantha inspirou o ar, entusiasmada.

— Ai, meu Deus! Precisamos fazer compras! Vamos nos encontrar no shopping no sábado. Eu já sei em que loja devemos ir. E depois voltamos para a sua casa, batemos um papinho com a bola e então eu faço o seu cabelo e a sua maquiagem antes de irmos.

— Não sei, Samantha. Não acho que a gente precise ir vestida a caráter ou algo assim...

— Precisamos, sim — ela insistiu, me interrompendo. — E, além disso, se você não deixar que eu a arrume, vou contar a Jesse que você dorme com a camiseta do Barry Manilow.

Eu revirei os olhos para mim mesma. Aquele programa seria um desastre total, mas era tarde para voltar atrás.

— Então, temos um trato? — ela perguntou.

Suspirei alto, para que ela soubesse que eu estava concordando de má vontade.

— Tudo bem. Temos um trato.

Se alguém estivesse fazendo um filme comigo e com as minhas duas melhores amigas, um daqueles bem açucarados para adolescentes — não que alguém vá fazer, considerando que eu tenho a Vida Mais Maçante do Mundo, mas vamos suspender a realidade por um instante e fazer de conta que alguém até mais entediante do que eu de fato pense que a minha vida é interessante a ponto de aparecer no cinema —, então Samantha e eu na loja Hot Topic definitivamente seria o cenário perfeito para a "Cena do Provador".

Só tente imaginar uma série de sequências rápidas de nós duas em trajes cada vez mais ridículos (fazendo poses dramáticas cada vez que saíamos do provador, é claro), ao som de Demi Lovato ou Ai & AJ ou, se o responsável pela trilha do filme fosse um cara realmente esperto, um cover tipo David Archuleta de uma música do Flamingo Kids.

— Isso é muito divertido! — gritou Samantha num tom agudo, que irrompeu através da porta enquanto ela compunha seu último look: uma regata justa preta, uma minissaia plissada rosa e preta e meias pretas até os joelhos com três listras cor-de-rosa no alto. Ela se parecia muito com uma colegial católica desobediente, o que eu achava que era a intenção dela.

— Sinto como se estivesse num filme — ela acrescentou.

Eu ri.

— Eu estava pensando a mesma coisa.

Ela se virou para se admirar no espelho.

— Tenho certeza que sim. O que você acha?

— Acho que, com certeza, você não vai passar despercebida.

Ela sorriu. Aparentemente, essa foi a resposta correta.

— E você? É isso o que você estava procurando?

Eu me aproximei dela para me olhar no espelho também. Eu estava usando uma camiseta laranja, uma minissaia plissada xadrez preta e branca com um cinto preto enfeitado com tachinhas e uma blusa preta sem mangas e de capuz por cima da camiseta.

— Não sei — respondi, fitando meu reflexo com desaprovação. — Parece que estou vestida para uma festa de Halloween.

Samantha revirou os olhos e colocou o braço sobre o meu ombro.

— Isso é bom! Não se espera que você se sinta como você mesma quando está arrumada para sair.

— Eu sei, mas você parece sexy e eu só pareço uma boboca.

— Nada disso, você não parece uma boboca. Parece uma roqueira punk. Parece uma *daquelas* garotas.

Ela apontou para um pôster na vitrine da loja, de três adolescentes com cabelo tingido e roupas parecidas com as que eu estava usando. De acordo com o pôster, elas eram de uma banda chamada Care Bears on Fire.

Eu ouvi um bipe vindo da minha bolsa e depois outro da bolsa de Samantha.

— Lindsay — dissemos ao mesmo tempo, procurando nossos celulares.

God! A nmrada do m pai e eu estm usand mesm roup! V morrer!

— Olhe pra mim! — Samantha disse, tirando uma foto minha com o celular. — Isso vai fazê-la se sentir melhor. Ela me passou o telefone, depois arqueou as costas, jogou uma perna para trás e fingiu jogar um beijo.

— Tire uma minha também.

Eu tirei uma foto dela e depois teclei a mensagem, lendo-a em voz alta para Samantha enquanto escrevia.

— "Queria q estvese aqui! Amor e bjs da ensolarada Hot Topic!"

Apertei o botão "enviar" e Samantha e eu caímos na risada. Um garoto estranho com seis *piercings* no rosto estava olhando para nós, incomodado.

— Sério — ela disse. — Acho que devia levar esta roupa. Você parece uma punk autêntica.

Ela levantou meu cabelo e piscou para mim pelo espelho.

— Com o cabelo e a maquiagem certas, vai arrasar!

Olhei para ela, cética.

— Tem certeza?

Samantha colocou as mãos nos quadris e me lançou um olhar de aprovação.

— Confie em mim! — ela disse. — Por acaso já lhe dei um palpite errado?

Estávamos na fila de uma lanchonete, na praça de alimentação do shopping, quando ouvi o gritinho inconfundível de Megan Crowley.

— Ai, meu Deus, meninas, ele *não* fez isso!

Samantha me cutucou sem se virar.

— À sua esquerda. Três horas.

Bem devagar, eu virei a cabeça para a esquerda e acidentalmente dei de cara com Madison Duncan, que imediatamente se inclinou na direção de Megan e cochichou algo em seu ouvido.

— Ai, não! — sussurrei, virando-me para Samantha. — Elas nos viram.

Os olhos de Samantha brilharam e um sorriso diabólico se espalhou pelo seu rosto.

— Não esquenta. Deixa comigo.

Em segundos, Megan, Madison, Chloe e Brittany estavam atrás de nós, como urubus que acabaram de encontrar uma carniça no meio do deserto.

— Ora, ora, ora, vejam quem está aqui. Onde está a amiga fedida de vocês? — Megan perguntou.

Samantha olhou para mim, com uma cara de perplexidade.

— Você sabe do que ela está falando? Porque eu não faço ideia.

Eu dei de ombros e disse não com a cabeça.

— Não sei, não.

Megan deu um dos seus sorrisinhos falsos, sarcásticos e maliciosos e então nos olhou de alto a baixo, detendo o olhar nas sacolas da Hot Topic.

— Hot Topic? — perguntou, rindo. — Não sabia que vocês eram skatistas...

— Nem eu — continuou Chloe. — Tem um bando de skatistas lá fora, no estacionamento. Vocês deviam ir lá dar uma olhada. Talvez arranjem um namorado.

Madison e Brittany deram risadinhas atrás dela enquanto eu revirava os olhos, tentando pensar numa boa resposta. Mas antes que eu pudesse dizer alguma coisa, Samantha inclinou a cabeça de lado e colocou um dedo no queixo, como se tivesse se lembrado de algo.

— Ei, Chloe, como vão os cordeiros? — ela perguntou com ar de zombaria. — Ouvi dizer que eles estavam gritando, tipo, bem alto. E imponentemente também.

Chloe a encarou boquiaberta. Ela pareceu atordoada, mas depois seu rosto rapidamente adquiriu uma expressão de raiva. Colocou as mãos nos quadris e se virou para Brittany, que olhava para o chão.

— Não acredito que você contou isso a *ela* — Chloe choramingou.

Brittany cruzou os braços com um ar de falsa indignação.

— Como assim? Eu não contei a ela. A única pessoa para quem contei foi a Megan. Eu juro.

— Mas eu disse para você não contar pra *ninguém*!

Megan levantou a mão e fechou os olhos, e Chloe ficou em silêncio. Quando ela abriu os olhos novamente, eles estavam escuros de raiva e seu tom de voz era cortante.

— Não sei do que está falando, mas é melhor dizer à Garota Pum que é bom ela se cuidar.

O e-mail que recebi de Chris Bollmer pipocou na minha cabeça e eu não me contive. Tive de dizer.

— Talvez você é que tenha que se cuidar — alertei-a.

— Tenho quem cuide de mim — ela disse, apontando para as três garotas ao redor dela. — Chega. Vamos dar o fora daqui. *Babacas*.

Assim que elas se afastaram, Samantha e eu explodimos em risadas.

— Você viu a cara dela? — ela gritou. Tinha lágrimas nos cantos dos olhos e secou-as delicadamente com o indicador, para não borrar a maquiagem.

— E acho ótimo o jeito como a Megan se cuida. Andando com três retardadas que não conseguem nem manter um segredo para salvar a vida delas.

Samantha balançou a cabeça, triste.

— Queria que Lindsay estivesse aqui para ver.

— Vamos ligar para ela. Contaremos tudo o que aconteceu.

Hesitei antes de fazer a pergunta que tinha em mente, mas precisava fazê-la.

— O que você acha que ela quis dizer quando falou que era melhor Lindsay se cuidar?

Samantha fez um gesto com a mão, como se aquilo não significasse grande coisa.

— Ela não quis dizer nada. Estava só querendo salvar sua dignidade. Ai, meu Deus, isso foi impagável!

Eu ri com ela, mas por dentro meu coração estava oprimido. Não estava convencida de que Megan estivesse apenas blefando. Na verdade, me parecia que ela estava falando bem sério.

Quando voltamos para casa, minha mãe estava sentada à mesa da cozinha, com papéis, livros e blocos de anotações espalhados em torno dela.

— Olá, sra. Channing — cumprimentou Samantha ao entrar.

Minha mãe desviou os olhos dos papéis e abriu um sorriso cansado.

— Oi, meninas. Divertiram-se no shopping?

— Muito — respondeu Samantha, séria. — Passamos horas na livraria, né, Erin?

Revirei os olhos e ignorei o comentário.

— O que está fazendo? — perguntei à minha mãe.

Ela suspirou.

— Estudando leis. Mas é bem mais complicado do que eu pensava.

— Deixe que eu adivinho. Você não conseguiu encontrar um advogado que conseguisse fazer você recuperar as cinzas da Kiki, né?

— Não consegui encontrar um advogado que estivesse ao menos disposto a tentar. Mas não vou desistir. Vou lutar contra essa gente até morrer, se for preciso. Vou processá-los e ser minha própria advogada.

Samantha olhou para ela, surpresa.

— Bem... boa sorte, então — ela disse.

— Obrigada, Samantha. Neste momento estou precisando de muita sorte mesmo.

— Sua mãe é maluca — Samantha cochichou enquanto subíamos as escadas para o meu quarto, longe dos ouvidos de minha mãe.

— Ela não é maluca. Só está aborrecida. Você não sabe que cada pessoa enfrenta o luto de um jeito? Algumas choram, algumas comem, outras mergulham no trabalho. E algumas ficam obcecadas e estudam leis para poder abrir processos.

Samantha fez uma cara de quem ainda achava que ela era maluca, enquanto fazia aquele movimento circular com o dedo, perto do ouvido.

— Ela sabe da bola?

— Claro que não! *Isso*, sim, a deixaria maluca.

— A propósito, onde está ela? Quero perguntar uma coisa sobre Aiden.

Abri o meu armário e estendi o braço até a prateleira de cima, onde tinha escondido a bola e as minhas anotações.

— Aqui está.

Samantha esfregou as mãos, satisfeita.

— Anda, vamos começar logo com isso.

Eu hesitei.

— Quero te mostrar as dicas primeiro — eu disse, pegando a carta que Kiki escreveu.

Sentei-me na cama perto de Samantha e expliquei a ela o que eu tinha descoberto.

— Ainda não descobri o que a primeira significa, nem esta última aqui: *"então é hora de escolher outro"*. Deve ter a ver com a escolha da próxima pessoa a ficar com a bola. Mas esta aqui...

Coloquei o dedo sobre a terceira dica e dei uma batidinha no papel.

— Esta é a que me preocupa.

Samantha leu a dica em voz alta.

— *O futuro só a você pertence. Outras vozes ficarão desapontadas.*

Ela deu de ombros.

— O que é que tem?

— Ainda não sei muito bem. Mas não acha meio agourenta?

— Não. Acho que ela parece *óbvia*. Evidentemente, você é a única que pode fazer uma pergunta à bola. "*Outras vozes ficarão desapontadas*" significa que ela reconhece a sua voz ou algo assim. Se qualquer outra pessoa fizer uma pergunta, ela não vai funcionar. Já sabemos disso.

— Certo. E isso é exatamente o que me preocupa. É redundante. Ela já disse que o futuro só a mim pertence, então por que acrescentar a segunda parte?

Samantha revirou os olhos.

— Ah, ela achava que era importante. Queria ter certeza de que você realmente entenderia.

— Não sei. Parece uma pegadinha. Como se ela quisesse me fazer pensar que a frase só significa isso, mas na verdade ela significa outra coisa. As charadas das palavras cruzadas fazem isso o tempo todo.

— Você está se preocupando à toa — Samantha me tranquilizou. — Não é um teste de múltipla escolha em que tentam confundir você. Agora, anda, vamos começar.

Eu suspirei.

— Tá. Mas, só para registrar, não acho que seja uma boa ideia.

— Tá registrado. Agora pergunte se Aiden vai largar a Trance para ficar comigo no show. Não, espere. Esqueça isso. Pergunte se Aiden vai largar a Trance no show para ficar comigo e depois ser meu namorado.

Ela olhou para os meus peitos.

— Quando se trata dessa bola, quanto mais específica melhor.

Eu dei um longo suspiro e chacoalhei a bola.

— Tudo bem. "Aiden vai largar a Trance no show do Flamingo Kids esta noite e ficar com a Samantha e depois ser namorado dela?"

Samantha arrancou a bola das minhas mãos e esperou pela resposta, sem respirar.

— "*Seu karma fará isso*" — ela leu. — Isso significa "sim"?

Confirmei, rindo.

— Ai, meu Deus! Ela disse "sim"!

Samantha começou a dar pulinhos de alegria, com a bola presa entre as mãos.

— Tome, você tem que perguntar alguma coisa também. Pergunte se Jesse vai beijar você!

Eu sorri para ela.

— Não, vou perguntar algo ainda melhor.

Chacoalhei a bola e mordi o lábio, ansiosa.

— "Vou beijar Jesse Cooper esta noite e ver seu corpo sarado?"

— Uau! Essa é boa! — exclamou Samantha. — Mas, espere aí, Jesse Cooper *tem* um corpo sarado? Não dá para saber com aquelas roupas que ele usa...

Eu fechei os olhos e mentalizei a camiseta azul-clara que ele estava usando.

— Saradíssimo!

Vinte e um

A governanta de Samantha, Lucinda, nos deixou no estacionamento do Corridor e eu me senti ridícula no momento em que saí do carro. Todo mundo estava usando jeans, camiseta e tênis. Olhei para Samantha enquanto andávamos em direção à entrada.

— Eu me sinto uma imbecil — disse a ela, dando uma olhada no meu reflexo no vidro de um carro.

Antes de sairmos, Samantha esfumaçou os nossos olhos e passou nos nossos lábios *gloss* cor de cereja. Ela também desfiou o meu cabelo no alto da cabeça e, só para ter certeza de que eu ia parecer totalmente falsa e artificial, borrifou em mim meio frasco de spray de cabelo extravolume.

— Você está incrível! — ela insistiu. — Jesse vai se apaixonar assim que colocar os olhos em você.

A aglomeração ia se afunilando à medida que chegávamos mais perto da porta. Samantha olhava para a frente, sorrindo de modo confiante para todo mundo, sem se fixar em ninguém, aparentemente indiferente ao fato de os garotos estarem literalmente parando para vê-la. Eu a observei enquanto ela abria caminho entre a multidão: as costas retas, os longos cabelos parecendo ainda mais compridos por causa das botas de plataforma até os joelhos, deixando de fora só as listras cor-de-rosa da meia. Ela estava maravilhosa.

— Onde você vai encontrar o Jesse? — ela perguntou enquanto esperava na fila para pagar as entradas.

— Não sei. Ele me disse para mandar um torpedo quando chegasse. Acabei de mandar.

Olhei em volta com nervosismo enquanto a multidão aumentava. Aquela não era a minha praia. Todo mundo parecia saído diretamente de um estúdio da MTV: tatuagens, *piercings*, cortes de cabelo assimétricos. Pensando bem, qualquer um deles poderia ter participado da cerimônia fúnebre da tia Kiki. Verifiquei meu celular para ver se Jesse já tinha respondido à minha mensagem e senti um tapinha no ombro. Eu me virei e quase trombei com uma camiseta verde-clara do Flamingo Kids. Olhei para cima e encontrei os olhos azuis brilhantes de Jesse. Ele sorriu para mim e meu coração começou a bater mais rápido. Senti minhas bochechas corando antes de ter a chance de pensar nisso.

— Ei — ele disse, olhando minha roupa. — Você está... diferente.

— É, bom, você me conhece. Cheia de surpresas.

Senti um cotovelo nas minhas costelas e percebi que tinha me esquecido completamente de Samantha.

— Ah, Jesse, você conhece a Samantha, né?

— Conheço. Oi.

Ele a cumprimentou com a cabeça, parecendo indiferente à beleza dela, e olhou de volta para mim.

— Vem, vamos entrar.

— Mas e a fila? E as entradas?

Ele sorriu.

— Não se preocupe. Basta me seguir.

Ele se embrenhou na multidão, que parecia ter ficado ainda mais densa no último minuto e meio, depois estendeu a mão para trás, pegando a minha. A sensação de formigamento que eu senti quando ele acariciou minha mão no museu voltou.

— Dê a mão para ela — ele gritou, apontando o queixo para Samantha. — Não se separem.

Eu assenti com a cabeça e estendi a mão para Samantha. Então nós três abrimos caminho, em fila, em meio à multidão de fãs do Flamingo Kids, tatuados, cheios de *piercings* e vestidos com moletons de capuz. Senti pisarem nos meus pés umas cinquenta vezes.

Quando finalmente chegamos à porta, Jesse passou na frente de umas vinte pessoas e andou na direção de um brutamontes sentado num banquinho alto. Ele tinha o cabelo raspado e um aro no lábio inferior, e se eu o visse andando na calçada talvez atravessasse a rua. Mas Jesse se abaixou e o homem o abraçou, batendo nas costas dele duas vezes.

— E aí, cara, bom te ver! — disse o homem assustador. — Quantos acompanhantes?

Jesse mostrou dois dedos.

— Mais dois.

O homem olhou para mim e Samantha e desceu o olhar até as pernas nuas de Samantha, entre as meias três quartos e a barra da minissaia. Depois olhou de volta para Jesse e sorriu.

— Mandou bem, cara.

Jesse lhe lançou o mesmo sorriso torto que deu para Lloyd quando ele nos deixou sozinhos na lanchonete do museu e eu senti as borboletas que voavam na minha barriga darem um *looping*.

Samantha se curvou na minha direção e cochichou.

— Você estava certa. Ele fica uma graça com esse cabelo!

Eu sorri para ela agradecida. Sabia que era bobagem, mas não havia nada como receber um selo de aprovação de Samantha. Eu só queria que Lindsay estivesse ali também. Samantha e eu tínhamos ligado para ela mais cedo, para representar a cena com Megan no shopping (embora tivéssemos deixado de fora a parte sobre Lindsay ter que se cuidar), e ela mal deu uma risadinha. Parecia infeliz. A nova namorada do pai continuava tentando conversar com ela sobre garotos. *Eca!*

O brutamontes pegou três fitas de cor laranja brilhante com a inscrição INFERIOR 21 em letras pretas grossas e afixou-as no nosso pulso direito.

— Divirtam-se, garotas — ele disse, piscando para nós.

Samantha piscou de volta e eu tive que me segurar para não rir.

Quando entramos na casa noturna, Samantha saiu no encalço de Aiden, e Jesse e eu fomos para o bar comprar refrigerantes. Havia outra banda tocando no palco e isso significava que tínhamos de gritar para nos ouvir. Suspirei para mim mesma. Eu sei que estava tentando viver um pouco, mas preferia que estivéssemos jantando num lugar silencioso.

— Acho bem legal que você esteja aqui — Jesse gritou. — Eu fiquei um pouco nervoso na hora de convidá-la, porque não tinha certeza se você gostava desse tipo de música.

Tomei um gole da minha coca pelo canudinho.

— Gosto, sim. Gosto muito.

Ele assentiu e me olhou como se se divertisse um pouco. Mas eu não sabia dizer se era porque ele estava agradavelmente surpreso comigo ou porque sabia que eu estava mentindo.

— Então, você já ficou no pit?

No pit? Eu deveria saber o que é isso?

— Hum, ah, já! Sempre fico!

Os olhos dele se iluminaram.

— Legal! Eu também!

Do outro lado do bar, de repente localizei Samantha, de pé sozinha, comprimida entre as pessoas.

— Vou ali falar com a Samantha — eu disse a Jesse. — Não saia daqui, ok?

Ele ergueu uma sobrancelha.

— Claro! Mas não demore, a banda já vai começar a tocar e precisamos pegar um bom lugar.

Prometi a ele que logo voltaria e, quando cheguei onde Samantha estava, coloquei o braço nos ombros dela. Seus olhos estavam marejados e sem vida.

— Você está bem?

Ela negou com a cabeça e fixou o olhar na extremidade do bar. Segui o olhar dela e vi Aiden, bem lá no canto. Ele tentava sustentar Trance, que andava sem firmeza sobre os sapatos de salto alto e segurava uma cerveja na mão.

— Talvez você esteja certa sobre a bola — ela disse, sem tirar os olhos deles. — Talvez ela só funcione com você. Quer dizer, ele nem olhou para mim. Eu me arrumei toda para ele e ele nem olhou para mim. Só me pediu para eu pegar uma toalha de papel molhada. Para *ela*.

Olhei de novo para Trance. Aiden estava tentando tirar a cerveja dela, mas ela o empurrava, gritando com ele.

— Ele é um idiota — eu disse a ela. — Há milhões de carinhas aqui que fariam qualquer coisa só para receber um olhar seu.

Por fim, Samantha olhou para mim. Ela estava sorrindo e seus olhos brilhavam novamente, como se a dor que estava sentindo nunca tivesse existido. Eu às vezes queria trocar de lugar com ela, só para entender como é que ela fazia tudo parecer tão fácil. Ela agarrou a minha mão.

— Anda, vamos encontrar Jesse. Você está tendo um encontro, esqueceu?

Jesse nos levou na direção do palco e tivemos que abrir caminho entre as pessoas aglomeradas ali, até chegar lá na frente. Estava todo mundo se empurrando, tão espremido, que eu precisei voltar o rosto para cima para ver se conseguia um pouco de ar. Jesse de algum jeito conseguiu dobrar o braço e enfiá-lo no bolso, de onde tirou dois pequenos cones de neon laranja.

— Você trouxe tampões de ouvido, né? — ele perguntou.

Samantha e eu nos entreolhamos. Tampões de ouvido? Passei os olhos pelas pessoas à minha volta e vi pontos laranja brilhantes por todo lado. Eu bati na testa.

— Droga. Acho que deixei os meus no carro.

Jesse me lançou o mesmo sorriso meio divertido e tirou mais quatro cones laranja do bolso.

— Tomem — ele disse, estendendo-os para nós. — Eu sempre trago alguns extras, só para o caso de precisar.

Peguei os tampões justo no momento em que as luzes diminuíram e o lugar se encheu de gritos ensurdecedores. Alguns minutos depois, ouvi um som *thrash* horrível vindo do palco. Eu empurrei os tampões um pouco mais para dentro dos ouvidos, desejando que eles fossem como os fones que o meu pai gostava de usar em aviões, que bloqueavam totalmente o ruído exterior. Quando as luzes voltaram a se acender, vi quatro caras com roupas muito parecidas com as da plateia, pulando no palco, cantando e tocando guitarras e percussão. Todo o corpo de Jesse acompanhava a batida e ele murmurava a letra da música. Ele me viu olhando para ele e sorriu para mim. Mas parte de mim queria que a música parasse para que eu pudesse ouvir meus pensamentos...

A música finalmente terminou.

— Somos o Flamingo Kids! — gritou o vocalista.

Todo mundo na plateia gritou em resposta. Foi uma barulheira insuportável, uma loucura. Olhei para Samantha e ela gritou também, erguendo o punho no ar. O vocalista segurou o microfone perto da boca e gritou.

— Amamos nossos fãs! E *realmente* amamos todos vocês, almas valentes do mosh pit.

Ele apontou para todos nós que estávamos bem na frente do palco e eu empalideci quando me dei conta de que era a isso que Jesse se referira quando perguntou se eu gostava de ficar no pit.

— Só tenham cuidado, por favor! Não queremos ver ninguém sendo esmagado esta noite!

Depois de falar isso, ele correu até o baterista e deu um salto no ar.

— Um, dois, três, quatro...

O baterista bateu as baquetas e o amplificador explodiu mais uma vez, fazendo todo mundo começar a pular, com as cabeças encapuzadas se mexendo no ritmo da música.

Hum... ele acabou de dizer "esmagadas"?

Comecei a entrar em pânico quando alguém pisou no meu pé e outra pessoa deu uma cotovelada nas minhas costas. *Ai, meu Deus*, eu pensei. Já podia até ver as manchetes: "Garota com a Melhor Nota da Escola Morre no Mosh Pit: E Ela Nem Gostava de Música Punk".

A música, aliás, era horrível. Não que eu fosse admitir isso em voz alta (na verdade, eu negaria mesmo se ameaçassem arrancar minhas unhas com um alicate), mas eu trocaria aquilo por Barry Manilow sem pensar duas vezes. Jesse continuava me lançando olhares, supostamente para ver se eu estava me divertindo, por isso eu simplesmente continuava sorrindo e dançando. (Bem, não exatamente dançando, mas mexendo o corpo o máximo que alguém pode mexer quando está dividindo um quadrado de 15 cm com outras sessenta pessoas... e basicamente tentando dar a impressão de estar ali pela música, e não, na verdade, só para impressionar um garoto lindo.)

Depois de mais algumas músicas, Jesse bateu no meu ombro. Eu parei de fingir que curtia a música para ver o que ele queria. Sua boca estava se mexendo, mas com o barulho e os tampões de ouvido, não conseguia ouvir as palavras. Parecia que ele estava me dizendo, "Você me ama?", mas não poderia ser isso. Quer dizer, aquele era o nosso primeiro encontro.

— O quê? — gritei.

— Você. Confia. Em. Mim?

Ohhh. Se eu *confio* nele? Aquilo fazia mais sentido. Na verdade, também não fazia sentido coisa nenhuma. Por que ele estaria me perguntando aquilo *agora*? Por que estaria me perguntando aquilo *ali*?

Mas o barulho era alto demais para eu fazer perguntas, então simplesmente fiz que sim. Ele sorriu e se curvou. Eu senti suas mãos nas minhas panturrilhas, mas não consegui ver o que ele estava fazendo, porque havia pessoas demais apinhadas à nossa volta, preenchendo todo o espaço que o corpo dele ocupava antes. Em seguida só senti meu corpo sendo erguido do chão. Jesse estava me levantando pelas pernas e depois um outro cara qualquer, com um capuz enfiado até as sobrancelhas, me agarrou pelos ombros e os dois me levantaram, me fazendo ficar deitada sobre eles, paralela ao teto.

— O que estão fazendo?! — gritei. — Me ponham no chão!

Eu gritei várias vezes, mas eles não me ouviam, porque todo mundo estava gritando também.

Alguém estava segurando minhas pernas agora. Virei a cabeça dos dois lados, ainda gritando desesperadamente, quando vi Samantha e Jesse à distância. Eles olhavam para mim, sorrindo, como se não estivessem nem aí com o fato de eu estar sendo levada como um animal enjaulado e em pânico. Assisti, impotente, Samantha afundar a mão na bolsa e tirar dali o celular.

— Para de se mexer! — Jesse gritou.

Ele fechou os punhos e cruzou-os sobre o peito, mostrando que eu deveria fazer o mesmo. Pela expressão séria do seu rosto, entendi que ele estava tentando me ajudar. Percebi de repente que não adiantava o quanto eu gritasse, ninguém iria me ouvir. Eu engoli em seco e fiquei quieta, cruzando os braços como ele tinha mostrado. Jesse confirmou com a cabeça, como se eu tivesse feito a coisa certa.

— Só relaxe! — ele gritou. — Confie na multidão!

Dei uma espiada no turbilhão de *piercings* e tatuagens e penteados malucos. Eu deveria confiar *neles*? Aterrorizada, tentei balançar a cabeça para ele, mas minha visão foi momentaneamente ofuscada pelo flash da câmera do celular de Samantha. Pisquei uma ou duas vezes e, quando minha visão voltou, Samantha e Jesse não estavam mais na minha linha de visão e eu continuava lentamente meu trajeto por cima do mosh pit, enquanto mãos após mãos pegavam nas minhas pernas, no meu traseiro, nas minhas costas e na minha cabeça. Respirei fundo, tentando não pensar no que aconteceria se eles me derrubassem.

Só relaxe, repeti para mim mesma. *Confie na multidão.*

Fechei os olhos e me concentrei em relaxar, e a primeira coisa que me veio à cabeça foi minha tia Kiki. Ela teria adorado aquilo. Na verdade, ela provavelmente já tinha feito aquilo. E mais de uma vez. E, apesar do terror, não pude deixar de sorrir quando a imaginei deitada ali de costas, gritando de alegria enquanto as pessoas a impeliam para a frente, confiando na ideia de completos estranhos cuidando dela para mantê-la segura. E instantaneamente os meus ombros relaxaram, meu pescoço distensionou e eu me entreguei.

Abri os olhos e olhei para os lados, e senti como se estivesse no topo das árvores, exceto pelo fato de as árvores serem, na verdade, cabeças. Eu voltei o olhar para o outro lado, na direção do palco. Tive uma visão perfeita. O guitarrista estava de joelhos, com a cabeça curvada para a frente, e eu pude ver o suor escorrendo do seu cabelo empapado, enquanto ele tocava. O vocalista estava pulando como um maníaco, os olhos fechados, e eu me perguntei como ele conseguia não se chocar com nada.

Olhei para o teto e soltei o ar. Nunca tinha me sentido tão viva.

Quando cheguei na ponta, um cara com um cabelo curto espetado e tatuagens cobrindo todo o pescoço me pôs delicadamente no chão. Ele ergueu a mão no alto, com a palma aberta, esperando um "toca aqui".

— Isso foi radical! — ele exclamou.

Eu sorri para ele e, enquanto ele desaparecia na multidão, Jesse e Samantha apareceram ao meu lado.

— Nossa! Foi demais! — Samantha gritou. — Nem posso acreditar que você fez aquilo!

Jesse riu.

— Você é oficialmente a garota mais incrível que eu já conheci.

Ele me olhou direto no olho, mas eu desviei o olhar, para que ele não visse como eu estava feliz com o elogio. Especialmente pelo fato de, uma semana antes, eu ser "Só Uma Garota Maçante do Curso de História da Arte com Quem Jesse Foi Obrigado a Fazer um Trabalho".

— Ei, vocês querem conhecer a banda? — ele perguntou. — Porque RJ, o cara da porta, me deu quatro passes para os bastidores quando entramos.

Samantha ergueu uma sobrancelha.

— Você disse *quatro* passes?

— É.

Samantha olhou para mim com os olhos brilhando. Eu sabia exatamente o que ela estava pensando.

— Voltamos já — ela disse para Jesse. — Não saia daí.

— Não acho que você deva fazer isso — eu a preveni. Mas era tarde demais. Samantha agarrou meu braço e me fez enfrentar novamente a multidão. — Agora há pouco ele era idiota demais pra você! — gritei. — O que a faz pensar que vai ser mais simpático agora?

Os olhos de Samantha estavam focados como um raio laser, enquanto ela me arrastava para o outro lado da casa noturna, na direção de Aiden e Trance.

— Está vendo? — ela gritou de volta. — É isso! É a bola em ação. Tem que ser.

— Mas e se ele disser não? — gritei para ela. Mas não adiantou.

Mesmo depois de Jesse, mesmo depois de tudo, eu ainda era cética. Era assim que a minha mente funcionava.

Samantha me olhou solenemente.

— Ele não vai dizer não — ela falou, só com o movimento dos lábios.

Nós nos aproximamos de Aiden e Trance, que estavam sentados numa saliência da parede lateral. Aiden tocava guitarra no ar furiosamente, fingindo que cantava a música que a banda estava tocando, e Trance estava de braços cruzados. Ela parecia bem contrariada.

— Ei, Aiden! — Samantha gritou para ele.

Ele não a ouviu, por isso ela bateu no ombro dele. Quando viu que era Samantha quem tinha interrompido o seu solo de guitarra, revirou os olhos. De repente eu quis ter comigo uma tesoura de jardinagem para cortar fora aquela massa de cabelo idiota dele.

— Não vou te dar uma carona para casa, portanto, não peça! — ele gritou, fazendo a voz se sobrepor à música.

— Não vim aqui pedir carona! — Samantha gritou.

Ela se curvou na direção dele e colocou a mão em concha sobre a boca, falando diretamente em seu ouvido. Os olhos dele se arregalaram e ele confirmou com a cabeça. Depois levantou um dedo, pedindo um segundo, e se virou para falar com Trance. Samantha apertou meu braço, eufórica, e deu pulinhos enquanto ele estava de costas.

Eu observei Aiden pondo a mão na perna de Trance e se curvando na direção do ouvido dela para explicar a situação. Pelo olhar de

Trance, já pude perceber que ela não recebeu a notícia muito bem. Aiden apontou para mim e Samantha, e Trance de repente pulou de onde estava sentada e começou a gritar com ele. Eu não conseguia ouvir o que ela estava dizendo, mas pude vê-la gesticulando na direção de Samantha, e era bem óbvio o que estava acontecendo.

Ela levantou o dedo médio para Aiden, depois agarrou a bolsa e saiu pisando duro.

Senti um aperto no coração. Claro que Aiden sairia correndo atrás dela e a pobre Samantha iria ficar arrasada. Mas, para minha surpresa, ele só enfiou as mãos nos bolsos do jeans e observou-a se afastando; depois se voltou para Samantha e deu de ombros.

— Esqueça — ele disse, mais para si mesmo do que para nós. — Anda, vamos.

Vinte e dois

O vocalista do Flamingo Kids — acho que Jesse disse que o nome dele era Eric — estava dando saltos no palco, gritando ao microfone (eu não chamaria aquilo de cantar, exatamente), a menos de três metros de onde estávamos, nos bastidores, com os passes pendurados no pescoço. Essa era, com certeza, a melhor noite de toda a minha vida. Eu mal podia acreditar que quase tinha perdido essa oportunidade. Mal podia acreditar que pensava que preferia Barry Manilow *àquilo*!

Eric deu uma olhada na nossa direção, depois olhou rapidamente outra vez, como para ter certeza do que tinha visto. Estava, é claro, olhando para Samantha: uma visão vestida de Hot Topic e botas de salto alto. Ele cruzou o palco e olhou pela terceira vez, e eu notei desta vez que seus olhares se cruzaram, fazendo com que o canto esquerdo da sua boca se curvasse para cima num sorrisinho, antes de ele se voltar para a multidão. Acho que Aiden deve ter notado também, porque ele imediatamente passou o braço pela cintura de Samantha e cochichou algo no ouvido dela que a fez rir.

Assim que o show acabou, os outros membros da banda deixaram o palco pelo lado oposto, mas Eric veio direto na nossa direção. Bem, não exatamente na nossa. Na direção dela. E agora ele estava de pé ali, de peito nu e suado, com o cabelo castanho ensopado caindo sobre um olho, os olhos castanhos escuros dilatados com a adrenalina. Ele tinha grandes tatuagens cobrindo quase todo o tronco e sobre o peito estava escrito PINK FLAMINGOS em letras góticas grossas. O corpo dele era magro e longilíneo, musculoso, mas não atarracado. Ele parecia firme e forte. Era o tipo de cara que manteria uma garota interessada até ela fazer uns 30 anos.

Um cara com um fone de ouvido correu até ele e lhe passou uma toalha e um copo de água gelada. Ele tomou a água de um gole só, sem tirar os olhos de Samantha. Intuitivamente, Aiden a puxou mais para perto.

— Eu sou Eric — ele disse, ignorando completamente Aiden, Jesse e eu.

— Samantha — ela disse, ignorando Aiden também.

Eric balançou a cabeça.

— Muito bem, *Samantha*. O que você achou do show?

Samantha esticou a pontinha da língua até o canto da boca e olhou bem nos olhos dele, sem piscar.

— Foi muito bom, mas eu teria terminado com uma música mais conhecida. Vocês sempre devem deixar a plateia querendo mais.

Eric levantou as sobrancelhas e pareceu surpreso com a crítica dela. Mas então sua boca lentamente se abriu num meio sorriso.

— Engraçado, meu baterista disse a mesma coisa.

Ele estreitou os olhos um pouquinho, parecendo mais intrigado do que nunca. E quem podia culpá-lo? Até eu estava impressionada com a calma e autoconfiança de Samantha. Além do mais, ela tinha Aiden bem onde queria. De repente tive a sensação de que estava na presença de uma mestra, e observei, de olhos bem abertos, esperando para ver como ela ia conduzir a situação para tirar vantagem dela.

— Estes são meus amigos — ela disse, de repente. — Erin, Jesse e Aiden. Jesse é um grande fã seu.

Meu queixo caiu. Ela sabia que Aiden também era. Ele era a única razão que a fizera querer ir ao show e estava agindo como se ele não fosse importante. Estava agindo como se ele nem estivesse ali. Como se nem tivesse notado que ele tinha o braço envolvendo a cintura dela como uma píton. Embora eu estivesse começando a achar que essa era justamente a intenção dela.

— Fala aí, cara! — Eric disse, enquanto cumprimentava Jesse com o punho. — Quer que eu assine a sua camiseta?

Jesse parecia um garotinho na manhã de Natal.

— Pô, cara, seria maneiro!

Eric acenou para o cara com o fone de ouvido, que ainda estava ali por perto. Ele na hora tirou uma caneta do bolso da frente da camisa e estendeu-a para Eric. Jesse se virou e se curvou ligeiramente, e Eric assinou seu nome no ombro esquerdo de Jesse. Quando acabou, devolveu a caneta ao rapaz e voltou a olhar para Samantha.

— Eu e os caras estamos pensando em ir a uma *after-party* numa boate do centro da cidade. Você quer ir?

Uma *after-party*? Numa boate? Eu queria saber quantos anos ele achava que ela tinha. Samantha bem que podia aparentar 18, mas 21? Acho que não. Segurei o fôlego enquanto esperava para ver como ela ia se sair.

— Não sei — ela disse, franzindo o nariz. — Acho que estou a fim de algo mais tranquilo esta noite.

Os olhos de Eric passaram rapidamente do rosto de Samantha para a mão de Aiden em sua cintura e é óbvio que ele estava sem saber direito qual era a situação.

— Eu posso ser tranquilo — ele disse, dando de ombros. — Mas primeiro quero saber, você está com esse cara ou o quê? — ele perguntou, apontando com a cabeça para Aiden.

Aparentemente ele não estava mais a fim de conversa fiada e, se a coisa não fosse rolar com Samantha, então queria se apressar e encontrar alguém com quem a coisa fosse de fato rolar antes que o restante do grupo se mandasse. Samantha inclinou a cabeça, como se estivesse pensando a respeito.

— Não sei — ela respondeu. Jogou o cabelo para trás e depois virou o rosto devagar para Aiden. — Estou com você?

Aiden sorriu.

— Ah, dane-se, claro que está!

Samantha voltou a olhar para Eric.

— Acho que estou.

Eric levantou uma sobrancelha.

— Sorte sua, cara — disse para Aiden de má vontade, com um aceno de cabeça em sinal de respeito. Então olhou para Samantha com um olhar incisivo. — Vamos tocar aqui outra vez no próximo verão. Caso você não esteja com ele.

Samantha sorriu timidamente.

— Bom saber.

Do lado de fora, a Lua cheia estava tão baixa no céu que parecia o cenário de uma peça de teatro escolar: um recorte de madeira pintado em tinta prateada iridescente, suspensa no céu por fios de *nylon* invisíveis. Nós quatro fomos para o estacionamento juntos, Aiden e Samantha um pouco mais à frente. Aiden tinha um braço sobre os ombros de Samantha e ela ria e dava gritinhos estridentes. A cada poucos segundos, Aiden a puxava para mais perto dele. Para ser franca, o nível de DPA (Demonstração Pública de Afeto) do casal estava me deixando um pouquinho desconfortável com Jesse bem ao meu lado, uma sensação do tipo que a gente sente quando está assistindo a uma cena quente num filme com os nossos pais na sala. Exceto que...

— O que é aquilo entre eles? — Jesse sussurrou para mim depois do, tipo, décimo quinto beijo entre os dois. Eu revirei os olhos e sacudi a cabeça.

— É uma longa história. Não vale nem a pena perder seu tempo.

Quando finalmente chegamos ao carro de Aiden, ele prensou Samantha contra a porta do passageiro e a beijou, com as mãos subindo e descendo pelas laterais do corpo dela. Eu limpei a garganta para que eles ouvissem. Aiden parou de beijá-la e Samantha me lançou um sorrisinho encabulado.

— Certo — ele disse, voltando à realidade. — Vocês vieram juntas, por isso você precisa de uma carona para casa, não é isso?

Eu assenti para ele e Samantha agarrou-o pelo passante do jeans.

— Legal, sem problema.

Eu preciso admitir que fiquei ligeiramente surpresa com a reação dele. Eu definitivamente estava esperando que tivesse um ataque de mau humor por ter que me dar uma carona.

— Tudo bem — Jesse disse, parando na minha frente. — Eu posso levá-la para casa.

Aiden olhou para nós dois como se só naquele instante tivesse lhe ocorrido que poderíamos estar juntos e me lançou um olhar preocupado de irmão mais velho.

— Tudo bem para você? — ele me perguntou.

Mais uma vez, não era o Aiden que eu esperava, e não pude deixar de pensar que talvez o tivesse julgado mal e Samantha não estivesse tão louca assim de gostar tanto dele.

— Por mim tudo bem — respondi. — Só preciso falar com Samantha um segundo. Sozinha.

Aiden deu um passo para trás e se curvou um pouco, fazendo um gesto com as mãos, como se desse passagem a uma rainha. Agarrei Samantha pelo braço e a puxei para longe do carro.

— Dá para acreditar nisso? — ela cochichou, eufórica. — Essa bola é assombrosa! Ela funciona mesmo! Ele largou a Trance para ficar comigo, assim como eu falei!

Suspirei.

— Samantha, admito que ele está sendo particularmente simpático conosco agora, mas tem certeza de que quer fazer isso? Lembra só que, tecnicamente, ele não rompeu de vez com a Trance. Eles só brigaram.

Ela olhou para mim como se eu estivesse louca.

— Está brincando? Ele vai esquecer totalmente a Trance. E não se esqueça, a bola está funcionando com você também. Você vai para casa com Jesse agora, por isso vai beijá-lo. E ver seu corpo sarado, lembra? Está tudo *perfeito*.

Ela me deu um beijo estalado na minha bochecha e começou a voltar para perto de Aiden, mas eu a detive.

— Só mais uma coisa.

— O quê?

Suspirei. Odiava ter a sensação de precisar bancar a mãe de Samantha. Não é uma dinâmica lá muito saudável para uma amizade entre adolescentes. Mas a mãe dela parecia tão incapaz de cumprir essa função que...

— Olhe, só tenha cuidado, ok? Não faça nada de que vá se arrepender amanhã.

Samantha me olhou como se eu fosse uma causa perdida e balançou a cabeça, inconformada.

— Muito obrigada, madame Balde de Água Fria. Que jeito de estragar o momento! Você quer me contar de onde vêm os bebês também?

Eu devo ter parecido tão magoada quanto de fato estava, pois Samantha imediatamente se curvou para mim e me deu um abraço.

— Desculpe — ela disse. — Não quis te magoar. É só que estou tão animada com tudo que está acontecendo e, você sabe, sem querer ofender, você é sempre tão séria e responsável, e é meio deprê. Quer dizer, você acabou de surfar na multidão! Curta isso! Deixe de ser a voz da razão uma vez na vida. Nem que seja só esta noite.

— Tá bom — eu disse, tentando parecer animada, mas ainda relutante.

Aiden tocou a buzina, impaciente.

— Estou indo! — ela gritou, enquanto corria para o carro.

Samantha abriu a porta do passageiro e deslizou lá para dentro, enquanto Aiden se curvava e a beijava de novo, agarrando os cabelos dela. Samantha colocou a cabeça em seu ombro enquanto ele dava partida e jogou-me um beijo quando se afastaram.

— Você está bem? — Jesse perguntou quando estávamos no carro dele, seguindo pela autoestrada. Agora que estávamos sozinhos, havia um pesado constrangimento no ar e o pequeno espaço entre nós mais parecia um abismo. Eu queria tanto me aconchegar a ele, como Samantha tinha feito com Aiden! Queria me debruçar sobre ele e sentir sua respiração, queria sentir seu coração pulsando sob a camiseta, forte e acelerado como o meu. Mas tudo isso ia parecer meio forçado agora. Além do mais, apesar dos tampões, meus ouvidos ainda estavam apitando por causa do show e a minha cabeça, latejando com o eco das palavras de Samantha, que não me saíam da lembrança.

— Estou, por quê?

Jesse riu.

— Sei lá. Você fica aí apertando a maçaneta da porta, e parece que vai passar mal a qualquer segundo.

Olhei para mim mesma; eu *estava* realmente apertando a maçaneta da porta. Nossa, eu era uma idiota! Tirei a mão da porta e deslizei a outra — ligeiramente — para o lado de Jesse. Lembrei-me de um romance que Samantha tinha roubado uma vez da mãe dela sobre uma dona de casa e seu jardineiro gostosão. Eu não entendia direito o que o narrador queria dizer com a "tensão sexual" que sempre havia entre os dois, como quando ela tomava sol na piscina, passando bronzeador nas pernas macias e morenas, enquanto ele ficava ajoelhado a poucos metros dela, arrancando as pétalas macias das rosas murchas com suas mãos fortes e nodosas. Ai, meu Deus, aquela era a coisa mais brega que eu já tinha lido. Mas, nossa, agora eu entendia.

— Desculpe — eu disse. — Tá tudo bem.

Jesse me olhou de repente, como se tivesse acabado de lhe ocorrer uma ideia.

— Ei, que horas você tem que chegar em casa?

Dei uma olhada no relógio do painel. Eram dez para as dez.

— Às onze e meia. Por quê?

Ele sorriu.

— Quero te mostrar uma coisa.

Alguns minutos depois, nós estávamos diante de uma casa branca, meio velha e arruinada, com um formato irregular e rodeada por uma enorme varanda. A pintura do portão de madeira estava descascando, o assoalho de tábuas, atulhado de cadeiras enferrujadas, e ainda havia duas cadeiras de balanço penduradas no teto. Acima da porta de entrada havia uma placa de madeira branca com uma inscrição em letras elegantes e desbotadas: "Mansão House Inn, est. 1923". Não conseguia imaginar o que estávamos fazendo ali.

— Que lugar é esse? — perguntei quando ele apagou os faróis do carro.

Ele sorriu com um ar misterioso.

— Você vai ver.

Saímos do carro e ele fez um sinal para que eu não batesse a porta, então eu a fechei do jeito mais silencioso possível.

— Vamos — ele sussurrou. — Me siga.

Rodeamos a casa na ponta dos pés, até chegarmos a uma cerca de arame com aparência frágil. Acompanhamos a cerca por uns 50 metros e então Jesse parou. Ele se agachou e colocou as mãos contra a cerca, tateando à procura de algo.

— É aqui.

Puxou o arame e uma seção da cerca se abriu diante de nós, revelando um buraco grande o bastante para passar uma pessoa. Ele segurou o arame com uma mão e tirou a outra, me fazendo um sinal para que eu passasse pelo buraco.

— Você primeiro.

Com cautela, examinei o buraco.

— Não sei, não. Isso não é invasão?

Jesse riu.

— Tem razão. Esqueci que você gosta de respeitar as regras. Lembra, no quarto ano, quando Joey Forlenza disse que ia roubar o dinheiro do nosso almoço? Lembra como ele era gordo? Eu disse para você correr. Mas você não correu porque era proibido correr nos corredores. E ele pegou você e roubou o seu dinheiro, como falou que ia fazer.

Eu balancei a cabeça.

— Não me lembro disso...

Jesse deu de ombros, ainda achando graça.

— Você se lembra, sim.

Pude sentir meu rosto ficando vermelho. Ainda bem que estávamos ao ar livre, no escuro e ele não podia ver.

— Confie em mim — ele disse, acenando para a cerca. — Vai valer muito a pena.

— A última vez que você me disse para confiar em você acabei passando de mão em mão no mosh pit.

— E se divertiu, não foi?

Hesitei, sem querer admitir. Quando olhei para o buraco, ouvi a voz de Samantha ecoando na minha cabeça outra vez. *Deixe de ser a voz da razão uma vez na vida. Nem que seja só esta noite.*

Tá, tudo bem, pensei. *Mas só esta noite.*

Fiquei de quatro e me arrastei pelo buraco, fingindo não ouvir enquanto Jesse me encorajava, batendo palmas de leve no meio da noite.

Descemos por um barranco um pouco íngreme. Depois, quando tropecei num tronco de árvore e quase morri estatelada no chão, Jesse pegou minha mão para me ajudar a me equilibrar.

— Onde estamos indo? — perguntei pela enésima vez, e pela enésima vez ele me disse para ter paciência.

Finalmente, depois de pelo menos dez minutos agarrada à mão de Jesse para me manter viva, chegamos lá embaixo. À luz da Lua, tudo o que eu conseguia ver era algo que parecia vapor, exalando de uma pilha de pedras. Era lindo.

— Que lugar é esse?

— É uma nascente de água quente — ele explicou, ainda segurando a minha mão embora agora estivéssemos em terreno firme. — É uma das únicas de toda a costa leste. Costumava ser um lugar onde as pessoas vinham para tomar banho nos anos de 1800. Em 1884, eles fecharam para o público e abriram uma casa de saúde aqui. Os médicos achavam que a água quente podia ajudar a curar artrite, por isso vinha gente de todo o país para o tratamento. Na década de 20, a casa de saúde fechou e se transformou numa estalagem que era dirigida pela mesma família de antes. Mas agora a família se reduziu a uma senhora de uns 90 anos e ela parou de receber hóspedes há uns quinze. E o que é mais incrível é que ninguém nem lembra mais que existe uma fonte termal *aqui*. — Ele se abaixou e pegou uma pedra, depois atirou-a na água, onde ela caiu com um suave "Ploft!". — Tenho certeza de que, assim que ela morrer, algum empreiteiro virá aqui e transformará isso num spa ou numa granja ou em qualquer estupidez como essa.

Eu balancei a cabeça, admirada.

— Como você sabe tudo isso? E, mais importante, *por que* você sabe tudo isso?

Ele deu de ombros.

— Sei lá. Só me interessei pela história, acho. Gosto de saber como as coisas eram antes que eu estivesse aqui para vê-las com meus próprios olhos.

Ele largou minha mão e se abaixou para desamarrar o cadarço dos tênis.

— Anda — ele disse. — Vamos entrar.

— Entrar? Ali?

— É. A água dessa nascente fica a uns 38 graus. Pense nela como uma jacuzzi natural.

Fiquei olhando como se ele estivesse louco, enquanto tirava os tênis. *Ai, meu Deus*, pensei, nervosa. Será que ele ia tirar a roupa? Será que ele esperava que *eu* tirasse a roupa? Porque eu não ia tirar. *Sem chance!* Eu rapidamente me virei de costas para ele, mas pude ouvir o tecido da camiseta raspando na pele enquanto ele a tirava e quase desmaiei quando ouvi o *ziiip* do jeans.

— Você já pode se virar — ele disse, mas eu fiquei ali onde estava e sacudi a cabeça, nervosa demais para dizer alguma coisa. Nervosa demais até para respirar.

— Está tudo bem — ele disse, rindo. — Eu não estou pelado nem nada. Cruzes! Que tipo de cara você acha que eu sou?

Por fim, soltei o ar. Bem, aquilo foi um alívio. Por um segundo, eu não tive muita certeza do *que* estava acontecendo. Aos poucos, fui me virando para ele...

Deixei escapar uma risadinha. Sua cueca boxer era estampada com pimentinhas vermelhas usando óculos escuros e com um grande sorriso cheio de dentes.

— Vamos — ele disse, entrando na água. — Você tem que entrar. Já que invadiu, pode muito bem aproveitar a propriedade.

Havia uma parte de mim que estava morrendo de vontade de entrar naquela nascente, mas um garoto nadando de cueca não era a mesma coisa que uma garota nadando de sutiã e calcinha. Principalmente quando a garota em questão não tinha nada para preencher o sutiã.

— Está tudo bem — eu disse a ele. — Mas eu espero aqui, enquanto você se diverte aí.

Ele mergulhou a cabeça na água, depois apareceu de novo na superfície e apoiou os cotovelos numa pedra perto de onde estava.

— Por favor?...

Ouvi as palavras de Samantha ecoando mais uma vez na minha cabeça: *Muito obrigada, madame Balde de Água Fria.*

— Acho que não, Jesse. Desculpe.

Ele piscou dramaticamente.

— Por favor, estou implorando... Prometo não olhar, se é isso que a preocupa.

Você acabou de surfar na multidão! Curta isso.

Não respondi. Em vez disso, comecei a desafivelar meu cinto.

— É isso aí! Eu sabia que ia topar.

— Então se vire — mandei, deixando a saia cair até o chão e despindo a blusa de capuz sem mangas, depois a camiseta e, finalmente, os sapatos. Mergulhei o dedão do pé na água; de fato parecia uma jacuzzi.

— Posso me virar agora? — ele perguntou, depois que deslizei para dentro da água até o pescoço.

— Pode. Pode se virar agora.

Ele se virou, bem devagar, e me olhou, com o cabelo preto molhado colado na cabeça e os olhos muito azuis mesmo na escuridão. Esticou os braços e colocou as mãos sobre os meus ombros nus e meu corpo todo tremeu.

— Você nunca tinha ido a um show punk antes, tinha?

Epa. Acho que minha encenação não tinha convencido muito. Pressionei os lábios e disse não com a cabeça, fingindo estar envergonhada. Jesse sorriu.

— E você não gosta de verdade do Flamingo Kids, gosta?

Eu balancei a cabeça novamente, tentando não rir.

— Como você sabe?

— Humm, deixa eu ver... sua roupa foi a primeira pista. Não que você não estivesse bem, mas a maioria das pessoas não se arruma tanto para ir a um show no Corridor. Mas eu tive certeza quando você disse que gostava do pit. Nenhuma garota gosta do pit.

— Isso foi um pouco machista — provoquei.

Ele ergueu as sobrancelhas e deu um sorriso largo.

— Você acha? Então você gosta mesmo do pit? Devemos voltar lá no nosso segundo encontro?

— Tudo bem, eu me rendo. Odiei o pit. Era como estar num filme ruim, num daqueles lugares em que as paredes vão se fechando em torno da gente.

Nós dois rimos e então ele ficou sério outra vez.

— Engraçado, você não mudou nada nos últimos dois anos, mas de certo modo mudou completamente — murmurou. — Sabe do que estou falando?

Assenti.

— Poderia dizer o mesmo de você.

Tirei a mão direita dele do meu ombro e virei a palma para cima, para que pudesse ver o punho. Examinei a tatuagem à luz do luar. Era um tipo de palavra, mas não estava escrito em inglês. Parecia hebraico ou árabe, talvez.

— O que quer dizer? — perguntei.

— Quer dizer "verdade". Em hebraico.

— O que significa para você?

Ele sorriu.

— Significa que eu nunca devo me esquecer de quem sou. Que devo sempre fazer o que acho certo e não o que as outras pessoas acham que é certo.

Eu contornei a tatuagem com o dedo. A pele dele era macia e ela se elevava ligeiramente na borda da tinta. Ele afastou o braço da minha mão e colocou um dedo no meu queixo, inclinando meu rosto na direção do dele. Olhou tão fundo nos meus olhos que tive a impressão de que ele sabia tudo o que se passava na minha cabeça. E, então, de repente meus olhos estavam fechados, ele estava me beijando e eu o beijava também. *Isso é incrível*, pensei. *Tudo está se encaixando, como a bola previu.*

Depois de um minuto ou coisa assim, ele se afastou e olhou para mim, tirando uma mecha de cabelo do meu rosto.

— Foi muito melhor do que no armário do Jeff DiNardo.

Eu olhei para ele totalmente chocada. Então ele se lembrava!

— Achei que tinha se esquecido.

Ele negou com a cabeça e abriu mais os olhos.

— Tá brincando? Pensei nesse beijo todas as noites nos últimos dois anos.

Desta vez, foram os meus olhos que se arregalaram. Jesse Cooper pensou em mim? Nos últimos dois anos? Nossa, como fui idiota! Não era nenhuma surpresa que ele tivesse ficado tão estranho no museu. Provavelmente me achava uma pessoa horrível por ter ficado todo aquele tempo sem falar com ele, só porque tinha mudado o visual. Só porque estava vivendo sua vida de acordo com sua tatuagem.

— Mas e Kaydra? — perguntei.

— Kaydra?

— Bom, sei lá. Pensei que vocês dois estavam... Quer dizer, ela é mesmo bonita, e estava flertando com você no museu e tudo mais.

— Em primeiro lugar, ela tem, tipo, uns 20 anos, e, em segundo, não faz meu tipo. Você faz meu tipo. E senti falta de você. Muita falta.

Jesse se curvou e me beijou outra vez. Sua boca tinha um gosto doce e suave e delicioso, como um morango maduro no meio do verão. Então eu fazia o tipo dele. Nem sabia que eu fazia o tipo de alguém. Mas gostei de ouvir aquilo.

— É melhor irmos indo — ele falou, quando finalmente paramos para respirar. — São quase onze horas.

Sabia que ele estava certo, mas não tinha vontade nenhuma de ir embora. Anotei mentalmente que, ao chegar em casa, precisaria perguntar à bola se meus pais iriam estender meu horário de chegada.

Vinte e três

Na noite seguinte, Lindsay estava deitada na minha cama, com as mãos atrás da cabeça, narrando os terríveis detalhes do final de semana com a "Namorada". Ou a "N", como ela passou a chamá-la, depois de todas as mensagens de texto que tinha enviado no dia anterior, enquanto estava na casa do pai.

— Sério, ela é muito chata. Fica agindo como se fôssemos amigas ou coisa assim. Como se tivéssemos a mesma idade. Ela me perguntou até se eu queria ir ao shopping com ela. E a pior parte é que meu pai acha isso lindo. Ele fala, tipo, "Ah, Lindsay, não é maravilhoso? É como ter uma irmã mais velha!" E eu falo, tipo, "É, pai, exceto pelo fato de ela ser sua namorada, lembra?" E se isso continuar, ela poderá ser minha *madrasta*.

Lindsay estremeceu.

— Credo! Já imaginou?

Ela levantou a cabeça quando viu que não respondi e olhou para mim, do outro lado do quarto.

— Erin?

Eu saí rápido do meu devaneio sobre mim e Jesse nos beijando na nascente termal na noite anterior.

— Não, nunca imaginei! — falei dramaticamente, embora não soubesse direito o que eu deveria imaginar, visto que só o meu corpo estivera presente no último minuto. Mas não importava. Eu podia adivinhar pelo tom de voz dela que era algo ruim. — Seria *horrível*!

Satisfeita, Lindsay baixou novamente a cabeça.

— Eu sei, né? Quer dizer, ele nem tem o que conversar com ela. A minha irmãzinha é mais madura do que ela.

— Eu beijei Jesse Cooper ontem à noite — falei de repente, incapaz de me conter por mais um segundo.

Lindsay se sentou na cama, empertigada.

— Você *o quê*?

— Beijei Jesse Cooper. Numa fonte de água quente. — Fechei os olhos e suspirei. — Foi maravilhoso.

Continuei a contar a ela toda a história do começo, desde o momento em que perguntei à bola se iria ver o corpo sarado de Jesse até a hora em que ele me beijou. Lindsay estava de queixo caído e ele caía cada vez mais a cada detalhe.

— Certo, então deixe eu ver se entendi. Você surfou na multidão no mosh pit? E passou pelo buraco de uma cerca de uma propriedade particular? E tirou toda a roupa e nadou de sutiã e calcinha? — Ela olhou para mim com um olhar pasmo. — Quem é você?! E o que você fez com a Erin?!

Eu ri.

— Eu sei, tá legal? É como se alguma coisa tivesse se apoderado de mim ontem à noite e eu simplesmente me deixei levar. É como se eu fosse alguém completamente diferente.

Não contei a ela o que Samantha tinha me dito no estacionamento. Aquilo ainda me aborrecia muito para eu tocar no assunto. Embora, suponho, eu devesse agradecê-la, na verdade. Quer dizer, se ela não tivesse dito o que disse, talvez eu nunca tivesse rastejado por aquele buraco na cerca e vivido a melhor noite da minha vida.

— É a sua tia — disse Lindsay, sem rodeios. — Aposto que o espírito dela está se manifestando através de você. Já ouvi falar que isso acontece.

— Não acho que o espírito dela esteja se manifestando através de mim, mas foi engraçado você dizer isso. Fiquei pensando nela a noite toda. Que eu estava fazendo o tipo de coisa que ela faria.

Lindsay tinha um sorriso idiota na cara e estava olhando para mim como uma mãe orgulhosa.

— Você sabe o que você é? — ela perguntou.

— Não, o quê? E por que está olhando para mim desse jeito?

Seu sorriso ficou mais largo ainda.

— *Você* não é maçante. Pelo menos não é mais.

Inclinei a cabeça enquanto pensava a respeito. Ela estava certa. Quer dizer, como alguém que vai a um show vestindo Hot Topic e surfa no mosh pit e invade uma propriedade particular pode ser maçante?

— Obrigada, Lindsay — eu disse, sorrindo também. — Acho que essa é a coisa mais simpática que alguém já me disse. Só uma coisa: como é que eu transformo isso numa dissertação sobre por que quero ser escolhida para ir à Itália?

— *Hummmm* — ela pensou. Depois olhou para mim com o olhar vazio. — Não faço a menor ideia. Mas e a Samantha? Será que a bola funcionou com ela? Ela ficou mesmo com Aiden?

Era uma ótima pergunta. Eu devo ter mandado umas dez mensagens para ela ao chegar em casa na noite anterior e telefonei o dia todo, mas ela não tinha dado notícia. O que só podia significar duas coisas: ou a) tudo tinha terminado bem e ela não queria contar nada porque ela e Aiden ainda estavam juntos ou b) as coisas tinham terminado tão mal que ela não queria falar com ninguém. Dadas as circunstâncias, as duas alternativas eram válidas.

Antes que eu pudesse responder à Lindsay, o meu celular tocou.

— Talvez seja Samantha — eu disse, pegando o telefone. — Ainda nem cheguei a falar com ela.

Mas quando olhei o número no visor, senti um friozinho na barriga, igual ao da noite anterior. Era Jesse.

— Oi — respondi.

Lindsay ergueu as sobrancelhas — *É ele?* — eu confirmei com a cabeça. Depois fiz com a boca que era Jesse e ela sorriu e mordeu o lábio.

— Oi — ele disse. — Eu me diverti muito ontem à noite. Acho que foi uma das melhores noites da minha vida. Quer dizer, dá pra acreditar que o vocalista do Flamingo Kids assinou a minha camiseta?!

Fiquei em silêncio. Aquilo não era exatamente o que eu esperava ouvir.

— Brincadeira! — ele disse com uma risada e eu ri também, aliviada. — Mas, sério, você quer saber o que ele escreveu?

— Quero. Eu pensei em olhar na noite passada, mas acabei esquecendo.

— Escreveu "Para Jesse, que tem amigas muito gatas. Eric Anderson".

Amigas muito gatas? No plural? Eu pude me sentir corando um pouco ao pensar na roupa que estava usando naquela noite.

— Vou contar pra Samantha — disse a ele. — Mas não que ela se importe.

— É, conte, sim. Ela ficou mesmo com aquele cara? Falou com ela?

— Não, ainda não. Ela não respondeu aos meus torpedos nem aos meus telefonemas nem nada. Lindsay e eu estávamos aqui dizendo que estamos um pouco preocupadas.

— Oi, Jesse! — Lindsay gritou, entusiasmada.

— Oi, Lindsay! — ele gritou de volta.

— Ele disse oi — contei e ela riu.

— Você contou tudo a ela, né? — ele gemeu.

Eu tentei manter a voz séria.

— Não, não contei nada. Estávamos aqui falando da nossa lição de casa de matemática.

Lindsay explodiu numa gargalhada.

— Tudo bem. É óbvio que estou me intrometendo no seu horário reservado para garotas. Voltem para a sua guerra de travesseiros ou o que quer que estivessem fazendo. Vejo você na escola?

— Com certeza. E... Jesse?

— O quê?

— Eu também me diverti muito ontem à noite.

Desliguei o telefone e Lindsay gritou.

— Ai, meu Deus, vocês dois são tããão gracinhas...! Amei! Nem posso acreditar que você tem um namorado! — Ela olhou para mim com os olhos brilhando. — Está feliz agora de ter me ouvido sobre a bola?

— É — admiti. — Estou. Estou muito feliz que tenha ouvido você sobre a bola.

Fiz uma pausa e olhei para o armário. De repente, um pensamento me ocorreu. Girei o corpo para olhar para Lindsay.

— Você se importa de examinar as outras dicas comigo? Acabei de perceber uma coisa. Acho que não estarei pronta enquanto não descobrir o que todas as dicas significam.

— Pronta para quê?

— Não tenho bem certeza. É que a amiga da minha tia, aquela que me deu a bola, disse que eu deveria ligar para ela quando estivesse pronta. Eu não sabia o que isso significava antes, mas estou começando a fazer uma ideia.

Antes de eu sequer perceber o que estava fazendo, abri o armário, tirei os papéis da prateleira e espalhei-os pela escrivaninha. Lindsay debruçou-se sobre ela ao meu lado, para examiná-los comigo.

— *"O conhecimento absoluto não é ilimitado; deixe que os planetas sejam o seu guia até o número"* — Lindsay leu. — O que você acha que isso significa? Que número?

— Eu não sei. Mas o que acha da palavra "ilimitado"? Se algo não é ilimitado, então significa que tem de ter um limite. Então o conhecimento absoluto tem um limite?

Lindsay concordou com a cabeça, como se de repente tivesse compreendido.

— Ele acaba — ela afirmou, confiante. — Acho que significa que um dia a bola não vai mais funcionar com você. Veja a última dica. *"Você saberá tudo quando nada mais for conhecido; então é hora de escolher outro."* Acho que está dizendo que, quando a bola parar de funcionar com você, você deve escolher outra pessoa para receber a bola. Como quando a sua tia a deu a você.

— Mas a minha tia morreu — repliquei. — Não parou de funcionar com ela. Ela morreu. E deixou-a para mim.

Um pensamento preocupante me ocorreu e eu virei de lado para olhar o rosto de Lindsay.

— Você acha que vou morrer quando a bola deixar de funcionar comigo?

— Não — ela disse com firmeza. — De jeito nenhum. Pense. Sua tia não deixaria a bola para você se achasse que ela te faria mal. Ela nunca faria uma coisa dessa.

— Bem, ela parou de falar comigo. Devia estar com raiva de mim por algum motivo.

— Raiva suficiente para querer te matar? Acho que não.

— Tá, mas talvez ela não soubesse que isso ia acontecer.

Eu podia sentir minha voz ficando mais alta à medida que as peças começavam a se encaixar na minha cabeça.

— Pense. Ela morreu num acidente bizarro, não foi? Talvez tenha algo a ver com a bola. Talvez ela tenha sido atingida pelo raio, quando a bola mudou o curso da vida dela. — Eu me senti em pânico e afundei na cadeira. — Ai, meu Deus! Foi isso o que aconteceu! Faz muito sentido para não ser verdade!

Lindsay sacudiu a cabeça de novo.

— Não. Não faz sentido nenhum. Se ela não sabia que isso poderia acontecer, então como escreveu a dica?

Pensei naquilo por um segundo e, então, soltei o ar, aliviada.

— Você está certa — disse. — Claro que está certa. Mas...

Lindsay afagou minhas costas antes de eu continuar.

— Você não precisa se preocupar tanto. A bola está funcionando. Ela te trouxe tudo o que você queria. A sua tia obviamente a deixou para você porque queria que a sua vida melhorasse. — Ela sorriu. — E ela definitivamente está melhorando.

Meu telefone tocou novamente.

— Talvez seja Samantha. Ou talvez seja Jesse ligando para dizer que te ama e quer ter quarenta filhos com você.

Eu revirei os olhos para ela, embora me sentisse corar.

— Foi só um beijo.

— É, foi isso que a Bela Adormecida provavelmente pensou, e o Príncipe se casou com ela, tipo, no ato. E... — Ela não terminou a frase.

— O quê? — perguntei.

— E eles só trocaram *um* beijo.

Mas descobrimos que não era nem Samantha nem Jesse ligando. Era Chris Bollmer.

— Chris? — eu disse, franzindo a testa para o telefone.

Lindsay fez sinal com a mão e sacudiu a cabeça, para eu não dizer que ela estava comigo.

— Você viu Lindsay? — ele perguntou, com a voz cheia de ansiedade.

— Não, eu não sei onde ela está. Tentou ligar para ela?

— Ela bloqueou o meu número. Eu não consigo passar pelo bloqueio.

— Sério? Você já conseguiu resolver esse problema com bloqueios antes, não conseguiu?

— É importante! — ele disse, ignorando minha acusação. — Eu só quero avisá-la.

— Avisá-la de quê? — perguntei.

Ao ouvir isso, Lindsay revirou os olhos.

— Abra seu e-mail. — Ele fez uma pausa, depois baixou a voz até que ela se tornasse quase um sussurro. — Você devia ter me ouvido.

— O quê? Chris, do que está falando...?

Mas já era tarde. Ele tinha desligado. Lindsay olhou para mim, esperando uma explicação.

— Ele disse que queria avisar você sobre algo. E disse para eu checar meu e-mail.

Ela suspirou.

— Tudo bem, aqui vamos nós outra vez.

Lindsay ficou atrás de mim enquanto eu clicava na minha caixa de entrada. Nada.

Ela suspirou alto.

— Tem alguma coisa muito errada com esse garoto. Será que ele acha que isso é engraçado? Como se eu já não tivesse stress suficiente na minha vida.

De repente, lembrei-me do meu filtro de e-mails.

— Espere um segundo. Talvez tenha chegado um e-mail.

Fui nos alertas de remetentes desconhecidos e, claro, havia alguém que tinha tentado me enviar um e-mail. O remetente estava na lista dos "anônimos". *Humm*. Cliquei nele para ver a mensagem e ela caiu na minha caixa de entrada.

— Aqui está.

Cliquei na mensagem e, em segundos, minha tela foi tomada por uma grande foto de Lindsay de sutiã e calcinha. Alguém tinha acrescentado com Photoshop uma capa vermelha em torno do pescoço, que parecia estar esvoaçando atrás dela, e virado a foto de lado, como se ela estivesse voando. No alto estava escrito "As Incríveis Aventuras da Garota Pum". Embaixo, havia uma legenda onde se lia "Movida com o poder do gás natural!"

Então era isso a que Megan se referia quando avisou para Lindsay tomar cuidado. Eu sabia que ela não estava blefando. Mas nunca pensei que fosse tão longe. Ela devia estar *planejando* tudo. Deve ter escondido o telefone dela no armário da escola e tirado uma foto quando Lindsay não estava olhando. De que outra forma ela conseguiria uma foto dela de sutiã e calcinha?

Lindsay cobriu os olhos com as mãos e começou a chorar.

— Quantas pessoas viram isso? — ela perguntou com um fio de voz.

Cliquei na lista de nomes para os quais a mensagem tinha sido enviada e meu coração ficou apertado quando eu vi todo o décimo ano.

— Não muitas — menti.

— Quantas? — com a voz mais forte desta vez.

Suspirei, sem querer contar a ela, mas sabendo que teria de fazer isso.

— Ela mandou para todos do décimo ano.

Cliquei no remetente novamente para ver se havia outra informação além de "anônimo", mas não encontrei nada. *Esperta*, pensei comigo mesma. Agora ninguém pode provar que foi ela.

Lindsay olhou para cima e secou as lágrimas de raiva que brotavam dos seus olhos, como se estivesse furiosa só por estar chorando.

— Vou matar aquela vagabunda! — ela disse, e eu olhei para ela, surpresa.

Aquilo soava tão estranho vindo da boca de Lindsay! Em primeiro lugar, ela nunca falava palavrão e, em segundo, era incapaz de matar uma mosca. Literalmente. Se uma mosca entrasse na casa dela, ela tentava atraí-la para um pote de vidro e depois soltava o inseto do lado de fora.

— Ela é detestável! — eu disse, tentando acalmá-la com minha tática costumeira de concordar com ela e deixá-la desabafar. Mas desta vez não parecia estar funcionando.

— Pegue a bola — ela disse com uma voz grave, quase como um rosnado.

Eu olhei para ela, meio que esperando ver suas íris ficando vermelhas, como um vampiro de *Crepúsculo*.

— O quê? Lindsay, não acho que você deva fazer alguma coisa precipitada agora. Vamos pensar primeiro. Poderíamos procurar o diretor. Poderíamos contar à sua mãe. Poderíamos contar à *minha* mãe. Ela saberia o que fazer.

Mas Lindsay não estava com disposição para ser racional.

— Pegue-a! — ela exigiu.

Seu tom de voz era enérgico e inflexível, como tinha sido alguns dias antes com Megan. Como ela costumava ser no terceiro ano, quando era cruel e autoritária. Obediente, peguei a bola da prateleira mais alta do armário e a segurei de modo protetor contra o peito.

— Eu não acho que seja uma boa ideia. Nós nem sabemos ainda o que aconteceu com Sam...

— Sim, nós sabemos — ela gritou, me interrompendo. — Aiden largou Trance e ficou com Samantha, assim como ela pediu. Você viu os dois juntos. Você a viu no carro com ele.

— Vi, mas eu não sei o que aconteceu depois que eles foram embora. Até onde eu sei, Aiden pode tê-la largado na beira da estrada e ela pode estar perdida.

— Até onde eu sei, os dois ainda podem estar no quarto dele!

Eu franzi os lábios, hesitante. Só havia uma coisa sobre a dica "*outras vozes ficarão desapontadas*" que me incomodava. E o fato de Samantha não ter me telefonado não contribuiria para que eu me sentisse melhor a respeito. Lindsay sentou-se na minha cama e enxugou os olhos.

— Erin, eu nunca pedi nada muito importante a você em toda a minha vida. Mas você é a minha melhor amiga. Não quer que Megan pare de fazer isso comigo?

— Quero — eu disse. — Claro que quero.

— Então faça isso por mim. Por favor. Estou te implorando. Você não pode pedir à bola para a Samantha ficar com um cara e não pedir nada para mim.

Senti minha convicção enfraquecendo tão logo olhei nos seus olhos azuis cheios de lágrimas. Pobre Lindsay. Ela não merecia passar por aquilo. E, além disso, ela estava certa. Por que todo mundo podia ficar feliz menos ela? Por que eu podia ficar andando nas nuvens por causa do beijo de Jesse enquanto fotos de Lindsay seminua circulavam pela escola? Eu era a melhor amiga dela. Se eu tinha um meio de ajudá-la, então precisava tentar. De qualquer maneira, se eu estivesse certa sobre a dica, que mal ela poderia fazer? As coisas não ficariam piores do que já estavam.

Sentei-me ao lado de Lindsay na cama e coloquei meu braço nos ombros dela.

— Está bem. O que você quer que eu pergunte à bola?

Vinte e quatro

Vi Jesse me acenando do outro lado da cafeteria e, enquanto eu andava na direção dele, notei que todo o meu corpo estava tenso e formigando e eu tinha um grande sorriso bobo na cara, do qual não conseguia me livrar, nem parcialmente, não importava o quanto me esforçasse. Mas como acontecia o mesmo com ele, eu me senti um pouquinho menos boba. Mas só um pouquinho.

— Oi — ele disse, dando-me um leve beijo na bochecha. É claro que meu rosto se transformou instantaneamente numa fornalha, e saber disso só contribuiu para deixá-lo ainda mais vermelho. Mas, *hello!*, eu tinha acabado de ser beijada *na escola*. Olhei em volta para ver se alguém tinha visto e percebi que Maya Franklin me encarava, boquiaberta. Sorri para ela, tentando não parecer muito presunçosa. (Tudo bem, talvez não tenha me esforçado muito.) Definitivamente eu nunca tinha me sentido tão bem em toda a minha vida. Com aquele beijo eu tinha passado oficialmente a pertencer à elite das garotas com namorado.

— Este lugar está ocupado? — perguntei.

Jesse estava usando jeans e uma camiseta laranja com a estampa de um mago de capa e chapéu pontudo jogando futebol. Embaixo estava escrito "Mago do Futebol". Juro, Jesse é fofo demais!

Ele sorriu para mim.

— Está. Guardei para a minha namorada.

Ai, meu Deus, ele acabou de me chamar de "minha namorada". Na minha cabeça, fiquei dando pulinhos.

— Onde está a sua turma? — ele perguntou, quando nos sentamos lado a lado.

Suspirei.

— Lindsay está escondida no banheiro, porque está envergonhada demais para vir à cafeteria hoje.

O rosto de Jesse ficou sério.

— Eu vi aquele e-mail. Ela está bem?

— Não. Está bem chateada.

— Não devia ficar — ele disse. — Todo mundo sabe que Megan é insegura e tenta se esconder por trás dessa crueldade ridícula.

— É, então fale isso para Lindsay.

Ele concordou com a cabeça.

— E Samantha?

Balancei a cabeça.

— Não sei. Não a vejo nem falo com ela desde sábado à noite. Sei que foi para casa depois do show porque liguei para a casa dela ontem à noite e a mãe dela me disse que Sam não podia atender. Mas estou ficando realmente preocupada. Ela não costuma faltar na escola.

Jesse estendeu o braço e pegou a minha mão.

— Você é uma boa amiga — ele disse.

Eu sorri para ele enquanto uma corrente elétrica percorria todo o meu corpo.

— Então hoje é a nossa última visita ao museu — eu disse, tentando mudar de assunto. Não queria falar mais sobre Lindsay ou Samantha. Tinha receio de dizer algo que não devia. — Já pensou em que pintura devemos escolher?

Jesse fez uma pausa.

— Não sei... mas acho que o período deve ser moderno. Algo pós-segunda guerra com certeza. Talvez até desta década. Acho que isso valorizaria a nossa apresentação.

Enquanto estava falando, ele olhou para a frente, como se tivesse percebido algo, e eu me virei para ver o que tinha distraído sua atenção.

Era Samantha.

Ela estava usando jeans preto, camiseta preta com mangas extralongas cobrindo quase totalmente as mãos, e um par de óculos escuros gigantescos que ocultavam quase todo o seu rosto. Se eu não a conhecesse bem, diria que estava de luto. Algo estava diferente nela, porém. Tentei descobrir o que era e então percebi: ela parecia mais baixa. Bem, tão baixa quanto uma pessoa de 1,72 de altura pode parecer. Olhei para os pés dela e vi que estava de salto baixo. Nossa! Aquilo era inédito. Samantha nunca usava salto baixo. Segundo ela dizia, faziam suas panturrilhas parecerem grossas. Senti um frio na barriga. Se Samantha estava usando salto baixo é porque alguma coisa estava errada.

— Você está bem? — perguntei. — Recebeu alguma das minhas mensagens? Eu estava preocupada com você.

Ela desabou com dramaticidade na cadeira e descansou o queixo nas mãos.

— Desculpe. Fiquei de castigo. Eles tiraram meu celular e meu laptop. Não me deixaram sair de casa ontem.

— De castigo? Por quê?

Samantha colocou os óculos na cabeça e revirou os olhos.

— Cheguei em casa no sábado às três da manhã. Minha mãe nem notou, mas Lucinda me dedurou.

— Quem é Lucinda? — Jesse perguntou.

— A governanta dela — eu expliquei. — Ela está com a família desde que Samantha nasceu.

— Ela sempre diz que me ama como uma filha — Samantha reclamou. — Percebi. Quer dizer, não é que eu apareci às três da manhã! Eu liguei para ela! Liguei e avisei que tinha pegado uma carona e que ela não precisava ir me buscar. Disse para ela ir dormir. Mas quando cheguei ela estava sentada na sala com as luzes apagadas, toda nervosa e pisando duro e me dando bronca em português. E, então, no dia seguinte contou tudo para os meus pais.

— O que vocês ficaram fazendo até às três da manhã? — perguntei, sem entender.

Ela suspirou, colocando os óculos escuros.

— Foi um pesadelo! Não quero nem tocar no assunto.

— Tá brincando, né? Você tem que me contar o que aconteceu. — Baixei a voz. — Eu *preciso* saber.

— Tá, tudo bem. Fui para casa com Aiden, como você sabe. Então, resolvemos ir para a casa dele e ele entrou pela porta da frente para que os pais soubessem que estava em casa e me disse para contornar a casa e esperá-lo em frente à janela do porão. Então esperei ali uns dez minutos, enquanto ele dava um beijo de boa-noite na mãe ou qualquer outra coisa idiota como essa e depois ele abriu a janela e me fez escalar a parede e entrar por ali. Escalar! Com botas de plataforma!

Jesse e eu trocamos olhares e ele abriu um sorriso divertido. Com os olhos, eu disse a ele, "Bem-vindo ao meu mundo!"

— Enfim, o quarto dele era ali embaixo, o que eu desconhecia completamente. Quer dizer, achei que era, tipo, um salão de jogos ou algo assim, com um sofá. Mas só o que eu sei é que em seguida estávamos na cama dele, nos beijando, e ele estava me dizendo que eu era uma gata, muito sexy, e que queria ficar comigo e sair comigo, blá, blá, blá e, então, de repente, Trance estava pulando a janela e gritando com ele.

Ai, meu Deus. Foi *realmente* um pesadelo.

— E o que aconteceu?

Ela hesitou.

— Você não pode contar a ninguém.

— Contar para quem? Eu só falo com você e Lindsay!

— Não estou falando de você. Estou falando dele.

Ela apontou para Jesse.

— Não vou contar a ninguém — ele prometeu. — Eu juro.

Ela olhou para mim para ter certeza.

— Ele não vai contar — eu insisti. — É totalmente de confiança.

Samantha roeu uma unha pintada de roxo enquanto decidia, depois olhou para Jesse.

— Preciso que me fale alguma coisa constrangedora sobre você — disse finalmente.

Jesse fez uma cara intrigada.

— Desculpe, não entendi.

— Diga algo constrangedor sobre você. Para eu poder dar o troco, caso ouse pensar em passar informações sobre mim.

Jesse olhou para mim, perplexo.

— Ela está falando sério?

— Infelizmente, está.

Jesse olhou para cima, tentando pensar em algo.

— Ok... que tal isto: eu ouço Barry Manilow de vez em quando. Na verdade, acho "Copacabana" uma música bem legal. Isso é suficientemente constrangedor para você?

Samantha e eu olhamos para ele, com os olhos arregalados, e Samantha riu.

— Nossa, vocês foram feitos um para o outro!

Jesse olhou para mim em busca de uma explicação, mas eu fiz um sinal com a mão para ele deixar pra lá.

— Esqueça — eu disse rápido, antes que Samantha pudesse explicar.

Virei-me para ela.

— Pode terminar a história agora, por favor?

— Tudo bem. Onde eu estava?

— Trance entrando pela janela, gritando com Aiden...

— Ah, certo. Enfim, Aiden começou a gritar comigo para que eu saísse do quarto dele, como se fosse ideia minha estar lá. Como se eu tivesse entrado ali contra a vontade dele. E eu disse, tipo, "Você está de brincadeira? Você não vai simplesmente passando a mão na minha..." — Ela olhou com ar de culpa para Jesse. — Desculpe.

— Não se preocupe em me escandalizar — ele disse.

Eu não consegui mais me conter. Concluí eu mesma.

— Então Trance mandou Aiden para o inferno e foi embora, certo? — perguntei, ansiosa. — E ele se desculpou com você e disse que queria ser seu namorado?

Samantha e Jesse olharam para mim como se eu estivesse louca.

— Não! — Samantha disse. — Ele me mandou embora e me disse para nunca mais falar com ele novamente, e ficou de joelhos e implorou para Trance perdoá-lo. E então eu andei mais de três quilômetros com aquelas botas idiotas até meus pés virarem uma bolha gigante e, quando não conseguia mais andar de dor, me sentei num ponto de ônibus e chamei um táxi.

Meus ombros relaxaram e eu afundei na cadeira. Minha nossa! Bem, isso explicava o salto baixo, pelo menos.

Jesse limpou a garganta e se levantou.

— Eu vou..., hã, pegar uma garrafa de água — gaguejou. — Vocês querem alguma coisa?

— Não, obrigada — agradeci.

Tentei sorrir, mas me sentia atordoada e com o estômago revirado. Ele acenou com a cabeça e olhou para mim, tentando adivinhar o que havia de errado. Quando seus olhos encontraram os meus, só consegui abrir um sorrisinho falso.

— Ok — ele disse, pouco convencido. — Já volto.

Quando ele se afastou, Samantha baixou a voz e sussurrou:

— Você pode pular a parte do "Eu te disse", mas acho que estava certa sobre a dica — ela admitiu. — Deve ser algum tipo de mecanismo de defesa, para que ninguém possa forçar você a pedir coisas contra a vontade. Lembra-se de que está escrito que as outras vozes ficarão desapontadas? Acho que significa que, se você fizer uma pergunta para outra pessoa, isso vai se voltar contra ela. Quero dizer, pense: é quase como se a bola tivesse feito exatamente o que eu tinha desejado para a Trance. Tipo, eu perguntei se ele ia largá-la para ficar comigo e virar meu namorado, e funcionou. Mas depois ele me largou para ficar com ela e agora ele é namorado dela outra vez.

Eu fechei os olhos enquanto tentava processar isso.

— Então você está dizendo que, se uma pessoa tentar me fazer usar a bola em favor dela, aquilo que ela deseja para uma terceira pessoa também vai acontecer com ela?

Samantha confirmou com a cabeça.

— Pelo menos é o que parece.

Meu coração pulou na garganta e eu empurrei a cadeira para trás com tanta força que as pernas de metal rangeram alto no chão da cafeteria.

— Tenho que ir — eu disse, freneticamente. — Tenho que encontrar Lindsay.

— Por quê? — ela perguntou. — O que está acontecendo? Erin!

Eu a ignorei enquanto andava rápido em direção à porta, mas, antes de chegar no meio da cafeteria, vi o diretor, o vice-diretor e a sra. Newman, a professora de geometria, parados na porta, procurando alguém com um ar sério e preocupado.

Eu congelei. *Ai, não. Ai, não.*

Samantha me alcançou e agarrou a parte de trás da minha blusa.

— O que está acontecendo? — perguntou. — Por que está agindo desse jeito estranho?

Não respondi. Só mantive os olhos nos três adultos parados na porta. De repente, a sra. Newman apontou para o outro lado da cafeteria e eu fiquei assistindo enquanto eles seguiam num passo determinado para lá. Samantha também os viu, como quase todo mundo, e o volume de barulho da cafeteria de repente baixou. Assistimos enquanto eles seguiram a passos largos até a extremidade do salão, diretamente para onde estava Megan Crowley.

— Ai, meu Deus — Samantha murmurou. — Você não pediu à bola...

Eu pisquei, com força, tentando não chorar enquanto confirmava com a cabeça.

Vinte e cinco

Não consegui encontrar Lindsay antes de o sinal tocar e, quando fui para a aula de física, toda a classe estava falando sobre Megan Crowley sendo escoltada da cafeteria pelo diretor, pelo vice-diretor e pela sra. Newman. Eu me sentei em silêncio na minha carteira, tentando ouvir o que as pessoas estavam dizendo.

— Ouvi dizer que eram drogas — disse Lizzie McNeal. — Alguém disse que ela estava cultivando maconha no porão há dois anos.

— Não, eu ouvi dizer que ela tinha uma sala de jogo ilegal na garagem — disse Cole Miller. — Pôquer com apostas altas. Vinte pratas a mão. E ouvi que eram Brittany Fox, Madison Duncan e Chloe Carlyle que jogavam. E que elas usavam biquínis.

— Que bobagem! — retrucou Matt Shipley. — Ela foi pega no vestiário masculino se agarrando com um jogador de basquete. Ouvi dizer que ela vai lá todo dia depois da aula.

— Bem, de qualquer maneira, ela está fora — Lizzie disse. — Vai ser suspensa. Talvez até expulsa.

Nesse instante a professora entrou na sala e todos voltaram aos seus lugares.

— Boa tarde. Peguem as lições de casa e passem-nas para a frente, por favor.

Ela pegou um pedaço de giz e se virou para o quadro.

— Hoje vamos começar uma nova unidade sobre a dualidade onda-partícula. Com base na leitura do final de semana, quem pode me dizer o que é dualidade onda-partícula.

A voz da sra. Cavanaugh soou como se estivesse há anos-luz de mim. Tudo o que eu ouvia era Samantha. *É quase como se a bola tivesse feito exatamente o que eu tinha desejado para Trance.*

Ai, meu Deus! Eu tenho que avisar Lindsay! Eu tenho que avisá-la!

Eu me abaixei e peguei um lápis na minha mochila e o telefone ao mesmo tempo, escondendo-o na manga da blusa. A sra. Cavanaugh olhou para mim e eu fiz uma grande encenação, trocando de lápis e colocando o outro na mochila. Quando ela se virou para escrever no quadro, eu deslizei o telefone para fora da manga e deixei-o sobre a coxa. Depois me debrucei sobre a carteira, assim como Samantha tinha me mostrado na cafeteria. Fingi que estava tomando notas com a mão direita e com a esquerda apertei os botões do telefone.

SOS Vc tem q deixr escol. Agor. Explic dpois.

Eu olhei para o quadro, mas a sra. Cavanaugh não estava mais lá. Meus olhos percorreram a sala, à procura dela, e eu percebi que todo mundo estava olhando para mim. Lentamente, virei a cabeça para a esquerda.

— Me dê o telefone, por favor — mandou a sra. Cavanaugh calmamente.

Eu engoli em seco e minha pele começou a ficar quente como se eu tivesse passado um dia de verão na praia sem protetor solar. Sem dizer nada, lhe passei o telefone. Ela olhou a mensagem que eu ainda não tinha acabado de mandar e depois enfiou meu telefone no bolso do suéter.

— Vejo você na detenção, depois da escola.

Quando a aula terminou, esperei todos saírem e fui até a mesa da sra. Cavanaugh. Meu coração martelava no peito, mas não sentia que ia chorar desta vez. Eu me sentia mais forte, como um criminoso já condenado.

— Pois não? — ela perguntou. Seu tom de voz era frio, como se estivesse zangada comigo.

— Eu só queria me desculpar pelo que aconteceu hoje. Sei que tinha prometido que não ia acontecer outra vez, mas era realmente uma emergência, eu juro. Não que isso seja uma desculpa ou coisa assim. Eu só queria dizer que sinto muito.

A sra. Cavanaugh franziu os lábios e olhou com desprezo para mim.

— Não, não é desculpa. Estou desapontada com você, Erin. Eu lhe dei uma chance da última vez e você não aproveitou.

— Eu sei. E realmente sinto muito. — Eu hesitei, com receio de perguntar qual era o meu castigo. Mas não tinha alternativa. — Sobre a detenção de hoje. Sei que tenho que cumprir, mas será que não poderia ser amanhã? Ou quarta? É que eu tenho uma apresentação na aula de História da Arte quarta-feira de manhã e preciso ir ao museu hoje com o meu parceiro, depois da escola, para fazer o trabalho, e essa apresentação vale 30% da nossa nota.

A sra. Cavanaugh não pareceu sensibilizada com a minha situação.

— A detenção não é aplicada quando é mais conveniente para o aluno, Erin. Seu dever de casa não é problema meu. É seu. E você deveria ter pensado nisso antes de violar as regras. Vejo você depois da escola *hoje*. Ponto final. E você terá seu telefone de volta no final da semana.

Claro, porque as coisas já não estavam suficientemente ruins.

Encontrei Jesse no corredor depois da última aula.

— Onde você esteve? — ele perguntou. — Fiquei ligando para você a tarde toda.

— A sra. Cavanaugh pegou meu telefone — eu contei. — E o pior é que ela me deu uma detenção. Para hoje.

A expressão dele desmoronou.

— Mas você não pode hoje. Falou para ela que precisamos ir ao museu?

— Ela não está nem aí. Disse que a detenção não é aplicada quando é mais conveniente para o aluno.

Jesse olhou para o teto. Pude ver que estava aborrecido comigo.

— Por que você estava mandando torpedos durante a aula? Isso é burrice!

— Eu sei. Mas, juro, era uma emergência. Eu tinha que encontrar a Lindsay. Você a viu por aí?

— Não, por quê? Você estava agindo de modo estranho hoje na hora do almoço, e depois saiu correndo sem se despedir quando eu fui pegar a água. Está zangada comigo por algum motivo?

Pude sentir meus olhos se enchendo de lágrimas. Eu queria cair nos braços dele e contar tudo, mas não podia. Em primeiro lugar, ele nunca acreditaria em mim e, em segundo, eu precisaria de horas para explicar toda a confusão em que estava metida. Horas que eu não tinha naquele momento.

— Não, não estou zangada com você. Tem que acreditar em mim, isso não tem nada a ver com você. Só preciso encontrar a Lindsay.

Comecei a andar para trás enquanto ainda falava com ele.

— Vamos ao museu amanhã, eu prometo. E, se eu tiver que ficar lá até a meia-noite fazendo a apresentação eu mesma, tudo bem. Tenho que ir agora.

Dei meia-volta e corri pelo corredor, tentando conter as lágrimas, antes que ele pudesse abrir a boca.

Eu, por fim, encontrei Lindsay no estacionamento depois da aula.

— Ai, meu Deus — ela sussurrou para mim. — Você ficou sabendo? Ela foi escoltada para fora da cafeteria. Fraudou numa prova ou coisa assim. Ouvi dizer que será expulsa.

O rosto de Lindsay estava branco como cera e ela parecia ter chorado.

— Lindsay, tenho que te contar uma coisa. É importante.

Ela olhou por cima do meu ombro como se nem tivesse me ouvido e eu percebi que suas mãos estavam tremendo.

— Pensei que seria bom — ela disse. — Pensei que eu ficaria feliz. Mas não estou feliz. Me sinto péssima.

A voz dela falhou e seus olhos se encheram d'água. O azul das íris parecia mais embaçado, quase cinza.

— Eu arruinei a vida dela. De verdade.

— Lindsay, escute. Eu falei com Samantha. Ela descobriu...

— Ei, Lindsay — disse Chris Bollmer, interrompendo-me ao se aproximar.

Ele estava usando a mesma blusa de capuz preta que sempre usava, mas parecia diferente, e depois de um segundo ou dois percebi que era porque estava sorrindo. Eu nunca tinha visto Bollmer sorrindo.

— Você ouviu sobre Megan Crowley? — ele perguntou sem nem tentar esconder o contentamento na voz. — Eu estava na sala do diretor quando eles a trouxeram. Ouvi a coisa toda. Ela estava o ano todo roubando as provas de matemática do computador da sra. Newman. Sabia a senha dela e tudo. — Ele riu. — Você deve estar bem feliz, hein?

Olhei para os olhos marejados de Lindsay e para seu rosto marcado de lágrimas e me perguntei se ele estava olhando para a mesma pessoa que eu.

— Não, Chris! — Lindsay gritou para ele. — Não estou feliz, ok? Por que você não vai beber mais um pouco do seu próprio veneno e me deixa em paz, hein?

O sorriso de Chris desapareceu e seu rosto ficou sombrio.

— Você disse que podíamos ser amigos se Megan um dia saísse da escola. E agora ela está saindo da escola, então você deveria ser minha amiga.

As palavras de Lindsay saíram altas e ríspidas, como se ela tivesse apertado a tecla Caps Lock da voz.

— Põe uma coisa na cabeça, Chris: não sou sua amiga! Não quero ser sua amiga, ok?!

Chris lhe lançou um olhar assustador, o mesmo que lançou para Megan quando ela estava caçoando deles na cafeteria.

— Você vai se arrepender de ter dito isso, Lindsay! — ele avisou.

Mas ela simplesmente ergueu as mãos, exasperada.

— Ah, tudo bem. Olhe, eu sei que você pensava que tínhamos algo em comum por causa da Megan, mas agora a Megan está saindo. Então, não temos mais nada para conversar. Agora, por favor, estou tentando ter uma conversa aqui.

Chris estreitou os olhos e enfiou as mãos nos bolsos, depois deu meia-volta e se afastou, resmungando alguma coisa que eu não consegui ouvir.

Eu olhei para Lindsay, chocada.

— Não acha que pegou pesado demais? — perguntei.

Ela olhou para mim como se eu não pudesse estar falando sério.

— Não peguei pesado! — respondeu, na defensiva. — Você não ouviu o que ele disse?

— Ele estava só tentando ser simpático com você. Não precisava ser tão agressiva.

Os olhos de Lindsay se encheram de lágrimas novamente e ela me olhou ofendida.

— Eu não fui agressiva! Deus! Não acha que já estou me sentindo mal o suficiente? Você ainda precisa ficar defendendo o Chris Bollmer?

Eu percebi que não íamos chegar a lugar nenhum, e eu ainda nem tinha contado a ela sobre o que havia acontecido com Samantha.

— Me desculpe, está bem? Eu só... Escute, isso não é importante. Eu preciso te contar uma coisa. Samantha não ficou com Aiden no sábado à noite. Quer dizer, ela ficou, mas, bem, Trance acabou aparecendo e Aiden chutou Samantha para fora da casa dele. Enfim, a questão é que eu estava certa sobre a dica. Não posso ficar pedindo coisas para outras pessoas. O feitiço acaba se virando contra o feiticeiro.

Eu engoli em seco e olhei para o chão.

— Vai se voltar contra você...

Lindsay parecia confusa.

— Como assim, se voltar contra mim?

Eu tinha um nó no estômago e estava com medo de dizer a verdade a ela. Sabia que ela ia surtar. Respirei fundo e soltei o ar.

— Tudo bem, acompanhe meu raciocínio por um segundo. Samantha disse que parece que o que ela pediu para Trance também aconteceu com ela.

— O que você quer dizer com isso?

— Quero dizer que Samantha pediu para Aiden largar Trance no show para ficar com ela e virar seu namorado.

— E?

— E o que aconteceu foi que ele largou Trance e ficou com Samantha e disse a ela que queria ser namorado dela. Mas depois ele largou Samantha para ficar com Trance e agora é namorado dela de novo. Então, como pode ver, Samantha teve o que pediu, mas depois sofreu na pele também o que desejou para a Trance.

O rosto de Lindsay ficou vermelho quando ela compreendeu.

— Então você está me dizendo que, porque eu pedi para a Megan ser expulsa da escola, eu vou ser expulsa também?

Eu fechei os olhos e confirmei com a cabeça.

— Tá brincando comigo? — ela gritou, com o Caps Lock ativado de novo. — Como pode fazer isso comigo? Isso é tudo culpa *sua*!

— Culpa *minha*?! — perguntei, ativando o Caps Lock na minha voz também. — Como pode ser culpa *minha*?! Foi você quem me obrigou a pegar a bola. Você que chorou e implorou para eu fazer a pergunta!

— Você devia ter me impedido! Sabia que eu não tinha ideia do que a dica significava! Sabia que não era certo! E fez mesmo assim! Você me tratou como uma cobaia! Como um experimento científico idiota!

Eu só fiquei olhando para ela, perplexa demais para dizer alguma coisa. Não podia acreditar que ela estava jogando toda a culpa em mim. Eu sabia que era má ideia, mas *tinha dito* isso a ela. Coloquei a mão no braço dela.

— Lindsay — eu disse, calmamente, tentando apaziguar as coisas.

Ela tirou o braço, afastando minha mão.

— Não! Não me toque!

Ela pegou a mochila e correu, deixando-me parada ali, sozinha. As lágrimas brotaram nos meus olhos novamente. Eu mal podia acreditar. Lindsay e eu éramos amigas havia 10 anos, e nunca tínhamos brigado. Nem uma vez. Primeiro a detenção, depois Jesse e agora isso. Eu olhei para o céu.

Muito obrigada, tia Kiki, pensei. *A sua bola idiota arruinou a minha vida.*

Dei meia-volta e voltei para dentro da escola, tentando me acalmar enquanto seguia para a sala de detenção.

Não ter uma vida maçante não era tão bom assim.

Vinte e seis

Lindsay não foi à escola no dia seguinte. Depois da aula, Samantha e eu nos encontramos em frente aos armários.

— Ficar de castigo é um saco! — ela reclamou. — Faz 24 horas que eu não vejo nenhuma notícia. E nunca percebi o quanto dependia da tecnologia para não ter que conversar com a minha mãe. Juro, aquela mulher está me deixando maluca. Ela fica me perguntando se eu fiz sexo com alguém no sábado à noite.

Eu estava bebendo água da garrafa e quase engasguei quando ela disse isso. Nem podia imaginar minha mãe me perguntando se eu tinha feito sexo com alguém. Não podia nem imaginar minha mãe *dizendo* a palavra sexo.

— O que você disse a ela?

— Disse que eu não me lembrava porque estava drogada demais.

Nós duas rimos.

— Agora, sério, você falou com Lindsay? — Samantha perguntou. — O que ela disse?

Eu suspirei.

— Falei com ela depois da escola ontem. Ela disse que era tudo culpa minha e que eu devia tê-la impedido e então foi embora correndo. E eu não pude ir atrás porque tinha que ir para a detenção. Que aliás foi horrível. Todo mundo lá era reincidente e ficou olhando para mim como se eu fosse de outro planeta. Eu me senti como aquela música da Vila Sésamo. *Uma dessas coisas não é como as outras...*, cantei.

— Por favor, não cante isso! — Samantha pediu, olhando em volta para ver se alguém tinha escutado. — E depois? Você ligou para ela quando chegou em casa?

— Não! — eu disse, indignada. — Ela *gritou* comigo. Numa voz Caps Lock. *Ela* é que deveria ter me ligado a noite passada.

— Vocês são tão teimosas! — ela disse, balançando a cabeça. — Você disse a Lindsay que ela ia ser expulsa da escola, meu Deus do céu! Você sabe que ela sempre desconta nos outros quando está chateada.

— Eu sei, mas você não estava lá. Não foi uma coisa normal. Ela ficou realmente louca comigo. Pensa de fato que foi culpa minha.

Samantha baixou a voz.

— Bem, não dá para consertar? Quer dizer, não pode pedir à bola para desfazer o que fez?

— Não sei.

Eu tinha pensado nisso na noite anterior. Sentei-me com a bola na mão por quase uma hora, forçando-me a perguntar. Mas eu estava apavorada. E se algo desse errado novamente? Fiquei pensando no que Lindsay tinha falado, sobre ser tratada como um experimento científico.

— Não quero fazer nada sem falar com Lindsay primeiro.

— Bem, então fale com ela. Vamos à casa dela depois da escola hoje. Eu vou com você.

— Não posso. Tenho que ir ao museu com Jesse. Nossa apresentação de História da Arte é para amanhã e eu não pude ir ontem por causa da detenção. Além disso, ele fica dizendo que estou agindo de modo estranho e acha que estou com raiva dele...

Deixei a frase inacabada porque podia sentir um nó de autopiedade se formando na minha garganta e eu não queria começar a chorar um pouco antes da primeira aula.

— Tudo virou a maior bagunça de repente.

— Tudo por causa da bola — Samantha disse, solidária.

Concordei com ela.

— É por isso que pessoas como eu não devem se aventurar para fora da caixa — eu disse, recobrando a voz. — A vida fica imprevisível demais.

Na hora do almoço, Samantha e eu nos sentamos com Jesse novamente. Mas foi diferente desta vez, sabendo que Lindsay estava furiosa comigo e que Jesse também estava chateado. Nós três almoçamos praticamente em silêncio. O clima constrangedor entre mim e Jesse tinha se instalado novamente, como quando estávamos no carro, sábado à noite, depois do show. Quando nos encontramos na cafeteria, não houve beijo na bochecha como no dia anterior.

Algumas mesas à frente, Brittany Fox, Madison Duncan e Chloe Carlyle estavam sentadas juntas, com a expressão séria. Eu me perguntei se elas estavam chateadas porque Megan tinha sido expulsa da escola. Ou se nesse exato momento estavam tentando decidir qual das três ia ser a líder, agora que Megan não estava mais entre elas.

— O que está pensando agora? — perguntou Jesse de repente.

Olhei para ele, surpresa com o som da sua voz, e vi no rosto dele que estava tentando fazer as coisas voltarem ao normal entre nós novamente. Dei um sorriso encabulado e fiz um sinal com o polegar na direção das amigas de Megan.

— Só estava me perguntando qual delas vai ser a nova Megan.

Jesse e Samantha se viraram nas cadeiras.

— Vinte pratas que é a Brittany — apostou Samantha.

Jesse discordou com a cabeça.

— Não sei. Aposto mais na Madison. Brittany é a escolha mais óbvia, mas eu gosto de apostar no azarão.

Samantha riu, então se debruçou sobre a mesa com um ar conspiratório.

— Ouvi dizer que a Megan está negando tudo. Disse que nunca pôs a mão no computador da sra. Newman. Mas, aparentemente, a professora tem provas de que a Megan passou as provas por e-mail para um endereço que era para ser anônimo, mas ela conseguiu rastrear. Por acaso, era a mesma conta que a Megan usou para mandar a foto de Lindsay para todo mundo.

Os olhos de Jesse se arregalaram.

— Como você sabe disso?! — ele perguntou, surpreso.

Samantha deu um sorriso, satisfeita por ter impressionado mais alguém com a sua capacidade de contar fofocas em primeira mão.

— Ela é uma ninja para obter informações — eu disse a ele.

— É verdade — ela confirmou. — E querem saber o que mais? Ouvi que Megan está com algum tipo de reação alérgica por causa de todo esse stress, e o rosto dela está todo empipocado.

Jesse balançou a cabeça, maravilhado.

— Impressionante! — declarou. — Se ao menos você pudesse aplicar esse talento em alguma coisa útil!

— Eu sei... — ela lamentou. — As pessoas vivem me dizendo isso.

Quando terminamos de almoçar, Jesse e eu conseguimos um tempo só para nós dois do lado de fora da cafeteria.

— Algum problema? — ele perguntou. — Porque sinto como se tivesse uma certa tensão entre nós ou coisa assim.

— Eu sei. Desculpe. Só estou chateada porque Lindsay e eu brigamos e porque peguei uma detenção e ainda não redigi minha dissertação para a viagem à Itália e temos que fazer nossa apresentação e me sinto estressada demais. Mas não é você, eu juro. Você é a única coisa boa na minha vida neste momento.

Ele sorriu e pequenas ruguinhas apareceram nos cantos dos olhos dele, mas só por um instante. Lembrei-me dos olhos do meu pai e me perguntei se a minha mãe também costumava sentir frio na barriga toda vez que meu pai olhava para ela, assim como eu sempre me sentia quando Jesse olhava para mim.

— Só relaxe — ele disse, descansando a mão no passante do meu jeans, um pouco acima do meu quadril direito. — Tudo vai dar certo.

Ele se abaixou e me deu um beijo suave na testa.

— Tenho dentista depois da escola hoje, mas passo na sua casa às três e meia para irmos ao museu. E depois estou pensando que podíamos comer uma pizza e preparar nossa apresentação. O que acha? Está bom assim?

— Está ótimo!

Depois da escola, liguei para o celular da Lindsay. Ela não atendeu e eu deixei uma mensagem.

"Lindsay, sou eu. Escute, eu sinto muito sobre ontem. Sei que você estava assustada, mas por favor não fique furiosa comigo. Estive pensando, talvez possamos pedir à bola para desfazer tudo. Talvez funcione. Mas não quero fazer nada sem falar com você primeiro. Eu sei que você não é um experimento científico. Você é...você. Então me ligue, ok?"

Quando desliguei, olhei no espelho de corpo inteiro do meu armário e examinei minha aparência.

Eu estava usando jeans velhos e uma camiseta mais velha ainda, e meu cabelo comprido castanho e sem graça estava colado à minha cabeça, fazendo com que eu ficasse parecida com um Cocker Spaniel, exceto que os Cocker Spaniels são engraçadinhos e eu... nossa.

Até eu sabia que aquele não era um jeito aceitável de se encontrar com o namorado, mesmo que fosse só para ir ao museu de arte e comer uma pizza.

Abri o meu armário e troquei de roupa umas dez ou doze vezes, até finalmente optar por um legging preto, um top branco e um camisetão cinza com decote V que Samantha tinha esquecido da última vez em que passara a noite em casa. Calcei sapatilhas cinza e coloquei no pescoço um longo colar prateado para completar o visual, depois passei uns cinco minutos desfiando um pouco o cabelo do alto da cabeça. Passei *gloss* transparente nos lábios e um pouquinho de blush nas bochechas, depois me afastei um pouco do espelho para avaliar o resultado.

Nada mal, pensei. Samantha definitivamente aprovaria.

O telefone tocou e dei uma olhada no relógio: três e dezessete. Olhei para o visor do identificador de chamadas: era Lindsay. Graças a Deus.

— Oi! Onde você foi hoje? Sentimos sua falta.

— Erin, não é Lindsay. É a Carol.

Nossa! Por que a mãe da Lindsay estaria me ligando?

— Desculpe — eu disse rapidamente. — Vi o identificador de chamadas e achei que era ela.

— Então ela não está com você? — ela perguntou. Eu podia sentir a preocupação em sua voz.

— Não. Por quê? O que aconteceu?

— Eu não sei. Estava com esperança que você me dissesse. Não sei onde ela está. Ela saiu esta manhã para ir à escola, mas então a secretária de lá me ligou à tarde e disse que a Lindsay não tinha aparecido. E disse que ela está numa baita encrenca, e que o diretor quer ver nós duas amanhã cedo. Ela não me disse por quê. Você sabe alguma coisa sobre isso? — A sua voz falhou. — Não vou dar bronca nela, seja o que for. Só quero ter certeza de que ela está bem. Você sabe onde ela está?

Meu coração começou a bater loucamente. Estava acontecendo! Estava realmente acontecendo! Eu olhei de relance a bola, pousada inocentemente na minha escrivaninha. Eu devia ter pedido a ela para desfazer tudo no dia anterior, antes que fosse tarde demais.

— Não sei o que está acontecendo — menti. — Mas acho que sei onde ela está. Mas, ouça, sra. Altman, deixe-me encontrá-la, ok? Prometo que ligarei assim que estiver com ela.

— Tem certeza? Eu posso levar você de carro, se for mais rápido.

— Não. Na verdade é melhor que eu vá sozinha.

Desliguei o telefone e consultei o relógio outra vez. Três e trinta e um. Droga! Peguei o telefone e disquei o número do celular do Jesse. Vamos, vamos, atenda.

"Oi, aqui é o Jesse. Espere pelo..."

Droga!

"Jesse, sou eu", disse depois do bipe. "Ouça, houve uma pequena emergência e eu vou ter que me atrasar alguns minutos, mas me encontro com você no museu. Desculpe." Desliguei, enfiei a bola rapidamente dentro da mochila e desci correndo as escadas. Minha mãe estava sentada à mesa da cozinha, cercada de livros de direito, como sempre fazia desde a morte da minha tia.

— Vou na casa da Samantha — eu disse a ela. — Não me espere para jantar, porque tenho que fazer um trabalho. Te amo, tchau!

Saí pela porta e peguei minha bicicleta antes que ela tivesse a chance de levantar os olhos dos livros.

Quando cheguei à casa de Samantha, eu estava suada e com o cabelo úmido e frisado em torno do rosto. Parei diante da imponente porta dupla de madeira e toquei a campainha, impaciente. Depois de dois segundos, toquei novamente e, em seguida, uma terceira vez. Finalmente, Lucinda abriu a porta, esbaforida.

— Erin! — ela gritou, exasperada. — Por que tocou tanto a campainha? Sabe que esta casa é grande e minhas pernas são curtas. Demoro para chegar à porta.

— Desculpe — eu disse. — Posso falar com Samantha?

Lucinda ergueu uma sobrancelha para mim, assim como Samantha costumava fazer. Fiquei me perguntando se ela tinha aprendido com Samantha ou se Samantha tinha aprendido com ela.

— Samantha está no quarto dela. E está de castigo, você sabe.

Arregalei os olhos, inocente.

— Ela não falou sobre o trabalho da escola?

Lucinda me olhou, cheia de suspeita.

— Que trabalho da escola? — perguntou com seu acentuado sotaque brasileiro.

— Temos um trabalho de inglês para amanhã. Precisamos ir à biblioteca hoje.

Ela pensou um minuto, depois concordou.

— Se fosse outra pessoa eu não acreditava, mas conheço você e sei que é uma boa menina. Aposto que não chega em casa às três da manhã e quase mata a sua mãe de susto. — Ela se virou e gritou no pé da escada. — Samantha! Erin está aqui para o trabalho da escola!

Ouvi passos no andar de cima e então Samantha apareceu no alto da escada.

— O trabalho! Ah, claaaro! — ela disse, enquanto descia os degraus. — Desculpe, pensei que era amanhã. Mas posso ir agora. Sem problema. Não tenho mais nada para fazer, né, Lucinda?

Lucinda apontou o dedo para ela.

— Não é culpa minha, senhorita. Você é que chegou em casa de madrugada, não eu.

Samantha soprou um beijo para ela.

— Até mais tarde, Lucinda! — gritou enquanto saíamos pela porta da frente.

Do lado de fora, Samantha estreitou os olhos para mim.

— Essa camiseta não é minha? — perguntou.

— Não acabei de livrar você do seu castigo? — rebati.

— É verdade — admitiu, olhando-me de cima a baixo. — Mas eu a quero de volta. Ela é uma graça.

Samantha esfregou as mãos, animada.

— Então, aonde vamos? Pensei que você fosse encontrar Jesse no museu.

— Eu vou — disse, esperançosa. — Mas primeiro temos que fazer uma parada na Boa e Velha Loja de Artigos Metafísicos.

Ela ergueu uma sobrancelha.

— Sério? Por quê?

Contei a ela sobre o telefonema da mãe de Lindsay e ela assentiu, compreensiva, com a cabeça.

— Vamos, pegue sua bicicleta — eu disse, num tom urgente.

— Nada disso! — discordou. Ela abriu a bolsa e tirou dali um conjunto de chaves. — Vamos de carro.

Olhei para ela.

— Mas você não tem carta — lembrei-a.

— Na verdade, tenho. Já tirei faz três meses. Só não contei a ninguém porque não queria que o Aiden parasse de me dar carona para a escola. Mas são águas passadas, portanto... — Ela apertou um botão no chaveiro e uma das portas automáticas da garagem para três carros se abriu, revelando uma BMW conversível vermelha, com bancos de couro branco.

— Você deve estar de brincadeira! — exclamei, sem acreditar. — Não dirige *isto* por causa do *Aiden*?!

Samantha deu de ombros.

— O que eu posso fazer? Eu estava sob os efeitos da hipnose do amor...

Abri a porta do passageiro e entrei, sentindo o cheiro forte dos bancos de couro novos.

— Bem, graças a Deus você acordou!

Vinte e sete

— Você já sabe que não vai chegar a tempo no museu, né? — Samantha perguntou.

Estávamos avançando lentamente pela estrada principal da cidade, onde uma longa fila de carros esperava para passar por um canteiro de obras ao lado da pista, no qual trabalhavam febrilmente para consertar uma tubulação de água rompida.

— Eu sei. É um pesadelo.

Instintivamente, estendi o braço para pegar meu celular na mochila, gemendo, exasperada, ao lembrar que a sra. Cavanaugh ainda ficaria com ele até sexta-feira.

— Pode me emprestar seu celular? Tenho que ligar para Jesse. Ele vai querer me matar.

Mas Samantha sacudiu a cabeça.

— Estou de castigo, lembra? Nada de celular.

Ai, meu Deus! Eu me senti desligada de tudo, como um recém-nascido cujo cordão umbilical tinha acabado de ser cortado. Joguei as mãos para o alto, em sinal de frustração.

— Como os nossos pais conseguiram fazer o ensino médio sem um celular?!

— Sei lá. Dá para acreditar? É tão primitivo! Quer dizer, quando combinavam um programa com os amigos, eles tinham que segui-lo à risca para que não pensassem que não eram confiáveis.

Ela me cutucou com o cotovelo, com a outra mão no volante, e me deu um sorrisinho malicioso.

— Acho que é isso que o Jesse vai pensar de você...

— Obrigada! Ajudou muito!

O tráfego estava fazendo eu me sentir enjaulada e em pânico, e eu estava tentando me concentrar em inspirar pelo nariz e soltar pela boca, assim como a professora de educação física tinha nos ensinado nas aulas de yoga do semestre anterior. Mas os alarmes dentro da minha cabeça não pareciam querer desligar nem responder ao fluxo maior de oxigênio.

— Você não entende — eu disse a Samantha. — Não é apenas Jesse. A nossa apresentação é *amanhã*. Se eu não fizer o trabalho hoje à noite, nunca vou conseguir um A-, e eu tenho que conseguir um A- ou minha média não vai ser alta o suficiente para eu me qualificar para a viagem à Itália.

Samantha deu de ombros.

— Então tire um A- você mesma — ela disse, como se aquilo não fosse nada.

— Você ouviu o que eu acabei de dizer? — falei gesticulando, como se estivesse falando por linguagem de sinais. — Não posso tirar um A- se não fizer a apresentação.

— Pode, sim. — Ela deu uma olhada para a minha mochila, que estava no assoalho do carro, entre os meus pés, e de repente eu entendi o que estava querendo dizer.

Um sorriso apareceu lentamente nos meus lábios.

— Você é um gênio!

Samantha suspirou, como se já tivesse ouvido aquilo um milhão de vezes.

— Eu sei, e algum dia o mundo também saberá.

Abri o zíper da mochila e tirei a bola de lá, dando uma leve sacudida nela. Respirei fundo, expirei lentamente e então olhei para o visor da bola.

— "Eu vou tirar um A- na minha apresentação de História da Arte amanhã, mesmo sem fazer o trabalho esta noite?"

Pressionei os lábios enquanto esperava a resposta aparecer no líquido cor-de-rosa cintilante.

"É inevitável."

Dei um beijo estalado na bola. Samantha olhou para mim e me deu aquele famoso olhar com a sobrancelha erguida.

— Parece que tudo está perdoado — ela disse.

— Talvez.

Apontei o dedo indicador para a bola, imitando Lucinda, com seu forte sotaque.

— Mas apronte mais uma vez, senhorita, e vai para o castigo!

Nós duas rimos e, por fim, a fila de carros começou a andar na nossa frente, como um bolo de sujeira sendo empurrado para dentro de um ralo entupido.

Samantha e eu entramos na loja de artigos metafísicos ao som dos sininhos da porta. O lugar estava deserto (o que não era nenhuma surpresa). As paredes eram cobertas de estantes de madeira escura abarrotadas de livros esotéricos e de autoajuda e, espalhadas pela loja, havia mesas cheias de bolas de cristal (de verdade), baralhos de tarô, velas, varetas de incenso, essências de aromaterapia, poções, máscaras primitivas de madeira, estatuetas e bonecas... incluindo uma que se parecia com a boneca de vodu da Megan Crowley que Lindsay havia comprado. Nos fundos da loja, perto do balcão, havia prateleiras com vários tipos de pedras, cristais e joias diferentes, cada uma com uma etiqueta informando suas várias propriedades físicas e espirituais.

Balancei a cabeça, em desaprovação. Eu me sentia como se estivesse entrando num daqueles jogos virtuais, tipo Weirdville.

— Oláááá!! — chamei. — Tem alguém aqui?

Tentei ver através da porta atrás do balcão, mas havia uma longa cortina de contas bloqueando a visão do cômodo nos fundos. Olhei para Samantha e dei de ombros.

— Talvez a vendedora esteja no banheiro — sugeri.

Demos uma volta pela loja, olhando tudo.

— Dê uma olhada nisso — zombei, enquanto lia uma etiqueta sob uma pedra chamada eudialita. — "Promove energias de ondas sonoras para ajudar na clariaudiência; um diapasão de transmissões. Ativa o quarto chakra, combate o ciúme."

Samantha foi até onde eu estava.

— Uau, veja esta! — ela disse, pegando um cristal azul-claro. — É uma cianita. Ela abre o chakra do terceiro olho e da garganta.

Ela deu um passo para trás, abriu os braços, fechou os olhos e inclinou a cabeça para trás, equilibrando o cristal no meio da testa.

— Diga, os meus chakras parecem abertos para você?

Eu ri enquanto ela devolvia o cristal à prateleira.

— Eu queria só saber uma coisa — ela disse. — Onde será que eles deixam o olho de salamandra?

Uma voz familiar soou atrás de nós:

— O olho de salamandra está num armário trancado à chave atrás do balcão.

Viramos para trás e ali, bem na nossa frente, estava Roni, a melhor amiga da minha tia Kiki.

— Você deve imaginar como é difícil consegui-lo e não queremos que ninguém o roube — ela acrescentou com um sorriso.

— O que você está fazendo...? Como foi que.... — Eu estava tão surpresa de vê-la ali que não conseguia completar uma frase.

Samantha ficou olhando para mim, com uma expressão perplexa.

— *Vocês* se conhecem? — ela perguntou.

Eu confirmei com a cabeça, ainda abalada demais com o choque para falar.

— Sou Veronica — Roni disse, estendendo a mão para Samantha.

Por fim, minha voz voltou à garganta.

— *Você* é Veronica? Pensei que seu nome era Roni.

— Meus amigos me chamam de Roni. Mas, na loja, eu sou Veronica. Soa mais... *metafísico*...

Eu não sabia se ela estava de gozação comigo ao enfatizar a última palavra. Não podia acreditar. Eu zombava de Veronica para a Lindsay há quase um ano e o tempo todo ela era a melhor amiga da minha própria tia.

— Então você conhece Lindsay — eu disse. — Você sabia que ela é a minha melhor amiga?

Veronica/Roni assentiu.

— Não a princípio, mas quando ela passou a frequentar a loja e a se abrir comigo, adivinhei. Lindsay não sabe, é claro, mas Kate ficou eufórica ao saber. Ela costumava cavar informações sobre você o tempo todo. Kate, quero dizer.

— Ela fazia isso? — Senti uma pontada de tristeza quando ela mencionou o nome de Kiki. Se ela queria tanto saber sobre mim, por que não me telefonava simplesmente?

— Só um minuto — interveio Samantha. — Sinto interromper a reuniãozinha de vocês, mas viemos aqui procurar pela Lindsay. Você a viu?

Veronica/Roni apontou para a cortina atrás do balcão no exato momento em que Linday saía de trás dela.

— Estou aqui. — O rosto dela estava vermelho e ela parecia deprimida.

— Ai, graças a Deus! — eu disse, tão aliviada por vê-la que quase desatei a chorar.

— Sinto muito — ela disse, correndo na minha direção e me dando um abraço. — Eu não quis dizer aquilo ontem. Só estava muito aborrecida.

— Eu sei — disse, abraçando-a também. — Está tudo bem. Mas a sua mãe está morta de preocupação. Você precisa dizer a ela que está tudo bem.

— Acabei de falar com ela. Ela me disse que ligaram do gabinete do diretor. Disseram que estou encrencada. É a bola se voltando contra mim, não é? Você acha que vão me expulsar da escola por ter cabulado aula hoje?

Samantha bufou.

— De jeito nenhum. Eu cabulo aula o tempo todo. Tudo o que eles fazem é ligar para os meus pais e então minha mãe promete que vai comprar um placar novo para a quadra de futebol ou coisa assim e tudo fica bem. Não fazem nada demais.

Estávamos todos olhando para Samantha, sem saber realmente o que dizer, e então ela piscou, percebendo o que tinha acabado de falar.

— Mas, sério, conheço outras pessoas que cabulam aula e o pior que acontece a elas é pegar alguns dias de detenção. Para ser expulsa, você precisa fazer uma coisa muito pior do que isso.

— Lindsay me disse o que aconteceu — interrompeu Veronica/Roni. — Com a bola.

— Pois é. E podemos consertar? — perguntei, ansiosa.

— Acho que sim — Roni respondeu. Lindsay e eu fechamos os olhos e respiramos aliviadas. — Mas talvez vocês precisem fazer mais de uma pergunta. Quantas sobraram?

— Quantas sobraram? — Olhei para Lindsay para ver se ela sabia do que Roni estava falando, mas ela fez cara de quem diz "Não olhe para mim".

— Vocês não descobriram o que significava a dica? — Roni perguntou, surpresa.

— Descobrimos o significado de todas as dicas. Ou quase. A única coisa que não adivinhamos foi a parte do número. Simplesmente não entendi o que significava.

— Significa que você só recebe oito respostas "sim" — Roni explicou. — *Deixe que os planetas o guiem até o número*. São oito planetas. Nossa, e Kate pensou que essa era a dica mais óbvia!

Claro, gemi.

— Como pude não adivinhar?

— É meio irônico, né? — indagou Samantha, rindo. — Quer dizer, se você é assim tão boa em matemática, como não entendeu justamente essa dica?

Lindsay fulminou Samantha com os olhos e o sorriso desapareceu do rosto dela.

— Então, quantas perguntas você fez? — Lindsay quis saber.

— Não sei. Não percebi que havia um limite. Eu não estava contando. — Comecei a contar nos dedos as perguntas que tinham se realizado.

— Vejamos, primeiro foi a do Spencer Ridgely, depois aquela sobre o meu trabalho de inglês...

— Os seus peitos... — Samantha acrescentou.

— Meus peitos — repeti evitando o olhar de Roni, enquanto esticava mais um dedo no ar.

— E depois? — perguntou Lindsay. — A pergunta de Samantha sobre Aiden?

— *Humm*, na verdade, teve uma que eu não contei a vocês. Uma sobre o Jesse me convidar para sair.

O queixo de Samantha caiu.

— O show?! Aquilo foi a bola?

Eu confirmei com um olhar constrangido e Samantha me olhou com cara de quem não acreditava que eu não tinha lhe contado.

— Tudo bem — Lindsay interrompeu, impaciente. — Não vamos perder a conta. Então teve a do Jesse e depois a do Aiden — ela disse, estendendo cinco dedos no ar.

— Depois mais uma sobre Jesse — Samantha me lembrou. — Algo sobre um beijo e um corpo sarado.

Eu corei com o olhar de Veronica/Roni sobre mim, com as sobrancelhas erguidas.

— Foram seis — Lindsay contou. — E depois teve aquela que eu fiz sobre a Megan. Foram sete. — Ela respirou aliviada. — Ufa! Ainda sobrou uma.

Olhei para Samantha com um ar culpado e ela olhou para Lindsay, dando a entender que era melhor eu contar logo.

— Na verdade, teve mais uma — confessei.

O rosto de Lindsay endureceu.

— O quê? Qual?

— Bem, sabe, eu tinha que ir ao museu com Jesse hoje, mas furei com ele para vir para cá. Acontece que minha apresentação para a aula de História da Arte é amanhã e, como não fui ao museu não ia conseguir tirar uma boa nota e, se não tirar uma boa nota, não posso ir para a viagem à Itália... então, quando estávamos no carro perguntei à bola se eu tiraria um A- na minha apresentação amanhã.

A viagem à Itália!, pensei arrependida. *Não cheguei nem a perguntar sobre a viagem à Itália.*

Lindsay piscou várias vezes.

— Sinto muito — murmurei. — Não sabia que era a última pergunta. Nunca teria perguntado se soubesse.

Lindsay sacudiu a cabeça.

— Eu sei — falou em voz baixa. — Não é culpa sua. É só que agora não há mais como consertar as coisas. Vou ser expulsa da escola de qualquer jeito. E nem sei o que foi que eu fiz.

Roni colocou as mãos nos quadris e olhou para mim.

— Sabe de uma coisa?

Estreitei os olhos para ela. Era tudo culpa dela. Se ela pelo menos tivesse falado comigo quando telefonei e respondido às minhas perguntas, nada disso estaria acontecendo.

— Não — eu disse, com a voz se avolumando de raiva. — Eu não sei de uma coisa. Mas vou lhe dizer o que eu sei. Sei que a vida da minha melhor amiga está uma bagunça por minha causa. Sei que o primeiro namorado que já tive na vida vai romper comigo porque eu furei com ele. Sei que perdi a chance de fazer à bola a única pergunta que me interessava. Além disso, minha mãe está um caco e minha tia ficou um ano sem falar comigo e depois me deixou uma bola idiota que arruinou completamente a minha vida. Mas fora isso, não, Roni, ou Veronica, ou seja lá qual for o seu nome... Eu não sei *de uma coisa.*

Roni assentiu com a cabeça, com um ar de quem entendia, e seus olhos fitaram o vazio.

— Acho que você está pronta — ela sussurrou.

Vinte e oito

Havia um cômodo surpreendentemente grande nos fundos da loja, decorado como uma aconchegante sala de estar. Um sofá forrado de veludo roxo e várias almofadas de pelúcia confortáveis, uma mesa de madeira escura com algumas cadeiras em volta e, no assoalho, um imenso tapete felpudo que dava a impressão de que estávamos pisando em bolas de algodão. Roni explicou que havia com frequência médiuns, tarólogos e quiromantes na loja, e às vezes eles também faziam palestras e noites de autógrafo ali atrás.

Ela disse para eu me sentar no sofá e depois desapareceu dentro de um pequeno escritório. Quando voltou, segurava na mão dois envelopes, junto com uma caixinha de laca preta, marchetada com madrepérola. Num dos envelopes estava escrito o meu nome e no outro, o nome de minha mãe. Ambos com a caligrafia de Kiki.

— O que é isso? — perguntei.

— As cinzas de Kiki — ela disse, apontando para a caixa. — Bem, metade das cinzas. Eu fiquei com a outra metade. Elas são para a sua mãe. Kate queria que eu me sentasse com ela e explicasse tudo, mas ela estava tão agitada no funeral que eu sabia que não iria ouvir. Ela me ligou algumas vezes, mas tudo o que fazia era gritar e ameaçar me processar, e não houve como me comunicar com ela.

Suspirei.

— Minha mãe pode ser bem difícil às vezes.

Roni sorriu.

— Percebi. Enfim, vou simplesmente lhe dar as cinzas e você pode dar a ela. Não é o que a sua tia queria, mas não posso mais suportar essa energia negativa. Ela está realmente mexendo com o meu *chi*.

— E isto aqui? — perguntei, mostrando o envelope com o meu nome.

— É para você — ela disse. — Vamos, leia.

Abri o envelope cuidadosamente e tirei de dentro três folhas de papel pautadas, todas cobertas com a caligrafia de Kiki. Mal passei do "Querida Erin", senti um nó na garganta.

Querida Erin,

Se estiver lendo isto, bem, é porque já parti e você descobriu como usar a Bola de Cristal Cor-de-Rosa que eu lhe deixei. Então, quero cumprimentá-la! (pela segunda parte, não pela primeira!) Deixe-me primeiro dizer que sinto muito por não ter tido a chance de vê-la e falar com você neste último ano. Nunca tive filhos, mas não tenho dúvida de que amei você como teria amado uma filha. Por isso ficar longe de você foi uma das coisas mais difíceis que já fiz na vida. Espero que, depois de ler esta carta, você compreenda que foi necessário.

Erin, recebi um ano atrás o diagnóstico de um tipo raro de câncer. Consultei os melhores especialistas e todos eles me disseram que eu tinha de seis meses a um ano de vida. Tentei fazer vários tratamentos recomendados pela comunidade médica holística, mas nenhum deles foi forte o suficiente para impedir que os tumores se espalhassem. Eu poderia ter feito rádio e quimioterapia, mas os efeitos colaterais seriam desagradáveis e debilitantes, e não havia nenhuma garantia de que funcionariam ou que prolongariam a minha vida por um tempo significativo. Então optei por não fazer os tratamentos tradicionais e decidi que passaria o tempo que restava da minha vida da maneira mais plena possível, e morreria naturalmente.

Erin, só não contei a você porque sabia que a sua mãe nunca aceitaria. A mente dela é muito racional, muito lógica, muito diferente da minha. Como médica, ela insistiria para que eu tentasse todas as opções possíveis e eu não queria passar os dias preciosos que me restavam discutindo com ela. Pensei em contar a você e pedir que não contasse a ela sobre a minha doença, mas não achei justo colocá-la nessa situação. Em vez disso, fiz a escolha impossível de cortar relações com vocês.

Alguns dos melhores dias da minha vida, Erin, passei com você na varanda de casa, resolvendo palavras cruzadas. Mas havia muitas outras coisas que eu queria lhe ensinar sobre a vida, e é por isso que escolhi você para deixar a Bola de Cristal Cor-de-Rosa.

Eu queria abrir os seus olhos para o mundo da maneira como eu o via. Cheio de possibilidades e oportunidades, voltas e reviravoltas; nem tudo se apresenta em pequenos compartimentos, da maneira como a sua mãe vê. Não me leve a mal: eu amo a sua mãe. Ela é minha irmã e um pedaço do meu coração sempre pertenceu e sempre pertencerá a ela. Mas sinto como se ela estivesse perdendo uma grande parte da vida porque não consegue ver além desses pequenos compartimentos. Seria lamentável se o mesmo acontecesse a você.

Mas você tem uma mente lógica também. Eu sabia que, se eu deixasse uma explicação e um conjunto claro de instruções sobre como usar a bola, você daria risada das esquisitices da sua louca tia Eskikisita (sim, eu sabia do apelido que o seu pai me deu). Então escrevi as dicas para você, sabendo que não conseguiria resistir a um bom enigma e sabendo que, quando você visse seus desejos realizados, poderia começar a acreditar.

Espero que, ao usar a bola, você tenha conseguido coisas que realmente queria, e também espero que tenha aprontado uma boa confusão. Porque se existe algo que eu gostaria que você descobrisse com essa experiência é que a vida é melhor e mais interessante quando é uma confusão. Lembre-se sempre disso, Erin. Vai ajudá-la muito, eu prometo.

Amo você mais do que qualquer outra pessoa e lamento profundamente tê-la feito sofrer neste último ano. Espero que possa me entender e me perdoar, e saiba que, esteja onde estiver no pós-vida, eu estarei sempre olhando por você.

Com amor,

Tia Kiki

As lágrimas rolavam pelas minhas faces quando acabei de ler.

Roni sentou-se ao meu lado e me passou uma caixa de lenços de papel. Notei que ela estava chorando também. Colocou os braços à minha volta e me puxou mais para perto, e eu não tentei impedi-la.

Só saber que ela era a melhor amiga da minha tia, e que ela também sofria como eu, era estranhamente reconfortante, num certo sentido. Ficamos ali sentadas juntas por alguns minutos, enquanto ambas davam vazão às lágrimas, e depois, por fim, Roni se virou para me olhar.

— Ela pediu à bola para morrer naquele descampado — contou-me. — Foi sua última pergunta.

Então era isso que ela estava fazendo no meio de uma tempestade. Tentei imaginar Kiki segurando a bola e perguntando se seria eletrocutada por um raio.

— Mas por quê? — perguntei.

Roni deu de ombros. Enrodilhada no sofá, ela parecia pequena e frágil, e de repente percebi que ela devia estar lá também, assim como Samantha e Lindsay estavam comigo quando eu fiz a maioria das minhas perguntas. Revi a cena na minha cabeça, imaginando Roni chorando, sentada ao lado de Kiki, imaginando a discussão que devem ter tido sobre isso. Pude imaginar Roni argumentando e implorando para que ela não pedisse à bola para pôr fim à sua vida e pude imaginar Kiki, teimosa como sempre, dizendo que nada do que ela dissesse iria fazê-la mudar de ideia. Pobre Roni. Tentei imaginar como eu me sentiria se perdesse Samantha ou Lindsay e só o pensamento me fez estremecer.

— Ela sabia que seu fim estava próximo e não queria ser um peso para ninguém. Não que teria sido. Mas ela não queria sofrer. E isso foi mais fácil do que tomar um frasco de comprimidos para dormir ou enfiar a cabeça no forno.

Ela olhou para mim, com um olhar culpado.

— Desculpe. Não tive intenção de ser insensível.

— Tudo bem — tranquilizei-a. — Posso aguentar.

Nesse instante, a cabeça de Samantha apareceu através da cortina.

— Desculpe interromper, mas está ficando meio entediante aqui. Quer dizer, há muita coisa para eu me divertir, mas agora já está começando a perder a graça.

Sorri para ela, apreciando mais do que nunca o humor sarcástico e insensível da minha grande amiga e seu talento para saber a hora exata de interromper uma conversa. Porque, para ser bem sincera, eu não tinha certeza se aguentaria aquela conversa por muito mais tempo.

— Tudo bem — eu disse. — Já tínhamos acabado mesmo.

Tão logo disse isso, a cabeça de Lindsay apareceu também no vão da porta.

— Até que enfim! — ela acrescentou.

Não pude deixar de rir. Eu tinha muita sorte de tê-la também. Mesmo com todo aquele drama e tantos cristais de cura e bonecas de vodu, não trocaria minha melhor amiga por ninguém. Ninguém.

Lindsay olhou para Roni, que chorava, e para a carta na minha mão e a caixa sobre a mesa. Uma centelha de preocupação apareceu em seus olhos.

— Vocês duas estão bem? — perguntou.

Olhei para Roni, sem saber direito o que responder. Mas ela sorriu para mim e, de algum modo, eu podia dizer que ela estava pensando que Lindsay e eu éramos grandes amigas.

— Sim — ela disse, colocando a mão sobre a minha. — Estamos bem.

Lindsay assentiu.

— Que bom — disse meio hesitante, depois finalmente perguntou o que estava louca para saber. — Vocês por acaso não conversaram sobre como vão me impedir de ser expulsa amanhã, conversaram?

Eu me virei para Roni.

— Tem certeza de que eu só tenho oito perguntas? — perguntei. — Quer dizer, não existe um jeito de eu conseguir apenas mais uma?

Ela balançou a cabeça.

— Oito é o limite. Mas, ouça, você deve se lembrar de que a bola é só um instrumento. Ela não controla o seu destino. *Você* controla.

Tão logo ouvi a palavra "destino", a imagem de um homem sendo devorado por uma águia gigantesca atravessou a minha mente.

— Como Prometeu — disse, distraída. Não foi isso que Jesse disse? *Prometeu representa o triunfo do espírito humano sobre aqueles que queriam reprimi-lo.*

De repente, tive uma ideia.

— Samantha, você disse que a bola fez a você exatamente o que aconteceu a Trance, certo?

— Certo, por quê?

— Bem, então talvez a mesma coisa vá acontecer a Lindsay. Talvez Lindsay vá ser expulsa da escola por roubar testes, assim como Megan foi.

— Mas eu não roubei teste nenhum! — Lindsay retrucou.

— Eu sei. Mas estou começando a pensar que Megan também não.

As duas olharam para mim com um olhar intrigado.

— Olhem, todas as coisas que aconteceram tinham uma explicação lógica. Meus peitos cresceram por causa da reação alérgica aos bolinhos chineses. Jesse me convidou para sair porque passamos bons momentos juntos no museu. Aiden largou Trance porque Samantha tinha um passe extra para os bastidores do Flamingo Kids. E Spencer Ridgely disse que eu era *smexy* por causa da saia curta que eu estava usando.

— Não — Samantha disse, sacudindo veementemente a cabeça. — Eu uso saia curta o tempo todo e Spencer Ridgely nunca disse nada a meu respeito. Desculpe, mas isso foi apenas a boa e velha magia em ação.

Tive que sorrir.

— Você nunca vai se conformar com isso, vai?

— Não. Nunca.

Revirei os olhos para ela, de brincadeira.

— Tudo bem, que seja. O que estou querendo dizer é que tudo o que aconteceu pode ser explicado.

Samantha concordou com a cabeça, captando a minha ideia.

— É verdade. E isso também. Só precisamos descobrir qual é a explicação lógica e depois impedi-la de acontecer.

— Mas como vamos fazer isso? — Lindsay perguntou. — Nem sabemos direito o que vai acontecer.

— Acho que eu tenho uma ideia — eu disse. — Lindsay, você ainda tem aquela boneca de vodu da Megan Crowley?

Lindsay confirmou com a cabeça.

— Tenho, está na minha bolsa. — Ela estreitou os olhos para mim. — O que você vai fazer?

— Você vai ter que confiar em mim. Acho que sei como consertar as coisas, mas vou ter que fazer tudo sozinha. Se contar a você, nunca vai funcionar.

Vinte e nove

Eu subi os degraus da frente da casa de Megan Crowley, enquanto a BMW de Samantha saía cantando pneu. Contemplei os cabelos de Lindsay voando ao vento. Elas viraram a esquina e a mão dela apareceu no ar, com a palma aberta, num gesto de despedida e boa sorte.

Peguei na minha mochila uma caneta vermelha e desenhei rapidamente pontinhos vermelhos na cara da boneca de vodu antes de enfiá-la de volta na mochila. Bati na porta e ouvi o som de passos decididos se aproximando, enquanto eu esperava, nervosa, sobre o capacho dando boas-vindas.

— Posso ajudá-la? — perguntou o pai da Megan, olhando para mim de cima. Ele era um homem grande, alto e de aparência assustadora. O tipo de pai que atenderia à porta com uma arma na mão para saudar o namorado da filha.

— Ah, oi, sou Erin Channing. Amiga da Megan. Será que eu poderia falar com ela?

O pai dela franziu a testa.

— Isso tem alguma coisa a ver com aquela bobagem de fraudar as provas? — ele perguntou com aspereza. — Porque ela não fez nada disso. Eu conheço Megan e ela não é dessas coisas.

— Não — menti. — Eu só queria saber como ela está e contar que todos estamos sentindo falta dela na escola.

A expressão dele se suavizou um pouco e ele abriu um pouco mais a porta para me deixar entrar.

— Ela está no quarto. Subindo as escadas, primeira porta à esquerda.

— Quem é? — Megan perguntou quando bati na porta.

— É Erin Channing. Preciso falar com você.

— Não tenho nada para falar com você — ela gritou por trás da porta fechada.

Que ótimo! Bati novamente.

— Megan, por favor, abra a porta. Tenho algumas informações que acho que você vai gostar de saber.

Depois de uma longa pausa, ouvi a porta sendo destrancada com um *clique*. Eu a abri e entrei no quarto, que era comum a não ser pelo fato de ter pôsteres de gatos e cachorros, gatinhos, cachorrinhos, coelhinhos e cavalos cobrindo todas as paredes e deixando só alguns pedaços da parede lilás visíveis por trás. *Tudo bem*, pensei. *Eu definitivamente não esperava por essa.*

Megan estava sentada na cama, vestida com uma calça de agasalho velha e uma camiseta esgarçada. O cabelo estava despenteado e ela não usava maquiagem. Os olhos estavam vermelhos. Todo o seu rosto estava coberto de vergões avermelhados, como Samantha tinha contado.

Ela ficou me observando enquanto eu admirava os pôsteres de animais.

— Eu queria ser veterinária — explicou, na defensiva. — Mas se ficar com a ficha escolar suja, não vou entrar num bom colégio e nunca irei para a faculdade de veterinária.

Ela fungou e secou os olhos, e eu me surpreendi ao vê-la tão vulnerável na minha frente. Também fiquei surpresa ao saber que ela queria tanto ser veterinária. Acho que nunca tinha pensado que as garotas malvadas também tinham sonhos.

— Aliás, eu não roubei aquelas provas — ela anunciou. — Foi tudo armação. E eu não me surpreenderia se a Garota Pum tivesse algo a ver com isso, portanto pode dizer a ela que meus pais estão contratando um advogado.

— Eu agradeceria se você a chamasse de Lindsay — eu disse. — E sei que você não roubou aquelas provas. Mas também sei que não foi tudo armação. Existe *outra* explicação.

Megan me olhou confusa, esperançosa e, ao mesmo tempo, cheia de suspeita.

— Ah, é? E que explicação?

— Magia.

Os olhos de Megan se encheram de lágrimas e ela virou de costas para mim.

— Ok, Harry Potter. Você veio aqui voando numa vassoura?! Não é engraçado — ela disse, com a voz chorosa. — Se só veio aqui para se vingar, então pode ir embora.

— Não estou brincando. — Tirei a boneca de vodu da minha mochila. — Olha isto — eu disse, mostrando a boneca.

Megan cruzou os braços e se virou para mim, e pelo olhar impaciente com que me olhou achei que esperava ver uma cobrinha pulando de uma lata ou alguma brincadeirinha idiota. Mas eu só segurei a boneca e tentei manter a expressão mais séria possível. Eu precisava que ela acreditasse no que eu estava prestes a dizer, pois caso contrário todo o meu plano iria por água abaixo. Meu coração batia tão forte no peito que eu podia ouvi-lo dentro dos ouvidos.

— E o que é isso? — ela perguntou, irritada.

— É você.

Ela se encolheu um pouco e algo em sua expressão mudou ligeiramente.

— É você — repeti. — Vê o cabelo? E o uniforme de líder de torcida? E vê esses pontinhos no rosto? Lindsay os colocou aí três dias atrás. E olhe agora. Você tem pipocas no rosto que se parecem com eles.

Megan arregalou os olhos e pude ver que eu tinha conseguido prender sua atenção.

— Não acredito. Ela não pode fazer isso. — Mas a voz dela parecia insegura, como se estivesse tentando convencer a si mesma.

— Na verdade, pode fazer muito mais. Já ouviu falar na Boa e Velha Loja de Artigos Metafísicos? É de uma mulher que diz ser bruxa. É onde Lindsay compra seus materiais de magia. É onde aprendeu tudo também.

Megan correu para o telefone no criado-mudo e agarrou o fone.

— Tudo bem, se ela fez isso, então eu vou contar. Vou ligar para o diretor agora mesmo.

— Vai mesmo? — perguntei, usando toda a minha concentração para parecer que estava achando graça. — E o que você vai dizer? Que Lindsay Altman colocou um feitiço numa boneca de vodu e que fez as provas aparecerem no seu e-mail? Acha que ele vai acreditar?

Lentamente, Megan recolocou o fone no gancho.

— Não — ela admitiu. — Porque é ridículo.

— Eu sei — falei, com ar de compreensão. — Sei que parece ridículo. Pensei a mesma coisa a princípio. — Baixei a voz para que ela não passasse de um sussurro. — Mas é real. Eu já vi o que ela consegue fazer.

Megan cruzou os braços.

— Ah, me poupe!

Dei de ombros.

— Duvide se quiser, mas só pense um pouco. Acha coincidência que isso tenha acontecido bem depois que você mandou aquele e-mail para a classe toda? Ela queria que você fosse expulsa da escola. Queria vingança.

Fiz uma pausa para causar um efeito dramático e observei Megan tentando processar o que eu havia dito. Podia ver nos olhos dela que estava em dúvida se devia acreditar em mim ou me chutar dali, por isso continuei, esperando tirar vantagem da sua indecisão.

— Você tem sorte, porque ela acabou se sentindo mal com tudo isso. Ela é uma boa pessoa e, mesmo depois de tudo o que você a fez passar, ainda não queria vê-la sofrer. Pessoalmente, acho que ela devia deixar você penar um pouco. Mas Lindsay disse que não. Ela me pediu para vir aqui para dizer que está disposta a consertar as coisas para você.

Megan me olhou, cética.

— Ela pode me fazer voltar para a escola?

— Pode — eu disse. — Mas só com três condições. Primeiro, você vai mandar um e-mail para todos do décimo ano, desculpando-se publicamente por todas as coisas cruéis que disse e fez para ela nos últimos dois anos.

— Ei, espera aí! — Megan rebateu. — Ela não é tão inocente assim, você sabe. Fez coisas muito ruins para mim também. Ela me *humilhou*!

Fiquei olhando para ela.

— Megan, isso foi há *sete* anos. E, sim, ela humilhou você, mas foi só uma vez. Você a humilha há dois anos. Está sendo cruel.

Ela pareceu pensar a respeito, como se a ideia nunca tivesse lhe ocorrido antes. Então reclinou-se na cama outra vez.

— Que mais? — perguntou.

— Em segundo lugar, você vai ligar para Chris Bollmer e pedir desculpas a ele também. E, terceiro, e ouça muito bem agora porque é importante, você vai prometer que nunca mais vai chamar a Lindsay de "garota pum" nem dizer a palavra "pum" na presença dela novamente. — Eu dei de ombros, como se aquilo não fosse grande coisa. — Se você fizer essas três coisas, ela vai fazer tudo isso passar.

Megan me estudou por um minuto, enquanto pensava. Eu podia sentir que ela não tinha certeza ainda.

— Como eu vou saber que você está falando a verdade? — ela perguntou, enfim. — Como vou saber que ela pode fazer essas coisas realmente acontecerem?

— Você não vai — eu disse, enquanto abria a porta do quarto e começava a sair. — A magia é assim. Ou você acredita ou não acredita. Você é quem sabe.

Quando cheguei em casa, minha mãe ainda estava à mesa da cozinha, cercada por livros de direito, assim como eu a deixei. Puxei uma cadeira para mais perto dela e me sentei. Meu corpo amoleceu sobre a cadeira tão logo encostei no estofado e percebi o quanto estava exausta física e mentalmente. Tinham sido 24 horas emocionalmente desgastantes (para dizer o mínimo). E o dia não havia terminado ainda. Não estava nem perto de terminar.

Alcancei a minha mochila e tirei dali a caixa e o envelope com o nome da minha mãe.

— Oi, meu bem — disse ela, distraída. Mas então ela olhou para cima e viu meu rosto, e franziu a testa.

— Está tudo bem? Você parece estranha.

— Mãe, preciso te dar uma coisa. — Coloquei a caixa e a carta sobre a mesa e ela ofegou, ao reconhecer a caligrafia de Kiki no envelope.

— O que é isso?

Deixei escapar um longo suspiro.

— Encontrei uma amiga da tia Kiki hoje. É uma longa história, mas ela me pediu para te dar isto. São as cinzas de Kiki. Quer dizer, metade das cinzas. Ela ficou com a outra metade.

Eu engoli com dificuldade, tentando não imaginar como ela ficaria aborrecida quando lesse a carta. Eu não a abri, mas presumi que explicasse tudo, assim como a que a minha tia tinha deixado para mim.

— E acho que você vai querer ler esta carta. Havia uma para mim também.

Uma lágrima escorreu no rosto da minha mãe antes que ela tivesse a chance de reprimi-la. Era como se eu estivesse testemunhando algum tipo de acontecimento miraculoso de um filme de ficção científica: Organismo Cibernético Hiper-racional Vivencia Emoção. Eu sabia que ela ia ficar emotiva e irracional (ênfase em irracional), mas por alguma razão aquela lágrima me deixou feliz. O amor da minha mãe por Kiki era tão profundo que ela não tinha controle sobre ele. Eu me sentei e a observei enquanto abria o envelope e começava a ler. Sorriu algumas vezes, e até riu uma vez, e eu fiquei curiosa para saber o que Kiki poderia ter escrito para minha mãe achar tão engraçado.

Quando ela baixou a carta, as lágrimas caíam como chuva, molhando os livros de direito sobre a mesa. Ela olhou para mim e sorriu através delas, enquanto colocava a mão sobre a minha.

— Obrigada, meu bem — ela conseguiu falar. — Obrigada por fazer o que eu não consegui. — Ela inspirou o ar com um tremor e soltou-o lentamente, secando as lágrimas com as costas da mão.

— Estou muito feliz em saber que eu não fiz nada de mal a ela. Você não faz ideia de como isso estava me deixando angustiada, pensar que ela morreu zangada comigo... — Ela deu uma palmadinha na minha mão duas vezes. — Isso significa muito para mim. Obrigada.

— Então chega de procurar fotos no quarto de hóspedes às duas da manhã?

Ela olhou para mim, encabulada.

— Você ouviu?

Assenti, olhando a bagunça sobre a mesa.

— Sim. E como uma adolescente americana privada de sono, respeitosamente solicito que deixe de praticar esse tipo de atividade daqui por diante.

Ela riu e empurrou os livros e os blocos de anotações com o braço.

— Acho que não preciso mais disso.

— Graças a Deus! Prefiro muito mais você como pediatra.

— Sabe de uma coisa? Eu também gosto muito mais de mim como pediatra.

Ela olhou o relógio, notando o quanto era tarde.

— Você já jantou? Quer que eu prepare alguma coisa?

— Não, pode deixar. Não estou com fome. E, além disso, ainda tenho uma tonelada de lição de casa para fazer.

No meu quarto, verifiquei meus e-mails. Havia um alerta de que um novo remetente havia tentado entrar em contato comigo, Gralha-Preta16.

Eu cliquei na mensagem, para abri-la.

Prezada classe do décimo ano,

Estou escrevendo para falar duas coisas. Primeiro, gostaria que vocês soubessem que não roubei as provas. Eu acredito piamente que, nos próximos dias, meu nome ficará limpo e eu serei convidada a voltar para a escola. Segundo, gostaria de expressar minhas sinceras desculpas à minha colega de classe Lindsay Altman, pelas piadas cruéis e rudes que eu fiz com ela nos últimos dois anos. Percebo agora que minhas atitudes estavam erradas e eu realmente lamento por todo o sofrimento que lhe causei. Lindsay é uma pessoa muito gentil e não merece o modo como eu a tratei. Espero ver todos vocês novamente muito em breve.

Sinceramente,
Megan Crowley

Então, no final das contas, ela tinha acreditado. Ou talvez não. Talvez houvesse percebido que não tinha nada a perder tentando. De qualquer maneira, funcionou. Uma coisa a menos.

Cliquei no botão "escrever mensagem" e comecei a redigir um e-mail para Chris Bollmer. Quando terminei, preenchi a linha do assunto: *Sei de coisas também.*

Segurei o fôlego quando cliquei em enviar, depois deixei o ar sair dos pulmões, exausta.

Duas coisas a menos. Só faltava uma.

Peguei o telefone e disquei para o celular do Jesse, meu estômago dando cambalhotas diferentes daquelas que costumava dar, sempre que se tratava de Jesse. A ligação caiu direto na caixa postal.

"Aqui é o Jesse. Espere pelo bipe..."

Esperei um pouco, mas quando ouvi o bipe não soube o que dizer. O que eu podia dizer? Desliguei.

Cobri a cabeça com as cobertas, sem nem me incomodar em tirar a roupa. Ali estava escuro, quente e confortável, e eu já sabia que no dia seguinte seria muito difícil levantar da cama. Se pelo menos eu conseguisse dormir...

Trinta

Samantha e eu olhamos, ansiosas, para a carteira vazia de Lindsay na manhã seguinte. Ela e a mãe tinham chegado à escola um pouco antes de o sinal tocar e eu as encontrei no saguão, do lado de fora do gabinete do diretor, esperando para serem chamadas.

Lindsay pegou meu braço e me puxou na direção oposta, querendo saber se eu tinha consertado tudo. Mas eu não sabia o que dizer a ela. Não tinha recebido nenhuma resposta de Chris Bollmer na noite anterior e não o vira na escola pela manhã, por isso não sabia se a segunda metade do meu plano tinha funcionado ou não. No entanto, não tive sequer a chance de falar muito com ela, porque a secretária chamou Lindsay e a mãe antes que eu pudesse abrir a boca. Simplesmente não consegui tirar da cabeça a cena. A imagem da expressão de pânico de Lindsay ficará impressa no meu cérebro pela eternidade.

— Vou ver o que consigo descobrir — falou Samantha, depois que saímos da classe e fomos para o corredor.

— Tá. Me avise logo que souber de alguma coisa.

— Pode deixar. Você falou com Jesse? Está tudo bem?

Contei a ela que, na noite anterior, tinha desligado o telefone antes de deixar recado e ela se encolheu toda.

— Acho que não é desse jeito que você vai conseguir salvar esse namoro — ela murmurou.

Deixei a cabeça pender para a frente.

— Eu sei. Não sou nenhuma idiota. Só não tinha o que dizer. E agora tenho que fazer a apresentação às cegas. Não sei nem que pintura ele escolheu como terceiro exemplo... Como vou falar sobre a pintura durante dez minutos se não sei nada sobre ela?

Samantha ergueu as sobrancelhas.

— Bem, foi uma boa coisa você pedir a ajuda da nossa amiguinha redonda, do contrário teria de desistir da sua viagem à Itália.

— Eu sei, eu sei. — Minha mente começou a dar voltas de novo. — Você devia ter visto a cara de Maya Franklin quando peguei a detenção em física outro dia. Ela estava praticamente pulando de alegria. Mas, na verdade, estou preocupada. Se estamos no controle, isso significa que a bola não pode fazer nada? Quer dizer, o que poderia acontecer para eu de repente passar a saber tudo sobre uma obra de arte qualquer?

Samantha deu de ombros.

— Osmose?

Quando cheguei à classe de História da Arte, Jesse nem olhou para mim. Passei os braços à minha volta enquanto marchava até a carteira dele, com a intenção de me desculpar.

— Jesse, me desculpe. Por favor, me deixe explicar. Eu não estava com o meu celular e Lindsay desapareceu e a mãe dela me ligou e tive que ir procurá-la... — Deixei a frase inacabada quando ficou evidente que ele não ia responder. Simplesmente ficou sentado ali, em silêncio, sem nenhuma reação. Depois de alguns segundos torturantes, estendeu-me uma pasta amarela sem olhar para mim.

— Aqui está o trabalho que eu fiz. Boa sorte.

Eu preferia que ele tivesse gritado comigo. Que tivesse me xingado de nomes horríveis. Qualquer coisa seria melhor do que aquilo. Sentei-me na minha carteira. Eu nem podia acreditar que tinha estragado tudo daquele jeito.

Folheei o trabalho, tentando me acalmar.

Você precisa se concentrar, falei para mim mesma. *Precisa relaxar*. Jesse tinha digitado anotações sobre *Prometeu Acorrentado* e *A Cidade*, mais ou menos parafraseando as discussões que tínhamos tido sobre elas no museu. Virei a página seguinte, ansiosa, em busca da terceira pintura. Quando vi qual era, meu coração quase parou. Por um segundo, eu senti minha cabeça girar, como se fosse desmaiar.

Não podia acreditar. A obra que ele tinha escolhido era *Camo--Outgrowth*, o pôster favorito da minha tia Kiki. Aquele com globos terrestres cobertos com uma camuflagem militar, que ela tinha pendurado sobre a mesa de jantar. Aquele sobre o qual costumávamos conversar o tempo todo quando eu ia à casa dela.

Então foi assim que a bola conseguiu a sua façanha.

— Jesse, Erin, estão prontos? — o sr. Wallace perguntou.

Nós dois dissemos que sim e, tensos, fomos para a frente da sala, sem sequer fazer contato visual.

— Diga-me, Erin, quais foram as três obras de arte que escolheram? — o sr. Wallace perguntou.

Repeti os nomes e os autores de cada obra e ele assentiu.

— Muito interessante — disse, fazendo anotações num bloco de papel. — Tudo bem, então, podem continuar, por favor. Digam como a espiritualidade está representada em cada uma delas.

Eu fiz uma pausa para que Jesse pudesse começar a falar do Prometeu Acorrentado. Afinal, aquela tinha sido escolha dele. Ele parecia nervoso e gaguejou um pouco enquanto lia suas anotações, sem nem sequer olhar para cima. Eu podia ver gotas de suor surgindo na sua testa. *O que estava acontecendo com ele?*, me perguntei. *Seria por minha causa?* Ele murmurou algumas palavras soltas, então eu o interrompi na tentativa de ajudá-lo.

— Acho que o que Jesse está querendo dizer é que Prometeu *é* a espiritualidade. Ao tentar roubar o fogo dos deuses, ele passou a representar o triunfo do espírito humano sobre aqueles que tentavam oprimi-lo.

O sr. Wallace deu um sorriso aprovador e eu continuei a discorrer sobre a minha interpretação de *A Cidade*. Com o canto do olho, notei que as mãos de Jesse tremiam.

— A terceira obra de arte que escolhemos é *Camo-Outgrowth*, de Thomas Hirschhorn — expliquei. — Jesse, você gostaria de começar a interpretar essa?

Jesse folheou a sua pasta, tentando se recompor.

— Sim, hã, obrigado. Como Erin disse, escolhemos *Camo-Outgrowth*, que em... hã... uma escultura...hã... moderna sobre como nós como... hã... sociedade, somos obcecados pela... guerra.

O sr. Wallace parecia confuso. Consultei as anotações que Jesse tinha redigido na noite anterior. Elas eram extremamente detalhadas e cuidadosas, mas ele estava obviamente nervoso com a situação. Eu me senti péssima. Era tudo culpa minha. Quando ele fez uma pausa, eu me intrometi novamente.

— Eu também acho que esta obra é um comentário ao fascínio da sociedade pela guerra no século XX. A repetição dos globos simboliza o modo como a guerra se propagou. A camuflagem militar, a meu ver, pode ser interpretada como um jeito de mostrar como a guerra pode ser opressiva para o espírito humano, fazendo com que, num certo sentido, ele se retraísse. Quando pensamos realmente sobre isso, considerando as obras em conjunto, vemos que as três que escolhemos fecham um círculo. *Prometeu* representa o triunfo do espírito humano sobre os deuses que o oprimiam; *A Cidade* mostra como a espiritualidade pode se perder na era das máquinas; e *Camo-Outgrowth* mostra que a guerra pode transformar os homens em máquinas se eles não tomarem cuidado, deixando o opressor vencer.

Eu expirei, exausta. Isto é o que eu chamo de canalizar tia Kiki! Não sei nem de onde tirei tudo o que disse.

O sr. Wallace ficou olhando para mim e toda a classe explodiu num aplauso espontâneo. Bem, a classe toda menos Maya Franklin, que me olhava carrancuda. (Há!)

— Muito bem — o sr. Wallace murmurou. — Vocês dois...

O sinal tocou, interrompendo-o.

— Amanhã, será o dia de Emily e Phoebe — ele continuou, apressado. — E não esqueçam que os formulários de inscrição para a viagem à Itália devem ser entregues na minha sala amanhã à tarde, às 5 horas — ele gritou, tentando se fazer ouvir por sobre o burburinho dos alunos arrumando suas coisas. — Erin, Jesse, podem esperar um pouco mais, por favor?

Quando todo mundo já tinha ido embora, o sr. Wallace acenou para que nos sentássemos com ele na frente da sala.

— Tenho que dizer que fiquei muito impressionado com as obras que escolheram. Elas foram originais e nada previsíveis. Mas estou desapontado com a apresentação como um todo. Me parece evidente que Erin fez a maior parte do trabalho. Receio dizer que tenho que levar isso em conta na hora de dar as notas.

O queixo de Jesse caiu e seu rosto adquiriu um tom vermelho vivo.

— Sr. Wallace — tentei explicar, mas antes que eu tivesse chance de dizer alguma coisa, Jesse pegou sua mochila e correu para fora da sala.

— Jesse! Espera! — gritei. Tentei alcançá-lo, mas fui detida por uma dezena de alunos entrando na sala para a aula seguinte. Por fim consegui abrir caminho entre eles e chegar ao corredor, mas já era tarde.

Ele tinha ido embora.

Eu me encostei na parede do lado de fora da sala de aula — e assim como tinha acontecido com a minha mãe, as lágrimas vieram. Eu não me importei em saber quem as veria, porém. Nunca tinha desejado que as coisas acabassem assim. Repassei mentalmente os acontecimentos da tarde do dia anterior como as cenas de um filme — correndo no carro de Samantha, tirando a bola da mochila, fazendo uma pergunta completamente errada. Eu não deveria ter perguntado se *eu* tiraria um A- na apresentação. Deveria ter perguntado se *nós* tiraríamos um A- na apresentação. Burra, burra, burra!

Eu não sabia o que fazer. Se dissesse ao sr. Wallace a verdade agora, nunca conseguiria ser escolhida para a viagem. Mas, se não dissesse, Jesse não iria também. Coloquei a cabeça entre as mãos, tentando pensar numa resposta ou solução. Mas dessa vez nenhuma apareceu.

Por sorte, era quarta-feira. Às quartas-feiras, minhas últimas duas aulas do dia eram vagas. Bem, tecnicamente, a sétima aula era vaga e a sexta, uma aula opcional de revisão. Mas hoje eu tinha optado por ir para casa.

Minha mãe havia colocado as cinzas de Kiki sobre a lareira. Tirei dali a caixa de laca preta e coloquei-a cuidadosamente dentro da minha mochila. A bola ainda estava ali dentro desde o dia anterior, e eu coloquei um moletom entre elas para que não se chocassem e fui para o quintal.

Havia um imenso carvalho no canto mais distante da nossa propriedade. Quando eu era criança costumava ir lá sempre: às vezes para pensar, às vezes para ler um livro, às vezes para brincar, às vezes apenas para tomar sol numa tarde quente de verão. Fazia anos que eu não ia até ali, mas por alguma razão era o único lugar onde eu queria estar agora.

Peguei a caixa e coloquei-a cuidadosamente no chão, perto de mim; depois peguei a bola e girei-a nas mãos enquanto me recostava contra a base grossa do tronco da árvore. Aquele lugar era fresco, calmo e banhado pela brisa, assim como eu me lembrava.

As dissertações da viagem à Itália deveriam ser entregues até o dia seguinte. Eu tinha ouvido falar que o Comitê de Professores do Décimo Ano ia se reunir depois das aulas para avaliá-las. Mas eu ainda não sabia o que escrever.

Fitei a bola. Não podia acreditar que não tinha pedido a ela a única coisa que realmente queria. Agitei-a, desanimada.

— "Se eu contar ao sr. Wallace a verdade, ele me escolherá para a viagem à Itália?" — sussurrei. Olhei enquanto a bipirâmide octogonal girava no líquido prateado, até finalmente mostrar a resposta.

Seu futuro é obscuro. Pergunte outra vez.

Certo.

Coloquei a bola de lado e peguei a caixa com as cinzas de tia Kiki. Era muito estranho pensar que ela realmente estava ali. Agora eu entendia por que minha mãe queria tanto as cinzas: era muito mais fácil nos sentir perto dela quando ela estava ali com a gente.

— O que devo fazer, tia Kiki? — perguntei à caixa.

Corri o dedo indicador pelo desenho da madrepérola e, de repente, uma borboleta monarca pousou na minha perna.

— Uau! — exclamei em voz alta.

A borboleta bateu suas asas pretas e alaranjadas, aparentemente sem perceber que eu não era uma flor. Depois se afastou voando, enquanto eu a observava adejar à minha volta e sobre mim, entre as folhas da árvore. Estava prestes a fechar os olhos quando ela voou de volta, pousando no meu braço. Estava a meio metro do meu rosto e eu observei enquanto ela me olhava com seus olhos sem pálpebras. Parecia estar olhando para mim, esperando que eu fizesse ou dissesse alguma coisa.

Meu coração começou a martelar no peito.

— Tia Kiki... é você?

Ao som da minha voz, a borboleta voou para longe e eu a observei até que ela desapareceu. Olhei para a caixa preta e ri de mim mesma. Não podia acreditar que eu tinha acabado de falar com uma borboleta. E não podia acreditar que eu tinha achado que a borboleta podia ser a minha tia Kiki reencarnada. O meu antigo eu jamais pensaria uma coisa dessas. Nem por um segundo.

O meu antigo eu, pensei.

Certo.

Será que isso significava que havia um novo eu?

De repente, tive uma ideia. Abri a mochila e tirei dali um caderno e uma caneta, e as palavras começaram a brotar de dentro de mim, como se escrevessem por si mesmas.

Caro Comitê dos Professores do Décimo Ano,

Eu costumava pensar que era uma pessoa de mente aberta. Achava isso porque não tinha preconceito contra as pessoas com base na sua raça, cor ou religião. Eu não discutia com ninguém por causa da sua opinião política. Eu não me sentia ofendida com as pessoas que usavam *piercing* ou tatuavam o corpo, ou que pintavam o cabelo de roxo. E, mesmo assim, embora eu tolerasse as diferenças nos outros, ainda assim os julgava. Na minha cabeça, eu classificava as pessoas em esquisitas, ou erradas, ou populares demais para o seu próprio bem, enquanto me considerava normal e certa. Mas percebo agora que simplesmente tolerar diferenças não faz de ninguém uma pessoa de mente aberta.

Nas últimas duas semanas, conheci muitas pessoas e descobri muitas crenças e ideias novas. A princípio, eu as descartei, como sempre fiz. Essas pessoas e ideias pareciam malucas e ilógicas. A maioria me parecia estranha. Mas com o tempo comecei a ver que talvez não fossem. Minha mente começou a se abrir — de verdade — e comecei a ver que talvez fosse *eu* a esquisita. Sendo sempre tão rígida e inflexível no meu modo de pensar, talvez *eu* é que estivesse errada. E ocorreu-me que é disso que a arte se trata: estar aberto ao mundo à nossa volta e disposto a tentar entender as coisas que de início não parecem fazer sentido.

Uma pessoa cheia de sabedoria uma vez tentou me convencer a ver o mundo como um lugar cheio de possibilidades e oportunidades, voltas e reviravoltas, em vez de deixar que ele pareça sempre arrumadinho em pequenos compartimentos. Agora eu vejo que ela estava certa. Para concluir, acredito que eu seria uma excelente candidata à viagem do curso de História da Arte à Itália, pois quero muito aprender coisas novas, ser influenciada por novas ideias e aproveitar todas as possibilidades e oportunidades que o mundo tem a oferecer. Espero que vocês decidam que eu mereço tal privilégio.

Sinceramente,

Erin Channing

— Olha ela aí, eu disse que estaria aqui.

Olhei para cima, surpresa ao ouvir a voz de Lindsay. Ela e Samantha andavam na minha direção. (Bem, Lindsay andava. Samantha parava e recomeçava, manquitolando por causa do salto de oito centímetros que afundava na grama.)

— O que está fazendo aqui? — perguntou Samantha, meio distraída. — Com esta terra toda e insetos e tudo mais? — Ela abanou o ar diante do rosto e depois deu uma risadinha ao ver meu jeans branco. — Aposto que tem capim grudado no seu traseiro.

— Escrevi minha dissertação — disse, orgulhosa, segurando meu caderno. — Finalmente descobri o que escrever.

Samantha revirou os olhos.

— Ah, que maravilha! Estou realmente feliz por você. Mas não quer saber se a sua melhor amiga foi expulsa da escola ou não?

Ai, meu Deus!

Fiquei tão envolvida com a minha apresentação e com a minha briga com Jesse e minha dissertação para me candidatar à viagem que tinha esquecido completamente de Lindsay.

— Claro! Sinto muito! O que aconteceu? Contem tudo!

Lindsay sentou-se ao meu lado, na grama, enquanto Samantha tirava o pulôver (velho, eu notei) e o estendia cuidadosamente no chão, sentando-se suavemente sobre ele. Depois que estava sentada, chutou os sapatos e todo o seu corpo pareceu relaxar.

— Bem, foi uma loucura! — começou Lindsay. — Minha mãe e eu estávamos no gabinete do sr. Baker, diante da mesa dele, e ele começou a explicar que tinham descoberto uma fraude. E depois disse que a Megan Crowley era a maior responsável, mas que havia provas de que eu a ajudava. E, juro por Deus, se eu não estivesse tão apavorada teria caído na risada ao ver o quanto ele é desinformado para pensar que *eu* ajudaria Megan Crowley em *alguma coisa*. Quer dizer, os professores não têm nenhuma noção do que acontece naquele lugar todos os dias. Nenhuma.

— Então o que aconteceu?

— Então, eu estava quase surtando e começando a jurar pela vida da minha mãe que não tinha nada a ver com aquilo quando a secretária abriu a porta e disse que precisava falar com urgência com o sr. Baker. Então ele saiu da sala para falar com ela e um minuto depois voltou com o rosto todo vermelho e se desculpou. Umas dez vezes. Parecia todo constrangido e disse que parecia ter havido um engano e eu deveria ir para a aula e esquecer tudo aquilo. E a minha mãe e eu ficamos ali, pensando "e agora?". Mas quando deixamos o gabinete dele — eu tremendo da cabeça aos pés e mal podendo falar —, quem vejo esperando do lado de fora da porta do sr. Baker?

— Chris Bollmer — respondi.
Lindsay e Samantha me olharam, surpresas.
— Como você sabe? — perguntou Lindsay.
Eu sorri e ergui as sobrancelhas.
— Magia.

Trinta e um

Samantha me deu uma carona de volta para a escola e eu entrei na sala do Departamento de Artes bem na hora que o sr. Wallace estava arrumando suas coisas para sair.

— Olá, Erin — ele me cumprimentou, parecendo surpreso ao me ver. — Suas orelhas devem estar fervendo, pois eu estava justamente falando para alguns colegas o quanto fiquei impressionado com a sua apresentação hoje. Sua interpretação de *Camo-Outgrowth* foi muito sofisticada.

Corei um pouco e, nervosa, transferi meu peso de uma perna para a outra.

— Obrigada, mas... eu na verdade preciso falar com o senhor justamente sobre isso. A apresentação, quero dizer.

O sr. Wallace piscou por trás dos óculos enquanto se recostava na cadeira.

— Tudo bem, vá em frente.

Tentei engolir apesar do nó na minha garganta, procurando de todas as formas impedir que as lágrimas caíssem.

— Tudo bem. Isso é realmente difícil, mas, bem, eu sei que parecia que Jesse não estava preparado, mas na verdade ele estava. Acho que estava apenas nervoso ou coisa assim.

O sr. Wallace assentiu, compreensivo, enquanto alisava o pequeno cavanhaque no queixo, como se fosse um animal de estimação.

— Mas essa foi uma apresentação oral — ele me lembrou. — Parte da nota se baseia na capacidade do aluno de apresentar o material para a classe.

Suspirei. Pude ver que o sr. Wallace não ia facilitar as coisas para mim.

— Entendo. Mas ele também estava muito chateado comigo, e acho que isso acabou afetando a sua apresentação também.

O sr. Wallace ergueu uma sobrancelha.

— Por que ele estava chateado com você?

Eu tentei manter a imagem da tatuagem do braço de Jesse na minha cabeça. Verdade. Verdade. Verdade. Repeti a palavra várias vezes.

— Porque eu não apareci na nossa terceira visita ao museu, na noite passada. E não o ajudei a fazer a apresentação. Jesse fez tudo sozinho. Quer dizer, não tudo. Eu fui ao museu nas duas primeiras vezes e o ajudei a escolher as primeiras pinturas. Mas ele escolheu *Camo-Outgrowth* sozinho.

Engoli em seco e olhei para o chão.

— Foi só uma coincidência o fato de eu já conhecer essa obra realmente bem.

O sr. Wallace se recostou na cadeira, com uma expressão indecifrável nos olhos.

— Compreendo — ele disse. Afagou o cavanhaque outra vez e deu um longo suspiro.

— Bem, Erin, aprecio que tenha vindo aqui me contar a verdade. Mas você não cumpriu a tarefa. Todos os alunos deveriam visitar o museu três vezes e você só fez duas visitas. — Ele balançou a cabeça, pesaroso. — Ia dar a você um A-, mas com base nessa informação vou ter que baixar pelo menos um ponto da sua nota.

Um ponto. Isso me deixava com um B-, o que baixaria minha média para B+. O que significava que eu não seria qualificada para a viagem. Meus olhos começaram a arder.

— Estou desapontado com você, Erin — o sr. Wallace continuou. — E não só porque não fez o trabalho. Estou desapontado por ter prejudicado o seu parceiro.

Uma lágrima inoportuna, como a da minha mãe, teimou em cair. Eu não sabia o que dizer para o sr. Wallace. Simplesmente apalpei minha mochila, procurando pela minha dissertação. Tinha sido com muito sangue e suor (e, sim, lágrimas) que tinha escrito aquilo —

tudo bem, só um pouquinho de suor e sem muito sangue, mas mesmo assim — eu não podia simplesmente jogá-la fora. Ele teria que fazer isso ele mesmo.

— Tome — consegui dizer, deixando-a sobre a mesa. — Não que vá adiantar alguma coisa. — Virei as costas e saí da sala, deixando o sr. Wallace sozinho com o seu cavanhaque.

Às nove horas da noite, uma jujuba verde entrou voando pela minha janela.

Que droga é essa?

Parei de fazer minha lição de matemática e peguei-a do tapete. Enquanto a examinava, ouvi um *plim* contra a janela e uma jujuba vermelha entrou voando até bater nas minhas costas. Devia ser Samantha. Ela com certeza tinha escapulido de casa e queria a minha companhia para um passeio de carro até só Deus sabe onde. Las Vegas, provavelmente.

Eu me debrucei na janela, pronta para gritar com ela, mas então parei. Não era Samantha. Era Jesse.

— O que está fazendo? — perguntei, sussurrando alto.

— Estou tentando acertar você com jujubas — ele sussurrou de volta, sorrindo. — Vou te acertar em cheio com esta de canela.

— Estou descendo — disse a ele. — Me encontre na entrada lateral, perto da porta da lavanderia.

Agarrei uma pilha de roupas sujas do meu cesto e desci as escadas na ponta dos pés, esperando que meus pais não me ouvissem. Congelei quando um dos degraus rangeu sob os meus pés.

— Erin, é você? — minha mãe gritou do quarto.

— Sou eu! — gritei de volta. — Só estou levando umas roupas sujas para a lavanderia!

Percorri o resto do trajeto sem parar e larguei as roupas em cima da máquina de lavar. Eu não sabia o que pensar. Jesse tinha terminado comigo, mas agora ali estava ele, agindo como se nada tivesse acontecido. Ali estava ele, *sorrindo*, e jogando jujubas em mim. Fiquei imaginando se o Flamingo Kids o tinha levado a começar a consumir drogas ou se estava sofrendo de amnésia recente e não conseguia se lembrar de nada das últimas 24 horas... Alisei os cabelos com a mão e abri a porta, percebendo tarde demais que estava usando minha camiseta do Barry Manilow.

— Oi — cumprimentei, tentando não corar.

— Oi — ele disse. — Essa é a camiseta do show do Barry Manilow?

— Você disse que gostava de "Copacabana" — lembrei-o, para me defender.

Ele riu.

— Verdade, mas não fui ao show.

Cruzei os braços para cobrir o rosto do Barry.

— Você deseja alguma coisa? — Tão logo as palavras saíram da minha boca, me arrependi.

Ele me olhou com aqueles olhos muito azuis e o meu coração doeu no peito, como um dente cariado e latejante.

— Sim — ele disse. — O sr. Wallace me telefonou. Contou o que você fez. Ele me deu um B+.

— Então a sua nota é suficiente para a viagem? — sussurrei, olhando para o chão.

— É. Por um décimo. — Ele colocou a mão sob o meu queixo e ergueu meu rosto, do jeito que tinha feito na noite na fonte termal. Só pensar naquela noite já me deixava com as pernas bambas e eu pensei que elas não fossem conseguir me sustentar.

— Mas ele me disse que te deu um B-. — Ele me fitou com um olhar penetrante. — Por que você fez isso?

Dei de ombros, tentando fingir que não era nada demais, mesmo sabendo que ele sabia a verdade.

— Era a coisa certa a fazer. E, além disso, você merece ir para a Itália mais do que eu. Você tem uma razão muito melhor.

Jesse se inclinou e me beijou.

— Eu estava esperando que pudéssemos ir juntos — ele disse.

Agora as lágrimas estavam saindo do controle, rolando pelas minhas faces, mas eu nem liguei. Apertei os braços em torno dele e enterrei a cabeça na sua camiseta amarela macia, com a bochecha pressionada contra ele.

— Eu também — falei, engasgando com as palavras.

Ficamos ali, abraçados por alguns minutos, enquanto eu chorava sem parar, dando vazão às lágrimas: por tê-lo prejudicado, por ser incapaz de explicar por quê, por constrangê-lo na frente de toda a classe, por não poder ir para a Itália, por ele ir para a Itália sem mim. Finalmente, me afastei.

— Me desculpe — eu disse. — Por tudo.

Ele secou minhas bochechas molhadas com a ponta dos dedos, levando embora minhas lágrimas.

— Tudo bem. Não sei o que aconteceu, mas, se você estava fazendo algo para ajudar Lindsay, eu entendo. Os amigos vêm em primeiro lugar. E é assim que deve ser. — Ele deu um passo para trás. — Ei, falando de Lindsay, você ouviu falar de Chris Bollmer? Ele confessou que invadiu o computador da sra. Newman e fez parecer que Megan Crowley tinha roubado as provas de matemática. E disse que estava tentando envolver Lindsay também. Ele estava furioso com ela por não ter, tipo, cedido à vontade dele depois que Megan foi expulsa. De qualquer maneira, o sr. Baker o expulsou. Mas então a polícia veio. Falaram que iriam acusá-lo de invadir o programa da escola e talvez ele tivesse que ir para um reformatório para delinquentes juvenis. Acredita nisso?

— Não! — eu disse, surpresa e ao mesmo tempo fingindo estar chocada com as notícias. — Que loucura!

— Na verdade, essa não é a pior parte. O pior é que, enquanto estava contando a história para a polícia, ficou dizendo que uma bola mágica iria castigá-lo se ele não contasse a verdade.

Meu coração foi parar na boca e bateu tão alto que fiquei com receio de que Jesse ouvisse.

— Uau! Isso é mesmo uma loucura! Lizzie, Matt e Cole devem ter tido um grande dia.

Jesse revirou os olhos.

— Você não faz ideia!

Eu mordi o lábio. Me senti mal por Chris. Quer dizer, ele teve o que mereceu — realmente invadiu um computador da escola e incriminou outras pessoas —, mas mesmo assim. Não pude deixar de pensar em Megan querendo ser veterinária. Isso me fez pensar se Chris também não teria um sonho para o futuro.

— Preciso entrar — eu disse. — Não quero que meus pais pensem que estou de fato lavando roupa ou qualquer coisa assim. Eles podem começar a esperar isso de mim.

Jesse riu.

— Tudo bem, vejo você amanhã?

Eu me aproximei e lhe dei um beijo na bochecha.

— Vê. Com certeza.

Trinta e dois

No dia seguinte, ali pela hora do almoço, as coisas tinham voltado totalmente ao normal. Ou, como Samantha gostava de escrever em seus torpedos, voltado a ser como eram AFB (Antes de Ficarem Bizarras). Samantha, Lindsay e eu estávamos sentadas em volta da nossa mesa de sempre. Enquanto isso, Megan, Chloe, Brittany e Madison confabulavam do outro lado da cafeteria. Vi Jesse entrando pela porta lateral e acenei para ele da nossa mesa. Ele acenou de volta e foi até onde estávamos, dando-me um beijo na bochecha ao chegar.

Ok. Talvez as coisas não tivessem voltado a ser *totalmente* como eram AFB.

O ambiente fervilhava com as notícias sobre Chris Bollmer. Para onde quer que olhássemos, alguém estava falando sobre ele ou sobre Lindsay ou sobre o e-mail de Megan sobre Lindsay. Era, tipo, a fofoca do século. Assunto para um programa de fofocas inteiro na televisão (com Lizzie, Matt e Cole como entrevistadoras, claro!).

— Ainda não consigo acreditar que tudo deu certo — sussurrou Lindsay mal se contendo em sua cadeira.

Sua covinha estava de volta. Era a primeira vez que eu a via sorrir depois de muito tempo. Samantha arqueou a sobrancelha e me lançou um olhar de cumplicidade.

— É impressionante mesmo. Mas seria muito mais se soubéssemos o que você disse naquele e-mail para o Chris Bollmer.

Quando eu estava prestes a dizer que não fazia ideia do que ela estava falando, Megan e seu bando aproximaram-se a passos largos da nossa mesa. Algumas pessoas de uma mesa próxima cutucaram umas às outras e, como uma multidão fazendo a *ola* da torcida num jogo de futebol, um silêncio pairou pela cafeteria. Olhei em volta ao perceber o súbito silêncio e mais uma vez vi centenas de olhares esperando para ver o que aconteceria em seguida.

Lindsay ficou paralisada e o antigo medo se estampou em seu rosto. Olhei para Megan, avisando-a com o olhar para que não fizesse nenhuma estupidez.

Mas Megan simplesmente sorriu.

— Oi, Lindsay — ela disse, alegremente.

Lindsay olhou em volta, sem saber direito o que fazer. Eu sabia exatamente o que ela estava pensando. Mal podia acreditar que Megan a estava chamando pelo seu nome de verdade.

— Ah, oi? — Lindsay cumprimentou-a, como se perguntasse: *você não espera que eu seja simpática com você depois de me torturar por dois anos, só porque se desculpou num e-mail, né?*

— Eu só queria dizer o quanto estou aliviada por aquele lunático não estar mais na escola — Megan continuou. — Por nós duas.

Ela olhou ao redor, baixando a voz para que ninguém mais ouvisse e, quando se virou para nós, pude perceber um leve brilho de preocupação em seus olhos. Sorri para mim mesma. Então ela tinha acreditado. Realmente acreditou que Lindsay tinha poderes mágicos. *Adorei*!

— Também queria dizer que espero que não restem mágoas entre nós. Quer dizer, seria bom se pudéssemos ser amigas. Afinal, por que não, certo?

Lindsay lançou para Megan um olhar de quem diz "Você não pode estar falando sério" e Samantha cobriu a boca com as mãos.

— Já estou bem feliz com as amigas que tenho — Lindsay respondeu. — Mas obrigada, de qualquer jeito.

— Tá — Megan disse. O sorriso falso não foi suficiente para disfarçar a decepção. — Tudo bem, então, estou por aí... — Ela não terminou a frase. Só baixou a cabeça e saiu de fininho, com seu grupinho logo atrás.

— Ai, meu Deus! — festejou Samantha, destampando finalmente a boca. — Isso foi tão surpreendente! Foi, tipo, "desculpa aí, mas FVNM"!

Jesse se virou para mim com um olhar intrigado.

— "Falar com Você Nunca Mais!" — traduzi.

Lindsay soltou um suspiro alto e satisfeito.

— Estava esperando por isso. Não sabem há quanto tempo...

Jesse levantou sua caixinha de leite.

— Bem, então eu proponho um brinde — ele disse em voz baixa, enquanto o restante da cafeteria processava o que tinha acabado de acontecer. — À Lindsay!

Samantha e eu levantamos nossas caixinhas também, para tocar a dele.

— À Lindsay! — sussurramos juntos.

Quando o almoço acabou e as pessoas começaram a pegar suas coisas e ir para os armários, notei que Samantha tinha os olhos fixos em algo do outro lado da cafeteria. Segui seus olhos. Era Aiden.

— Consegui dar um jeito em tudo, menos em você e Aiden — eu disse a ela. — Desculpe.

Ela desviou o olhar e se virou para mim.

— *Au contraire, mon frère* — ela disse. — Aiden deu um jeito em tudo por si mesmo. Trance rompeu com ele noite passada. Acontece que ela o traía há meses com um cara de outro colégio e finalmente contou a ele. Ele veio rastejando atrás de mim esta manhã, com o rabinho entre as pernas.

Eu não sabia se ficava feliz ou se vomitava.

— Então... você vai sair com ele agora?

Samantha riu, como se eu nunca tivesse falado algo tão ridículo.

— Ah, fala sério! Eu disse para ele procurar outra trouxa. Está brincando? Acha que vou sair com ele depois de me tratar daquele jeito?

Eu me aproximei mais dela e baixei a voz para Jesse não me ouvir.

— Mas talvez tenha sido a bola — lembrei-a.

— Bola uma ova! — ela sussurrou. — Ele me tratou como lixo e isso é fato. A fila andou. Aiden é passado. — Ela olhou para ele outra vez, com nostalgia.

— Sério?

— Tudo bem, talvez não seja tão passado assim, mas ele não precisa saber disso. — Ela riu. — Vou torturá-lo por mais alguns meses. Vai ser divertido. Talvez eu até saia com aquele cantor do Flamingo Kids. Ele disse que a banda ia voltar, lembra?

Eu gemi.

— Por favor, chega de shows... Meu moletom de capuz está oficialmente aposentado.

Jesse deu um tapinha no meu ombro.

— O que vocês estão cochichando aí?

Samantha abriu um sorriso radiante.

— Ah, nada. Erin está só me dizendo que mal pode esperar para ir a outro show do Flamingo Kids.

Jesse riu.

— Mentirosa.

Samantha riu também e eu a fulminei com os olhos.

— Você me paga! — cochichei para ela.

— Você não me deixou outra saída — ela cochichou de volta.

Jesse e eu seguimos de mãos dadas pelo corredor, até a classe de História da Arte.

— Não sei se consigo encarar o sr. Wallace — admiti. — Você acha que ele me odeia agora?

— Impossível. Ninguém odeia você. Além disso, o que você fez exigiu muita coragem.

Fizemos uma pausa do lado de fora da porta e ele me deu um longo beijo na boca, bem na frente de todo mundo.

— É muito difícil para mim me concentrar aí dentro, sabendo que você está só duas fileiras atrás e eu não posso tocá-la — ele sussurrou depois do beijo.

— Bem, acho que é ainda pior para mim. Tenho que ficar simplesmente sentada ali, olhando a parte de trás da sua cabeça. Taí uma boa distração.

Ele me beijou de novo, mas fomos subitamente interrompidos por Maya Franklin.

— Em primeiro lugar, vocês deveriam estar na sala de aula. E, em segundo, Erin, ouvi falar do seu B-. Isso é bem ruim, não é mesmo?

Engoli em seco.

— É, bem, parabéns. Acho que você é a primeira da classe agora.

Maya fingiu pensar nisso pela primeira vez.

— Uau! Eu sou a primeira da classe, não sou? Nossa, nem tinha percebido!

O sinal tocou. Fomos para as nossas carteiras e eu tive que tolerar a tortura que foi a apresentação de Phoebe e Emily. Cruzes! E eu não tenho nada contra elas. É só que, comparada à nossa apresentação, foi horrível. Pouco criativa, previsível e... bem, por falta de um termo melhor, "dentro da caixa". Embora eu não estivesse com vontade de chorar, não podia deixar de ficar chateada. Eu não merecia um B-.

Tentei me distrair olhando para Jesse. Olhei todas as partes do corpo dele, tentando me lembrar das partes que eu já tinha sentido e de como era senti-las. A nuca, os ombros, a parte inferior das costas... e de repente ele se mexeu na carteira, tirando o calcanhar do chão e deixando à mostra a sola do Converse.

Eu vi você olhando.

Tentei reprimir uma risada. Ele virou a cabeça e me deu uma piscadinha.

Quando a aula acabou, todo mundo aplaudiu Emily e Phoebe e o sr. Wallace se levantou na frente da sala e começou a gritar os seus avisos em meio ao barulho, assim como no dia anterior.

— Amanhã ouviremos Christian e Maya e, não se esqueçam, os formulários para a Itália devem estar na minha mesa até às cinco horas da tarde de hoje! Erin Channing, você poderia por gentileza esperar um instante? Preciso falar com você.

Jesse e eu trocamos olhares preocupados e ele fez sinal de que me encontraria no corredor quando eu saísse.

Esperei enquanto Carolyn Strummer abordava o sr. Wallace com uma pergunta sobre a Renascença Italiana e meu coração ficou martelando enquanto ele dava a ela talvez a resposta mais longa da história das respostas. O que ele poderia querer de mim? Talvez tivesse pensado e decidido que B- não era uma nota suficientemente baixa. Ou talvez tivesse resolvido que baixar minha nota não era o bastante, e me daria uma detenção também. Mais uma. Minhas mãos ficaram frias e úmidas enquanto eu pensava em todas as possibilidades.

Por fim, Carolyn deixou a sala e o sr. Wallace acenou para que eu me aproximasse. Minha estratégia era já partir para o ataque fosse qual fosse o argumento dele. Esperava que, se eu mostrasse que sabia o quanto ele tinha sido condescendente comigo, ficaria menos inclinado a me punir ainda mais.

— Sr. Wallace, só queria dizer que sei que o senhor poderia ter sido muito mais rigoroso comigo e que, se achar que precisa fazer mais alguma coisa para me punir, eu compreendo.

O sr. Wallace franziu a testa.

— Erin, não pedi que esperasse para ser mais rigoroso com você.

— Não?

A sombra de um sorriso cruzou seu rosto.

— Não. Pedi que esperasse porque li sua dissertação ontem à noite. Para a viagem à Itália.

Não entendi. Ele devia saber que eu não estava qualificada tirando um B- na apresentação. Por que então lera a minha dissertação se eu não podia nem me candidatar à viagem?

— Mas por quê?

— Bem, fiquei impressionado com o que fez por Jesse. Se você se lembra, uma das coisas que buscamos é força de caráter. E o que você fez ontem realmente provou que tem muito caráter. Então fiquei curioso para ler o que tinha escrito. — Ele suspirou. — Tenho que dizer que estava cético com relação a essa ideia. Eu disse ao diretor que não tivesse muitas esperanças. Que provavelmente só teríamos um bando de moleques querendo viajar para melhorar seus créditos para a faculdade. Mas parece que eu subestimei você. A sua razão para querer essa viagem é exatamente o que procurávamos.

— Mas eu tirei B- — eu me ouvi dizer para lembrá-lo. — Minha nota nunca chegará a A- agora. Não estou qualificada.

Ele assentiu.

— Eu sei. E o B- permanece.

Meu coração gelou. Por um minuto pensei que ele reconsideraria minha nota.

— Então é isso? Só queria me dizer o quanto gostou da minha dissertação e o quanto lamenta eu perder a viagem?

— Não — ele disse. — Eu quero dizer o quanto a sua dissertação é boa e lhe oferecer a chance de fazer mais um trabalho e aumentar sua nota para A-.

Fiquei olhando para ele por um momento, sem fala.

— Tem algo a dizer? — ele perguntou.

— Sério? O senhor está falando sério? Ai, meu Deus! Obrigada, sr. Wallace. Muito obrigada! Não faz ideia do quanto isso significa para mim.

Ele sorriu e me passou uma folha.

— Não fique muito animada por enquanto. Ainda não viu o trabalho.

— Não importa. Seja o que for, eu farei. Escreverei até dissertações em italiano, se quiser. Quer dizer, vou ter que aprender italiano primeiro, e depois escreverei as dissertações, mas não importa. Só quero fazer essa viagem. — Fiz uma pausa por um segundo. — Mas que trabalho é?

— Eu gostaria que escrevesse dez páginas sobre o papel da superstição e da magia nos trabalhos artísticos, desde o período da Renascença.

Olhei para ele, esperando que me dissesse que aquilo não passava de uma brincadeira que Samantha e Lindsay tinham armado para mim. Mas ele alisou o cavanhaque e eu percebi que não era brincadeira. Ele estava falando muito sério.

Um sorriso se espalhou pelo meu rosto.

— Posso fazer isso — eu disse, confiante.

— Que ótimo! Porque você tem que me entregar esse trabalho antes de anunciarmos os escolhidos, na segunda-feira.

Quando saí da sala, Jesse estava esperando por mim no corredor. Eu saltitava de alegria.

— O que foi? O que ele disse? O que aconteceu?

Contei a novidade e ele me deu um imenso abraço, tirando-me do chão e me rodopiando.

— Vamos para a Itália! — eu gritei. — E eu ainda terei a nota mais alta do décimo ano!

Jesse riu, mas de repente sua expressão ficou séria.

— O que foi? — perguntei a ele. — Qual o problema?

— Bem, *você* vai para a Itália. Mas como vamos saber se eles vão me escolher também?

Pensei por um segundo e depois dei de ombros.

— Não vamos saber, na verdade — disse a ele. — Mas tenho um palpite de que vão, da mesma forma que você teve um palpite para não subir naquele barco com a sua mãe e seu irmão.

Jesse apertou minha mão de leve.

— Sabe de uma coisa?

— O quê?

— Eu também tenho.

Epílogo

Lindsay, Samantha e eu nos sentamos em círculo no chão do meu quarto. No meio estava a Bola de Cristal Cor-de-Rosa, junto com as regras, uma caneta preta e o pergaminho com a lista de nomes. Eu desenrolei o pergaminho, coloquei-o aberto no chão e segurei-o assim com o joelho. No fim da lista estava o nome da minha tia — Kate Hoffman, escrito na sua caligrafia caprichada —, mas desta vez não senti um nó na garganta ao vê-lo.

Peguei a caneta e assinei meu nome embaixo do dela, depois enrolei o pergaminho e coloquei-o de volta no meio do círculo. Olhei para Lindsay.

— Tem certeza? — perguntei.

Ela assentiu solenemente.

— Sim, tenho. Samantha precisa mais dela do que eu. Quer dizer, você ouviu o que ela disse, os pais dela se odeiam. Ela precisa fazer alguma coisa. — A expressão de Lindsay se suavizou com um sorriso e ela revirou os olhos. — Além disso, a namorada do meu pai pode esperar. Ela não vai a lugar nenhum.

— Obrigada, Linds — agradeceu Samantha. — Sempre me surpreendo ao ver o quanto você é amável e generosa. No entanto, agora que eu vi seu lado negro em ação, tenho que dizer que até gosto dele.

— Tudo bem — eu disse, ansiosa para fazer o que tínhamos planejado. — Podemos seguir em frente, por favor?

Mas Lindsay ergueu a mão, insistente.

— Não — ela disse. — Há uma coisa que precisamos fazer primeiro.

Samantha e eu nos entreolhamos.

— O que precisamos fazer? — Samantha perguntou.

Mas em vez de responder, Lindsay fechou os olhos. Pegou a minha mão direita e a mão esquerda de Samantha, e com os olhos ainda fechados acenou com o queixo para Samantha e para mim, para que fechássemos o círculo. Samantha e eu reviramos os olhos uma para a outra e nos demos as mãos de má vontade.

Pensei em dizer a Lindsay que ela estava sendo muito dramática, mas ela pediu silêncio antes que as palavras saíssem da minha boca e então começou a falar numa voz baixa e reverente.

— Hoje, nós três estaremos para sempre unidas por uma força mística. E em reconhecimento à dádiva que estamos recebendo, vamos prometer que usaremos a bola mágica para o bem e não para o mal. Prometemos que vamos seguir as regras da bola como elas foram escritas. E prometemos que nunca, jamais, falaremos sobre ela para qualquer pessoa que não esteja nesta sala.

Ela fez uma pausa dramática e depois disse o meu nome numa voz tão alta e confiante que me espantou.

— Erin Channing. Você promete?

Senti que deveria dizer "sim, prometo", mas aquilo me pareceu muito "matrimonial" e inadequado. Enquanto eu estava pensando numa resposta alternativa, Lindsay abriu os olhos para ver o que estava me fazendo demorar tanto.

— Prometa! — ela sussurrou para mim, de um jeito tão autoritário que foi até assustador.

— Eu prometo — disse rápido, e Lindsay fechou os olhos outra vez.

— Samantha Burnham. Você promete?

— Eu prometo — Samantha repetiu solenemente.

— E eu, Lindsay Altman, também prometo manter essas promessas. — Ela fez uma pausa, deixando que as palavras ressoassem antes de continuar com seu... — eu nem mesmo sei como chamar isso — encantamento? Ritual? Esquisitice?

— Hoje, nós três somos irmãs na magia. — Sua voz aos poucos foi aumentando de volume e, enquanto falava, ela foi erguendo os braços, levando com eles o meu e o de Samantha, enquanto as suas palavras se elevavam numa crescente. — Hoje, nós três passaremos a ser chamadas de... A Sociedade Secreta da Bola de Cristal Cor-de--Rosa.

Eu larguei a mão dela.

— Tá falando sério? — perguntei. — Sociedade Secreta da Bola de Cristal Cor-de-Rosa? Não acha meio infantil demais?

Lindsay me olhou ofendida e abriu a boca para protestar, mas Samantha foi mais rápida.

— Adorei! — Samantha exclamou. — Sempre quis fazer parte de uma sociedade secreta. É como a maçonaria. Ou como os Skull and Bones, a sociedade secreta estudantil da Universidade de Yale. — Ela me lançou um olhar reprovador. — E não é infantil. É arrojado.

— Tudo bem — eu disse. — Falou a especialista em coisas arrojadas. Somos a Sociedade Secreta da Bola de Cristal Cor-de-Rosa. Agora podemos, por favor, simplesmente seguir em frente?

Lindsay sorriu e eu pude ver o quanto estava satisfeita por Samantha ter ficado do lado dela uma vez.

— Certo — ela concordou. — Vamos começar.

— Finalmente — eu disse, ciente da minha necessidade de sempre dar a última palavra.

Peguei a bola, segurando-a cuidadosamente entre as mãos. Depois fechei os olhos e a agitei. Não sabia se estava fazendo do jeito certo, mas tinha refletido sobre isso por um bom tempo e não havia conseguido pensar num jeito melhor. Inspirei e depois soltei o ar, devagar, pela boca.

— Eu escolho... Samantha Burnham. — Abri os olhos e passei a bola para as mãos de Samantha, que já a esperava.

Ela estendeu os braços para a bola com um olhar de ganância e já quase pude ver as engrenagens funcionando em seu cérebro.

— Por que — ela perguntou, notando meu olhar de preocupação — está me olhando como se fosse a minha mãe?

— Porque conheço você e não gosto do que está pensando. Acabamos de prometer que só vamos usar a bola para o bem e não para o mal e que vamos seguir as regras e, aqui está você, com esse olhar maquiavélico.

Ela acenou para mim como se eu estivesse sendo ridícula.

— Estou perfeitamente consciente das regras. Entendi muito bem. Nada que vá acontecer depois de 24 horas, não fazer perguntas para outras pessoas, blá, blá, blá. Agora pare de se preocupar tanto. Vai ficar tudo bem.

— Então já pensou no que vai perguntar? — Lindsay quis saber.

— Bem, já posso dizer que não vou pedir boas notas e beijinhos açucarados, isso podem ter certeza. — Ela olhou para a bola e apontou o dedo indicador para ela. — Você, senhorita Bola, agora vai ver o que é ação *de verdade*.

Ai, não, pensei comigo. *Criei um monstro!*

— O que quer dizer com isso, ação *de verdade*? — perguntei, nervosa. — Concordamos que você seria a próxima para que pudesse consertar a situação com os seus pais. E não vejo como isso envolve ação de verdade.

— Ai, meu Deus! A impressão que dá é que você vai ter uma convulsão! Quer relaxar, por favor? Não aprendeu nada com a sua experiência com a bola? Você precisa *pegar leve*! — Ela frisou as palavras "pegar leve" pronunciando-as bem devagar, como se estivesse falando com alguém que não falasse a mesma língua. Então olhou para Lindsay. — E para responder à sua pergunta, sim. Já sei qual será a minha primeira pergunta. — Ela nos deu um sorrisinho de *miss*, depois segurou a bola em frente a ela e fechou os olhos. Então ficou sentada nessa posição por uns dez minutos.

— Tudo bem — eu disse, impaciente. — Chega de esperar. Vamos ouvir a sua pergunta.

— Tá bom, tá bom. Segurem-se, aí vai... Meu Deus, nunca ouviram falar de pausa dramática?

Revirei os olhos enquanto Lindsay dava uma risadinha e, por fim, Samantha sacudiu a bola.

— "Diga-me, Bola de Cristal Cor-de-Rosa" — ela disse, numa voz teatral. — "Eu, Samantha Burnham, serei descoberta por um diretor de Hollywood, que me escalará para uma grande produção?"

Eu gemi.

— O que isso tem a ver com os seus pais?

— Desculpe, mas o que beijar Jesse Cooper tem a ver com se tornar menos maçante? E, por favor, não interrompa a bola enquanto ela está operando sua magia.

Nós três nos aproximamos mais da bola para olhar a resposta e o líquido cor-de-rosa pareceu se fundir com o dado de acrílico flutuando na superfície.

Samantha deu um gritinho quando a resposta apareceu e um sorriso vagaroso se espalhou pelo seu rosto.

"É o seu destino..."

Agradecimentos

As pessoas muitas vezes imaginam que escrever um livro é um trabalho solitário: o autor senta-se durante horas num cômodo, sozinho, com nada mais do que o seu computador e o som de passarinhos cantando do lado de fora da janela. No meu caso, se substituir os passarinhos cantando por crianças barulhentas, um cachorro latindo e um telefone tocando o dia inteiro, suponho que estará certo. Mas, embora escrever possa ser uma atividade solitária, publicar um livro não é, e existem muitas pessoas que eu preciso agradecer por me ajudar a transformar meus textos num livro.

Agradeço a Barbara Zitwer, minha agente há muitos anos, por me incentivar a dar uma chance ao gênero juvenil. Você estava certa! Obrigada a Dan Ehrenhaft, meu talentoso editor, pela sua capacidade de ver o que está faltando, pela amabilidade das suas críticas e pela sua paciência e compreensão durante um ano difícil. Obrigada a Todd Stocke, Kristin Zelazko e Kelly Barrales-Saylor da Sourcebooks, por aparecer na décima primeira hora e proporcionar todo o apoio de que eu precisava, e à minha editora, Dominique Raccah, por ser tão inacreditavelmente flexível e compreensiva. Obrigada a Rusty Weiss pelos seus conselhos, seus sábios ensinamentos e sua capacidade de fazer com que seus e-mails pareçam amigáveis e hostis ao mesmo tempo. Obrigada a Amy Keroes, minha amiga, consultora de relações públicas e editora da www.mommytracked.com pelas inúmeras leituras e por me enviar suas opiniões em tempo real. Obrigada a todos os meus amigos por serem tão prestativos e por me apoiarem tanto, divulgando este livro — a rede de contatos de mamãe é impressionante! E, é claro, obrigada à minha maravilhosa família. Obrigada a você, meu marido, Michael, por me ouvir tagarelar sobre as ideias deste livro, por ser meu maior crítico (no bom sentido!) e por não ter levado para o lado pessoal quando gritei com você ao criticar minhas ideias. Amo você demais. Obrigada à minha filha, Harper; você tem sido minha musa inspiradora desde antes de nascer. Eu nunca teria tido a ideia deste livro se eu e você não tivéssemos ficado deitadas na cama juntas, brincando com uma bola "mágica". E obrigada a você, meu filho, Davis, por entender quando mamãe tinha que trabalhar e por ter tanto orgulho de ter uma mãe escritora.